Christiane Franke wurde an der Nordseeküste geboren und lebt immer noch gerne dort. Neben ihren gemeinsamen Projekten mit Cornelia Kuhnert schreibt sie eine Krimiserie um die Wilhelmshavener Kommissarinnen Oda Wagner und Christine Cordes.

Cornelia Kuhnert lebt in Hannover und hat dort als Lehrerin gearbeitet. Sie hat bereits zahlreiche Kriminalromane veröffentlicht und Anthologien herausgegeben.

Gemeinsam veröffentlichen die Autorinnen bei rororo ihre erfolgreiche Ostfriesland-Krimireihe um Dorfpolizist Rudi, Postbote Henner und Lehrerin Rosa, die regelmäßig auf der Spiegel-Bestsellerliste steht.

Mehr unter *www.kuestenkrimi.de*.

Über die «Heißmangel-Reihe»:
«Wieder einmal beweisen Cornelia Kuhnert und Christiane Franke, dass sie mit Liebe und Akribie nicht nur ihre Fälle lösen lassen, sondern auch einen besonderen, durchaus liebevollen Blick auf die Gegebenheiten der Zeit und Lebensumstände ihrer Protagonisten haben.» Saarländischer Rundfunk

Christiane Franke
Cornelia Kuhnert

Der Fall
Hartnagel

Kriminalroman

Rowohlt Taschenbuch Verlag

Originalausgabe
Veröffentlicht im Rowohlt Taschenbuch Verlag, Hamburg, November 2024
Copyright © 2024 by Rowohlt Verlag GmbH, Hamburg
Die Nutzung unserer Werke für Text- und Data-Mining
im Sinne von § 44b UrhG behalten wir uns explizit vor.
Covergestaltung zero-media.net, München
Coverabbildungen Magdalena Russocka/Trevillion Images;
Hans-Georg Eiben/HUBER IMAGES
Satz Eskorte Latin bei Pinkuin Satz und Datentechnik, Berlin
Druck und Bindung GGP Media GmbH, Pößneck
ISBN 978-3-499-01473-4

MIX
Papier | Fördert
gute Waldnutzung
FSC® C014496
www.fsc.org

—— DIENSTAG ——

Was für ein herrlicher Altweibersommertag. Auch wenn es heut früh noch kühl gewesen ist und Tau auf dem Gras schimmerte, zeigt die Sonne jetzt noch einmal ihre ganze Kraft. Als wolle sie die Seelen der Menschen mit Licht und Wärme füllen, damit sie in den Herbst- und Wintermonaten davon zehren können.

Wie immer ist es ruhig um die Mittagsstunde in Leer. Die Läden öffnen erst am Nachmittag wieder, die Geschäftigkeit des Alltags macht eine kurze Pause.

Draußen vor der Stadt, auf dem Gelände des Kindererholungsheims in der Evenburg, in dessen weitläufigem Park alte Bäumen stehen, ertönt fröhliches Kinderlachen.

«Sieben, acht, neun, zehn ... ich komme!»

Ein Junge in kurzen Hosen, geringeltem, kurzärmeligem Pullover und mit Socken in den Sandalen steht an einer Eiche, den Blick zum Stamm gerichtet, die Augen durch die Hände abgeschirmt. Er dreht sich um. Niemand ist zu sehen und zu hören, nur Bienensummen, Vogelgezwitscher und ein Auto, das auf der Straße vor dem Schlosspark entlangfährt.

Mit klopfendem Herzen läuft Holger los. Sucht hinter dem nächsten Busch. Vergebens. Da, hat sich nicht etwas hinter der Hortensie bewegt? Aber das war nur ein Vogel. Weiter läuft er, verliert schon beinahe die Lust. Martin und Thomas haben sich einfach zu gut versteckt. Allerdings sind sie auch schon länger hier, er erst seit vorgestern. Das ist gemein, sie wissen, wo man sich gut verstecken kann. Aber so leicht gibt er nicht auf. Das hat ihm sein Vater eingeschärft.

Er beißt die Zähne zusammen und läuft weiter. Dahinten. Der Haselnussstrauch. Das perfekte Versteck. Auf Zehenspitzen nähert er sich dem Busch und lugt dahinter.

Doch hinter dem Strauch hocken weder Martin noch Thomas.

Stattdessen liegt dort ein Mann im Anzug. Gekrümmt, die Beine an den Oberkörper gezogen, die Arme um den Bauch gelegt, als hätte er Schmerzen.

«Hallo», ruft Holger zaghaft, doch der Mann rührt sich nicht. All seinen Mut nimmt er nun zusammen, tritt dichter heran und blickt auf das Gesicht des Mannes hinab.

Dann stößt er einen lauten Schrei aus und läuft so schnell er kann zur Brücke, die zur Burg führt.

***

Martha Frisch wischt sich mit dem Taschentuch übers Gesicht. Ein Hitzeschauer nach dem anderen läuft durch ihren Körper, der plötzliche Temperaturanstieg nach zwei kühlen Wochen tut sein Übriges, um ihren Kreislauf in Wallung zu bringen. Dabei hat sie die Ladentür offen gelassen, um auch ein wenig warmen Wind herein- und die Hitze der Heißmangel herauszulassen.

Sie legt das große Tischtuch zusammen und packt es in den Korb für das Restaurant Zur Waage, dann geht sie in den kleinen Hinterraum, in dem auch ihr Mantel hängt, holt sich ein Glas Wasser, trinkt es in einem Zug aus, füllt es erneut und setzt sich auf den Holzstuhl in der Ladenecke. Mit der Zeitung vom Vortag fächelt sie sich Luft zu.

«Guten Morgen, Frau Frisch.» Frau Dedersen betritt den Laden. «Puh, ist das warm heute», stöhnt die Zahnarztgattin und lässt den Wäschekorb auf den Tisch neben der Heißmangel fallen.

«Das kann man wohl sagen», pflichtet Martha ihr bei, steht auf und registriert das weit geschnittene Kleid mit Rundkragen und Schleife. Das ist wirklich vorteilhaft für die korpulente Mittdreißigerin, die keine Taille hat und ihr Hüftgold auf diese Weise gut kaschiert. «Ein sehr hübsches Kleid haben Sie an.»

«Ja, finde ich auch», sagt Frau Dedersen und fügt mit stolzem Lächeln hinzu: «Als ich es auf der Modenschau gesehen habe, war ich hin und weg. Genau wie mein Mann. Der hat es mir auf der Stelle gekauft. Der Salon Kesselbrink ist wirklich eine Bereicherung für unsere Stadt, endlich gibt es hier auch außergewöhnliche Kleider», holt sie zum Loblied auf das neue Modehaus aus, das erst vor wenigen Wochen eröffnet hat. «Für Fräulein Kesselbrink ist das sicher eine schöne Aufgabe, sie hat ja keinen Mann abbekommen und muss allein für ihren Lebensunterhalt sorgen, aber dass Ida Pickering da nun auch mitmischt ... also mein Mann hält gar nichts davon. Eine Frau hat andere Aufgaben. Sie ist für die Familie da und soll ihren Mann am Abend gut gelaunt und entspannt begrüßen und für ...»

«Moin, Frau Dedersen, hallo, Omili.» Marthas Enkelin Annemieke kommt stürmisch wie immer herein und gibt ihrer Oma einen Kuss auf die Wange. Ihre nassen Haare hat sie zu einem Pferdeschwanz zusammengebunden, offenbar kommt sie gerade aus dem Freibad.

«Hallo, mein Schatz. Schön, dass du wieder zum Helfen kommst.» Martha greift nach der obersten Tischdecke im Wäschekorb, faltet sie auseinander und führt das angefeuchtete Tuch zwischen die rollenden Walzen. Augenblicklich steigt Dampf auf. «Soweit ich weiß, macht Frau Pickering das Entwerfen neuer Kleider sehr große Freude», greift Martha das Thema wieder auf und streicht den Stoff glatt, damit sich beim Mangeln keine Falten bilden.

«Was heißt hier Freude», erwidert Frau Dedersen. «Sie hat sich zu dieser Arbeit von Fräulein Kesselbrink überreden lassen, hat mir mein Mann erzählt. Und der weiß es aus erster Hand, schließlich trifft er sich zweimal die Woche mit Adalbert Pickering in der Kogge zum Stammtisch. Einen gewaltigen Ehekrach hat es deshalb gegeben, weil er nämlich dagegen war, dass sie arbeitet, und es ihr auch verboten hat.» Frau Dedersen fasst nach den Zipfeln der durch die Walze gelaufenen Tischdecke, um sie zu falten.

«Das kann er ihr aber gar nicht mehr verbieten», wirft Annemieke selbstbewusst ein. «Schließlich gibt es seit Juli das neue Gleichberechtigungsgesetz. Eine Frau muss ihren Mann nicht mehr um Erlaubnis bitten, wenn sie arbeiten will.»

«Ach, Mädchen, davon verstehst du nichts», sagt Frau Dedersen gönnerhaft. «Arbeiten darf die Frau nur, wenn Ehe und Kinder nicht darunter leiden. Und Adalbert leidet darunter, hat mir mein Mann erzählt. Deshalb wundert es mich, dass er sich mit Ida wieder versöhnt hat und ihr diese Tätigkeit nicht doch verbietet.» Es lieg ein Flackern in Frau Dedersens Blick. Martha ahnt, dass ihr ein schmutziger, öffentlich ausgetragener Rosenkrieg gut gefallen hätte, sensationslüstern, wie sie ist. Dann wäre wochenlang für Gesprächsstoff gesorgt.

«Nun lasst uns mal das Thema beenden», sagt sie. «Das ist schließlich eine Privatangelegenheit.»

«Finde ich auch», stimmt Annemieke zu, die mit Pickerings Tochter Lieselotte eng befreundet ist. «Habt ihr schon gehört, dass es kommenden Donnerstag in der Kogge ein Treffen von politisch interessierten Frauen gibt?»

«Politisch interessierten Frauen?» Frau Dedersen verzieht den Mund, als hätte sie in etwas Saures gebissen. «Meinst du Suffragetten, Mädchen?»

«Nein. Einfach nur Frauen, die sich politisch bilden möchten. Schließlich findet im nächsten April die Landtagswahl statt und übernächstes Jahr die Kommunalwahl. Wir Frauen dürfen den Männern nicht allein die Entscheidung über die Zukunft unseres Landes überlassen», sagt Annemieke energiegeladen.

Martha blickt sie schmunzelnd an. Ach, die Jugend. Ist voller Tatendrang. Und das ist schön, nur so kann man etwas erreichen. «Nein, das sollten wir wirklich nicht», stimmt sie ihrer Enkelin zu. «Aber wie soll das gehen? In den Parlamenten sitzen doch fast nur Männer.»

«Genau. Und das müssen wir ändern.»

Frau Dedersen schüttelt missbilligend den Kopf. «Kind, Kind, du darfst noch nicht einmal wählen und schwingst schon große Reden. Ich weiß wirklich nicht, wo das noch hinführen soll ...»

* * *

«Polizei Leer, Wachtmeister Frisch», meldet sich Hans am Telefon.

«Hier spricht Oberschwester Düster vom Kindererholungsheim», hört er die aufgeregte Stimme einer Frau. «Doktor Hartnagel ist tot. Er liegt im Garten der Evenburg, und der Notarzt sagte, ich soll Sie informieren. Es sieht wohl so aus, als sei er an Gift gestorben.»

«Was?» Hans kann nicht glauben, was er hört.

«Sind Sie schwer von Kapee oder was?», ranzt ihn die Frau an. «Doktor Hartnagel ist der Leiter des Kindererholungsheimes in der Evenburg. Ein Kind hat ihn heute Mittag gefunden. Wir haben sofort den Notarzt gerufen. Der vermutet, dass Doktor Hartnagel durch Zyankali ums Leben gekommen ist.»

«Selbstmord?», fragt Hans, ohne groß nachzudenken. Sein Kollege, Wachtmeister Brettschneider, der am Schreibtisch gegenüber sitzt, schaut auf.

«Woher soll ich das wissen?», fährt ihn die Frau erneut an.

«Wir kommen. Wie bitte war noch einmal Ihr Name?»

«Düster. Oberschwester Alma Düster.»

Hans bedankt sich und legt auf. In wenigen Worten setzt er Brettschneider ins Bild. «Was meinst du, sollen wir Kommissar Onnen Bescheid geben?»

«Worüber sollen Sie mir Bescheid geben?», ertönt die sonore Stimme ihres Vorgesetzten, der in Hut und Mantel im Türrahmen steht.

«Der Leiter des Kindererholungsheims, Doktor Hartnagel, ist tot. Wahrscheinlich hat er den Freitod durch Zyankali gewählt», erklärt Hans.

«Hartnagel soll sich selbst getötet haben?» Onnen runzelt die Stirn. «Das erscheint mir fragwürdig. Ich kenne ihn recht gut. Er gehört unserem Verein zur Erhaltung der Sitten und Gebräuche an und ist wahrlich kein Drückeberger. Selbstredend komme ich mit.»

Zu dritt fahren sie mit dem Polizei-Käfer zur Evenburg, einem nach barockem Vorbild gebautem Wasserschloss mit breitem Schlossgraben vor den Toren Leers, das schon so manche Einrichtung beherbergte, nachdem die Grafenfamilie von Wedel ihren Hauptwohnsitz nach Neustadtgödens verlegt hatte. Ein Lazarett, eine Flüchtlingsunterkunft, sogar ein Internat der Melkerschule waren hier beheimatet, bis es schließlich ein Kindererholungsheim wurde.

Auf der Eingangstreppe der aus hellem Stein gebauten Burg erwartet sie eine Frau in weißer Schwesterntracht mit Häubchen auf dem Kopf. Sie hat die fünfzig sicher überschritten. Das wird Oberschwester Düster sein, vermutet Hans. Ihr Gesichtsausdruck passt zu der schroffen Art eben am Telefon. «Na endlich.»

Ja, diesen Befehlston erkennt er wieder.

Kommissar Onnen übergeht ihre Bemerkung. «Wo liegt der Tote?»

«Folgen Sie mir. Der Notarzt hält die Stellung bei Doktor Hartnagel. Die Kinder sind alle in der Burg, dafür habe ich gesorgt. Keines von ihnen darf hinaus, solange er noch nicht fortgebracht wurde.»

Sie schreitet im Stechschritt voran. Hans blickt an der Burg hinauf. An zahlreichen Fenstern sind die neugierigen Gesichter von Kindern zu sehen. Manche kleben mit ihren Nasen an den Scheiben.

Kommissar Onnen läuft neben der Krankenschwester her und hat Mühe, bei ihrem strammen Schritt mitzuhalten. Brettschneider und Hans folgen.

«Er liegt da vorn.» Schwester Düster streckt den Arm aus. «Hinter dem Haselbusch.»

Busch ist etwas untertrieben, denkt Hans, denn von hier aus kann man nicht sehen, was sich dahinter befindet. Als sie das ausufernde Gestrüpp umrunden, sitzt der Notarzt im Gras neben dem Toten und trinkt aus dem Becher einer Thermoskanne.

«Moin.» Schwerfällig erhebt er sich und streicht sein graues welliges Haar zurück. «Wird auch Zeit, dass Sie kommen. Ich kann schließlich nicht ewig warten. Könnte ja Patienten geben, denen ich noch helfen kann.»

«Moin.» Onnen tritt näher und betrachtet den Toten von oben. «Kein Zweifel, das ist Hartnagel.»

Sofort keift die Oberschwester los: «Meinen Sie, ich würde den Leiter unseres Heimes nicht erkennen?»

Onnen beachtet sie nicht. «Können Sie schon etwas zur Todesursache sagen?», fragt er den Notarzt.

Der nickt. «Ich vermute, es war Zyankali. Die hellrote Verfärbung der Mundschleimhaut spricht dafür. Ich habe – weiß Gott – Ende des Krieges viele Leichen gesehen, die auf zerbissene Zyankalikapseln zurückzuführen waren. Ein seinerzeit gängiges Mittel, um nicht fürs Tun während der Nazi-Zeit zur Rechenschaft gezogen zu werden. Viele Menschen nahmen das Gift, als würden sie Pfannkuchen essen.»

«Ja, das war eine schlimme Zeit, aber warum sollte Hartnagel jetzt freiwillig Zyankali geschluckt haben?», überlegt Onnen. «Er war Arzt. Aufopferungsvoll hat er sich um das Wohl von Kindern gekümmert, die hier im Erholungsheim zu Kräften kommen sollen. Welchen Grund soll er denn gehabt haben?» Onnen blickt erst die Schwester und dann den Arzt an. «Oder haben Sie einen Abschiedsbrief gefunden?»

Der Mediziner schüttelt den Kopf. «In seinen Anzugtaschen jedenfalls nicht.»

«Haben Sie schon in seinem Arbeitszimmer nachgesehen?», wendet sich Onnen an Schwester Düster.

Die schüttelt den Kopf. «Nein. Ich habe sein Büro noch nicht betreten. Aber ich kann mir nicht vorstellen, dass er Selbstmord begangen hat. Ich ...» Sie schließt für einen Moment die Augen, dann räuspert sie sich. «Was ist nun? Kann ich den Bestatter anrufen, damit der Doktor abgeholt wird?» Ihre Stimme klingt plötzlich einige Nuancen härter. «Er kann hier schließlich nicht länger rumliegen. Die Kinder ... sie brauchen Bewegung an frischer Luft und gutes Essen. Ich kann sie bei diesem Wetter unmöglich länger im Haus einsperren.»

«Gehen Sie zu ihnen», schlägt Onnen vor. «Wir kümmern uns darum, dass der Leichnam so schnell wie möglich zur Obduktion ins Borromäus Hospital gebracht wird. Hartnagel ist ein Mann von Rang und Namen, da können wir uns nicht auf den bloßen Augenschein verlassen.» Ein strenger Blick trifft Schwester Düster. «Haben Sie seine Frau informiert?»

Sie hält seinem Blick stand. «Nein. Eine hysterische Ehefrau kann ich hier nicht gebrauchen. Die Kinder benötigen Ruhe für ihre Genesung. Die Tatsache, dass eines von ihnen den Doktor gefunden hat, ist schlimm genug. Ich muss versuchen, alles von ihnen fernzuhalten, was ihnen schaden könnte.»

Onnen nickt. «Dann werden wir das übernehmen. Zuvor aber lassen Sie uns in sein Arbeitszimmer gehen. Brettschneider, Sie halten hier die Stellung, damit der Arzt gehen kann. Frisch, Sie kommen mit mir.»

Das Büro des Doktors ist mit dunklen Mahagonimöbeln ausgestattet, ein prall gefülltes Bücherregal befindet sich an der Wand hinter seinem Schreibtisch. Auf der gegenüberliegenden Seite steht eine Behandlungsliege. Der Schreibtisch ist aufgeräumt. Auf einer länglichen, gebogenen Lederablage liegen ein Füllfederhalter, ein Bleistift und rotes Siegelwachs, von einem Abschiedsbrief keine Spur. Am Kleiderständer hängt der weiße Arztkittel, ein Stethoskop ragt aus einer der Kitteltaschen.

Onnen greift zum Telefon und informiert den Bestatter.

«War es üblich, dass Hartnagel in der Mittagspause das Gebäude verließ?», fragt er anschließend die Schwester.

«Das kann ich nicht beantworten. Ich habe meine eigenen Aufgaben, und es steht mir nicht zu, das Tun meines Vorgesetzten zu überwachen», gibt Schwester Düster spitz zurück.

Hans kann seinem Chef ansehen, dass er gerade einen Seufzer unterdrücken muss.

«Ist er Ihnen in den letzten Tagen verändert vorgekommen?», versucht es Onnen weiter.

«Nein.»

Während sich Onnen und Schwester Düster wie Kampfhähne gegenüberstehen, blickt Hans sich um. Neben der Behandlungsliege steht ein lebensgroßes Skelett, anatomische Zeichnungen des menschlichen Körpers und seiner Organe hängen daneben an der Wand. Ziemlich beeindruckend.

«Haben Sie mitbekommen, dass der Doktor sich mit jemandem gestritten hat?»

Kurz zieht die leitende Schwester die Augenbrauen zusammen, dann schüttelt sie den Kopf.

«Nun gut. Falls Ihnen noch etwas einfällt, melden Sie sich bitte.» Onnen wendet sich an Hans. «Wir beide fahren jetzt zur Witwe.»

«Soll ich Ihnen die Adresse aufschreiben?», fragt die Schwester mit einer Hilfsbereitschaft, die Hans ihr nicht abnimmt. Etwas stimmt nicht mit der Frau. Da ist er sich ganz sicher. Ihr Blick hat etwas Lauerndes, und er hat den Eindruck, dass sie sie ganz schnell loswerden will.

«Nicht nötig», sagt Onnen. «Ich weiß, wo Hartnagels wohnen.»

Als sie die Burg verlassen und auf das Polizeiauto zugehen,

dreht Hans sich um und wirft einen Blick zurück. Durch das geöffnete Portal sieht er Schwester Düster mit einem jüngeren Mann. Offenbar sind sie in ein hitziges Gespräch vertieft.

* * *

Annemieke hantiert am Abstimmknopf des Radios, während Martha die Wäschestapel sortiert. Die Kopfkissenbezüge links, die Bettdeckenbezüge rechts.

«Dream, dream, dream», singt jemand im Radio, und Annemieke fällt sofort in den Refrain ein. Martha schaut ihre Enkelin lächelnd an. «Hast du mal wieder den amerikanischen Soldatensender eingestellt?»

Statt einer Antwort dreht Annemieke die Lautstärke hoch und trällert laut: «All I have to do is dream, dream, dream.» Dabei wirbelt sie im Kreis quer durch den Laden und breitet die Arme auseinander, dass der weit geschnittene Rock samt Petticoat nur so hochfliegt.

Martha versteht zwar kein Englisch, aber immerhin klingt die Melodie weich, und die Worte wirken sehnsuchtsvoll. Solche Schlager mag sie. Vor dem Krieg ist sie mit Hermann oft zum Tanzen gegangen. Sie hat es genossen, von ihm zu den Klängen der Kapelle übers Parkett geführt zu werden. Selbst als er nach dem Krieg erblindet zurückgekommen ist, sind sie noch manchmal ausgegangen. Sogar eine Woche vor diesem schrecklichen Unfall. Wie immer zieht sich bei dem Gedanken daran eine eiserne Klammer um Marthas Herz. Wie kann man nur einen Menschen auf der Straße überfahren und Fahrerflucht begehen? Vielleicht hätte Hermann gerettet werden können.

Jetzt merkt Martha, dass die Musik leiser geworden ist.

Annemieke reicht ihr einen Kopfkissenbezug. «Die Dedersen hat ganz schön veraltete Ansichten über die Rechte der Frauen.»

«Was heißt veraltet? Wir sind eben so aufgewachsen, und sie tut sich schwer mit Veränderungen.»

«Du bist doch viel älter als die, und trotzdem arbeitest du, hast dein eigenes Geschäft und sagst deine Meinung. Bist nach dem Krieg nicht wieder zurück in die zweite Reihe gegangen und hast dich nur noch um den Haushalt und die Wünsche deines Mannes gekümmert.»

Martha lächelt versonnen. «Die Wege des Lebens sind verschlungen, und manche Dinge ergeben sich einfach. Wer weiß, wie mein Leben weiter verlaufen wäre, wenn dein Großvater nicht wegen seiner Erblindung den Polizeidienst hätte quittieren müssen und wir nicht zusammen die Heißmangelstube eröffnet hätten.»

«Ach, Omili, nun stell dein Licht nicht unter den Scheffel. Wer hat denn im Krieg den Führerschein gemacht, um Medikamente und Lebensmittel fürs Rote Kreuz ins Lazarett zur Evenburg zu fahren. *Du* hast nicht nur Socken für die Soldaten gestrickt.»

Während der Kopfkissenbezug durch die Walzen läuft, schiebt Martha eine Haarsträhne zurück unters Kopftuch, das sie mit einem Knoten keck an der Seite zusammengebunden hat, und lächelt versonnen.

«Ich bin richtig stolz auf dich, Omili.»

Martha wirft ihrer Enkelin einen Blick von der Seite zu. «Meinst du das ernst?»

«Klar! Und ich möchte noch stolzer auf dich sein.» Annemieke faltet den Bezug zusammen, ein verschwörerisches Lächeln liegt dabei auf ihren Lippen. «Du könntest dich als

Kandidatin für die Wahlen aufstellen lassen und frischen Wind in die Politik bringen.»

Wie vom Donner gerührt hält Martha inne und lässt die Hände sinken. «Das kannst du doch wohl nicht wirklich meinen. Ich und in die Politik gehen! So weit kommt es noch. Nein, mein Schatz, da gehöre ich nicht hin.»

«Warum denn nicht?», beharrt Annemieke. «Du kennst Gott und die Welt, und die Leute hören dir hier im Laden zu. Das hab ich oft genug erlebt. Denk doch einfach mal drüber nach. Es ist wichtig, dass auch Frauen in die Politik gehen.»

«Sicher ist das wichtig, aber ich bin doch viel zu alt dafür.»

«Omili!»

«Na gut, drüber nachdenken kann ich ja», sagt Martha schließlich. «Aber jetzt wollen wir den Rest hier mangeln.»

***

Die Fahrt zum Haus der Hartnagels dauert keine fünf Minuten.

Helene Hartnagel ist überrascht, als sie die Tür öffnet: «Herr Onnen! Noch dazu in Begleitung. Was führt Sie denn her?»

Sie ist eine großgewachsene, beeindruckende Frau mit blondem, aufwendig frisiertem Haar und funkelnden Ohrringen.

«Guten Tag, Frau Hartnagel. Dürfen wir hereinkommen?»

Die Dame des Hauses tritt einen Schritt zurück. «Selbstverständlich.» Sie blickt Hans an. «Wenn Sie die Tür bitte schließen, ich gehe in den Salon voran.» Damit schreitet sie nahezu majestätisch durch das Vestibül, in dem ein großer Perserteppich die Schritte ihrer hochhackigen Schuhe dämpft. In dem geräumigen Wohnzimmer nimmt sie auf einem mit grünem Samt bezogenen Sofa Platz und deutet hoheitsvoll auf die gegenüberstehenden Sessel. «Setzen Sie sich. Worum geht es denn?»

«Frau Hartnagel, zu meinem größten Bedauern müssen wir Sie über den Tod Ihres Mannes informieren», sagt Onnen. «Mein Beileid.»

Helene Hartnagels Augen weiten sich. Hans bemerkt, dass sie schluckt, doch sie bewahrt Haltung. Nach einigen Momenten fragt sie: «Was ist passiert? Ein Autounfall?»

«Nein. Er wurde im Schlosspark gefunden. Genaueres wissen wir erst nach der Obduktion.»

«Obduktion?» Helene Hartnagel runzelt die Stirn.

«Ja.» Wieder schweigt Onnen und lässt der Witwe Zeit, das Gehörte sacken zu lassen. «Wir haben Hinweise auf eine Zyankali-Vergiftung. Könnte es sein, dass Ihr Mann den Freitod gewählt hat?»

Frau Hartnagel reckt den Kopf und blickt nach oben, als wolle sie aufsteigende Tränen unterdrücken. «Nein. Dazu hatte er keinen Grund. Sie kannten ihn doch, machte er auf Sie etwa einen lebensmüden Eindruck?»

Ihre Frage imponiert Hans. Ganz geschickt spielt sie den Ball in Onnens Feld zurück.

«Man kann jedem Menschen nur *vor* den Kopf schauen, nicht hinein», antwortet sein Chef weise. «Kann es sein, dass er irgendwo hier im Haus einen Abschiedsbrief hinterlassen hat?»

«Ich weiß nicht, ich war heute noch nicht in seinem Arbeitszimmer.» Frau Hartnagel erhebt sich. «Wir können gern zusammen nachschauen.» Sie geht voran durch die Diele und öffnet die Tür neben einer Eichenholztruhe.

Auch hier besteht die Einrichtung aus dunklem Holz, einem hohen, prall gefüllten Bücherregal, der Schreibtisch ist allerdings nicht ganz so aufgeräumt wie der im Erholungsheim. Kalter Zigarettenrauch hängt in der Luft, ein paar Staubflusen schweben vor dem Fenster in dem kleinen Spalt, den die schweren Gardinen offen lassen. Helene Hartnagel tritt hinter den Schreibtisch, ihre Augen blicken suchend umher.

«Nein», sagt sie kurz darauf. «Hier liegt kein Brief.» Beinahe schuldbewusst tritt sie wieder zurück, als hätte sie sich unbefugt in das Refugium ihres Mannes vorgewagt.

Onnen schaut sie nachdenklich an. «Gibt es denn noch einen anderen Ort, an dem wir nachschauen könnten?»

«Sie stellen vielleicht Fragen!» Helene Hartnagel schaut Onnen an, als wäre er begriffsstutzig. «Woher soll ich das wissen?»

«Sie sind seine Frau.»

«Das heißt nicht, dass ich die Gedanken meines Mannes lesen kann. Wenn dem so wäre, hätte ich versucht, ihn von seinem Plan abzubringen.» Mit eiserner Haltung blickt sie Onnen an, kein Schluchzen, keine Träne. Hans wundert sich, warum Schwester Düster von einer hysterischen Ehefrau geredet hat. Frau Hartnagel ist die Ruhe in Person.

Kommissar Onnen nickt bedächtig. «Wenn es sich nicht um einen Freitod handelt, stellt sich mir die Frage: Hatte Ihr Mann mit jemandem Streit? Hatte er Feinde?»

«Sind Sie verheiratet, Herr Onnen?»

Hans staunt über diese Frage. Onnen scheint es nicht anders zu gehen. «Was hat das denn mit mir zu tun?»

«Nichts. Aber wenn Sie schon lange verheiratet sind, wissen Sie, dass Ehefrauen nicht zwangsläufig über alle Tätigkeiten, geschweige denn Gedanken ihres Mannes informiert sind. Männer besprechen sich untereinander. Frauen auch. *Sie* werden sicher mehr über die Gedankenwelt meines Gat-

19

ten gewusst haben als ich, immerhin haben Sie sich ja seit geraumer Zeit regelmäßig beim Zirkel der Baronin Osternburg getroffen. Mein Mann lebte sein eigenes Leben, ebenso wie ich meines lebe. Es ist wie in der Mathematik und in fast jeder Ehe. Zwei Leben, eine Schnittmenge. Stimmt's?» Helene Hartnagel lächelt.

Hans ist perplex. So hat er das noch nie gesehen. Er denkt an die Ehe seiner Eltern. Sein Vater arbeitet den ganzen Tag. Seine Mutter kümmert sich um den Haushalt und früher um ihn und seinen Bruder, als sie noch kleiner waren. Und einiges machen sie gemeinsam. Er nickt unmerklich. Das hat Frau Hartnagel wirklich auf den Punkt gebracht.

Auch Onnen kann dem nichts entgegensetzen. «Falls Ihnen noch etwas einfällt, geben Sie uns bitte Bescheid», sagt er und fügt leiser hinzu: «Und auf der privaten Ebene, liebe Frau Hartnagel, sind wir vom Verein zur Erhaltung der Sitten und Gebräuche selbstredend in allen Belangen für Sie da. Wenden Sie sich gern an uns, wenn wir etwas für Sie tun können.»

—— MITTWOCH ——

Früher als sonst ist Martha aufgestanden. Sie hat gestern Abend vergessen, die schwarzen Verdunklungsrollos runterzuziehen, die sie seit den letzten Kriegsjahren benutzt, und erste Sonnenstrahlen kitzelten sie wach. Leise hat sie sich in der Küche gewaschen und dann das Frühstück zubereitet. Für ihren jungen Untermieter hat sie Tee in eine Thermoskanne gefüllt. Karl Frerichs ist der Sohn ihrer Cousine Emma aus Borkum. Er arbeitet seit Kurzem als Volontär bei der *Ostfriesischen Rundschau*. Ein fleißiger Bursche, morgens früh raus und abends noch lange im Verlagshaus. Gestern hat Martha gar nicht mehr gehört, wie er nach Hause gekommen ist. Sie stellt ihm gerade ein Glas frische Mirabellenmarmelade zwischen das Frühstücksbrettchen und das kleine Butterfässchen, als er hereinkommt.

«Guten Morgen, Tante Martha.» Seine Haare sind zerzaust, und in den Augenwinkeln klebt noch der Schlaf.

«Guten Morgen, mein Junge.» Sie lächelt ihm zu. «Tee ist in der Kanne, ich muss aber jetzt los, gestern kam viel Arbeit rein. Hab einen schönen Tag.»

«Du auch.» Karl schenkt sich eine Tasse ein und lässt sich auf den Stuhl fallen.

«Danke.» Sie fährt ihm übers Haar. «Werd erst mal richtig wach.» Dann macht sie sich auf den Weg.

Die Luft ist frisch und trägt einen Hauch von abgeernteten Feldern und umgepflügter Erde in sich. In den Vorgärten hängen Spinnweben zwischen den Zweigen verblühter Rosen, manche sind zu kunstvollen Netzen gespannt und glitzern in der aufgehenden Sonne. Martha liebt jede Jahreszeit, aber diese ganz besonders. Der Altweibersommer ist die Zeit, in der sie sich zurücklehnen kann, um letzte Sonnenstrahlen im Freien zu genießen. Im Frühjahr hingegen befällt sie stets eine gewisse Unruhe, schließlich gilt es, den Garten rechtzeitig zu bestellen. Auch die langen Tage und kurzen Nächte des Sommers vergehen viel zu schnell, nie bleibt Zeit, innezuhalten. Ja, der Frühherbst ist besonders friedlich, da gibt es kein Vertun.

Gerade als Martha mit dem Fegen des Ladens fertig ist, klingeln die Glöckchen über der Ladentür.

«Moin, Tante Martha!» Ihr Neffe Hans betritt in Uniform den Laden. Wie an jedem Morgen drückt er ihr die Zeitung vom Vortag in die Hand und will schon wieder los, doch Martha hält ihn zurück. «Was ist los? Bist du auf der Flucht?»

«Nein, aber ich muss mich sputen. Wir haben es mit einem kniffligen Todesfall zu tun.»

«Ein Toter?», fragt Martha neugierig.

«Wir gehen von Selbstmord aus, aber sicher wissen wir es nicht. Kommissar Onnen wäre das natürlich am liebsten. Dann könnten wir den Fall zu den Akten legen. Aber tatsächlich hat er Zweifel, und wir warten auf das Ergebnis der Obduktion. Das sollen wir heute Morgen bekommen.»

«Um wen handelt es sich denn?»

«Um Doktor Hartnagel. Den Leiter des Kindererholungsheims. Aber behalt das erst einmal für dich. Die von der Zeitung haben wir bislang raushalten können.»

«Herrjemine.» Martha stellt den Besen in die Ecke. «Hartnagel soll sich selbst getötet haben?»

«Sieht jedenfalls so aus.»

«Hat er sich aufgehängt?»

Hans schüttelt den Kopf. «Nein. Es scheint sich um Zyankali zu handeln.»

«Ich fass es nicht.» Martha ist regelrecht erschrocken. «Hat der etwa noch so eine Kapsel gehabt?»

«Ich weiß es nicht. Kanntest du ihn?»

«Nein, eigentlich nicht. Gesehen hab ich ihn das letzte Mal auf der Beerdigung von Ilses Mann. Ich weiß nur, dass er mit seiner Familie hierhergezogen ist, als das Kinderheim eröffnet wurde. Vorher hat er irgendwo im Ammerland als Arzt gearbeitet. Ihre Zugehfrau kommt ab und zu in die Heißmangel, aber die redet nicht viel.»

«Na, das bringt mich jetzt auch nicht weiter. Und denk bitte dran: Das bleibt unter uns.» Hans dreht sich um, und im nächsten Moment ist er verschwunden.

* * *

Hans hat es rechtzeitig geschafft, Kommissar Onnen ist noch nicht da, wie er vom Pförtner erfährt, als er die Wache betritt. Kollege Brettschneider steht hinter dem Tresen und spricht in einfühlsamem Ton auf eine ältere Dame ein, die völlig aufgelöst ist. Zwischen ihnen liegt der Notizblock, auf dem Brettschneider schon etwas notiert hat.

«Beruhigen Sie sich», sagt sein Kollege gerade. «Ihr Mohrle wird sicher bald wieder da sein. Wahrscheinlich sucht er in der Gegend nur eine nette Katzendame, mit der er sich die Zeit vertreiben kann.»

«Aber er ist bislang jeden Morgen wieder zurück gewesen», schluchzt die Dame. «Ich habe solche Angst, dass ihm etwas passiert ist. Können Sie nicht die Augen aufhalten, wenn Sie und Ihre Kollegen auf Streife sind?»

«Moin.» Hans hebt die Abtrennung hoch und schlüpft in den Bereich der Wache, zu dem normale Bürger keinen Zugang haben.

«Moin, Hans.» Brettschneider wendet sich wieder der Dame zu. «Das machen wir natürlich. Und wenn wir Mohrle sehen, geben wir Ihnen Bescheid, Frau Kleinert. Ihre Adresse habe ich ja.»

«Gut. Dann will ich Ihnen mal vertrauen als ‹Freund und Helfer›. Wenn Mohrle am Freitagmorgen noch nicht zurück ist, komme ich aber wieder.» Frau Kleinert nimmt ein Stofftaschentuch aus ihrer Handtasche, schnäuzt sich die Nase, steckt das Taschentuch zurück und verschließt die Tasche mit dem metallenen Klickverschluss. «Einen schönen Tag noch.» Sie nickt Brettschneider zu und geht hinaus. Im gleichen Moment kommt Onnen herein, den hellen Mantel offen und den Hut ein wenig keck auf dem Kopf. Er scheint gute Laune zu haben.

«Moin, die Herren.» Onnen bleibt vor Brettschneider stehen. «Hat Wollenweber schon angerufen?»

«Nein. Gerade hat nur eine Dame ihren Kater als vermisst gemeldet.»

«Na, der wird wohl am Mausen sein. Lieber ein junges Kätzchen als ein altes Frauchen. Kann man verstehen.» Zwinkernd blickt er von Brettschneider zu Hans. «Ich bin dann in meinem Büro. Wenn Wollenweber sich meldet, stellen Sie ihn unverzüglich zu mir durch.»

Die nächste Stunde verläuft ruhig. Schweigend arbeiten Hans und Brettschneider einige Dinge ab, als Wollenweber anruft. Schnell stellt er das Gespräch durch und eilt in Onnens Büro, um mitzubekommen, was der Arzt zu berichten hat.

Onnens Sekretärin, Fräulein Schneider, sitzt im Vorzimmer an der Schreibmaschine und tippt etwas von ihrem Steno-block ab. Ihre Haare trägt sie wie meistens hochtoupiert, und Hans' Herz hüpft, als sie ihn anlächelt und das Grübchen auf ihrer linken Wange erscheint.

«Gehen Sie nur durch», sagt sie.

Hans klopft an die Tür und öffnet im gleichen Moment. Der Kommissar sitzt auf seinem gepolsterten Schreibtischstuhl und hört konzentriert dem zu, was der Arzt am Telefon sagt. Leise schließt Hans die Tür und bleibt daneben stehen.

«Danke, Friedrich», sagt Onnen schließlich, legt den Hörer auf die Gabel und greift zu einer Zigarette. Nachdem er sie angezündet und einen tiefen Zug inhaliert hat, lässt er sich an die Lehne seines Sessels zurückfallen und macht Hans ein Zeichen näherzutreten. «Wollenweber bestätigt, dass der Tod durch oral eingenommenes Zyankali eingetreten ist. Er schickt uns den ausführlichen Befund samt Mageninhaltsanalyse zu. Es gab übrigens keinerlei Abwehrspuren an Hartnagels Händen oder Armen.»

«Aber dann sieht doch alles nach Selbstmord aus», sagt Hans. «Vielleicht sollten wir noch einmal mit der Witwe sprechen.»

«Wenn es denn so einfach wäre.» Onnen lässt langsam den Rauch aus dem Mund entweichen. «Wollenweber hat bei der Untersuchung der Leiche etwas überaus Pikantes entdeckt.» Er nimmt einen weiteren Zug von seiner Zigarette und blickt Hans an. «Hartnagels Hintern war mit Striemen übersät.»

«Striemen?» Hans kann seine Verblüffung nicht verbergen. «Was denn für Striemen?»

«Wohl solche, wie sie bei Peitschenschlägen entstehen.»

«Wie bitte?» Hans ist entsetzt. «Wurde er gefoltert? Das verstehe ich nicht.»

Onnen lächelt schwach. «Ach, Frisch. Sie sind ja auch noch ein junger und naiver Mann. Es ist beruhigend zu hören, dass Sie von gewissen Dingen keine Ahnung haben.» Mit Daumen und Zeigefinger fährt er von der Spitze seiner Nase zur Nasenwurzel hoch. «Wir werden ohnehin mit Frau Hartnagel reden müssen. Wenn Sie aber nicht dabei sein möchten, nehme ich Brettschneider mit.»

«Nein, nein, Herr Onnen. Natürlich begleite ich Sie. Ich möchte ja noch dazulernen. Und es scheint, als gäbe es in diesem Fall einiges zu lernen.»

Schwerfällig erhebt sich Onnen. «Das gibt es, Frisch. Das gibt es.»

* * *

Heute Morgen geben sich die Kundinnen die Klinke in die Hand. Während Martha ein Wäschestück nach dem anderen zwischen die heißen Walzen der Mangel führt, arbeiten ihre Gedanken auf Hochtouren. Kann es wirklich sein, dass Doktor Hartnagel sich so sang- und klanglos aus dem Leben verabschiedet hat? Sie kennt ihn nur vom Sehen, aber auch aus der Ferne ist ihr aufgefallen, dass er den großen Auftritt liebte. Das war keiner, der sich im Hintergrund aufhielt. Aber vielleicht war er ja unheilbar krank und suchte deshalb den schnellen Tod. Wer redet schon gerne darüber, wenn er eine schlimme Diagnose bekommt. Aber zumindest seiner Frau hätte er doch eine Erklärung hinterlassen müssen. Es muss schrecklich für sie sein, nicht zu wissen, warum er sich das angetan hat. Oder ... Martha hält in ihren Überlegungen inne. Vielleicht weiß sie es und behält es für sich.

«Sie sind heute aber schweigsam», sagt Dora Lürssen, während sie die Kopfkissen zusammenfaltet. Die Haushälterin der Pickerings kommt mindestens einmal die Woche mit Mangelwäsche. «Gibt es keine Neuigkeiten in Leer?»

Martha schüttelt den Kopf. «Mir ist nichts zu Ohren gekommen.» Jedenfalls nichts, was sie weitersagen dürfte. Außerdem ist sie so mit ihren Gedanken beschäftigt, dass ihr nicht nach Reden zumute ist.

Die Türglöckchen bimmeln, und Traudel Maier kommt herein. Sie betreibt nebenan die Änderungsschneiderei und wohnt obendrein in demselben Mietshaus wie Martha.

«Guten Morgen», sagt sie aufgekratzt. Ihre Augen funkeln, und Martha argwöhnt, dass Traudel nicht nur wegen der üblichen gemeinsamen Tasse Vormittagstee gekommen ist.

«Moin», erwidert Martha freundlich.

«Gotlind Früchtenicht war gerade bei mir. Du glaubst nicht, was sie erzählt hat», platzt Traudel heraus.

Sofort ist Martha hellhörig. Der Mann der Früchtenicht ist Tischler und der örtliche Bestatter in dritter Generation. «Schieß los», sagt sie, und auch Dora Lürssen ist ganz Ohr.

«Man hat den Doktor Hartnagel vom Kindererholungsheim tot hinter einem Busch im Park der Evenburg gefunden.»

Dora Lürssen reagiert als Erste. «Hinter einem Busch?»

Traudel nickt. «Genau. Adolf Früchtenicht hat Hartnagels Leichnam gestern abgeholt und ins Hospital gefahren. Die Polizei lässt den jetzt aufschneiden, um festzustellen, woran der gestorben ist. Könnt ihr euch das vorstellen?»

«Um Gottes willen!» Dora Lürssen hat plötzlich rote Flecken im Gesicht. «Doktor Hartnagel war erst letzte Woche auf der Cocktailparty der Pickerings. Ich bin deswegen mal wieder länger geblieben und habe den Gästen die Tür geöffnet. Die Hartnagels kamen als Letzte. Ich erinnere mich noch genau. Er sah gesund und putzmunter aus und war richtig gut gelaunt. Im Unterschied zu seiner Frau. Die war blass um die Nase und machte einen etwas gequälten Eindruck. Ich hab noch gedacht, sie hätte ja auch zu Hause bleiben können, wenn sie so wenig Lust auf die Feier hat. Er …» Sie will noch etwas sagen, schüttelt dann aber nur den Kopf. «Aber dass der Hartnagel nun tot ist …»

«Ja, so schnell kann das gehen.» Traudel setzt sich und schaut Martha an. «Ich brauche jetzt erst mal was zu trinken.»

«Ich bin noch nicht dazu gekommen, Tee zu kochen. Hier war so viel los. Aber ein Glas Wasser kannst du gern haben.»

«Wasser. Tsss. Eher ein Gläschen Frauengold.»

«Das könnte ich auch vertragen.» Dora Lürssen setzt sich auf den anderen Stuhl. «Das ist gut für die Nerven.»

«Wenn ihr meint.» Martha geht nach hinten, nimmt drei Gläser und die fast volle Flasche aus dem Wandschränkchen über dem Waschbecken und trägt alles hinüber. Vorsichtig gießt sie die dunkle Flüssigkeit ein und reicht Dora und Traudel die «Medizin».

«Auf den armen Herrn Hartnagel.» Traudel prostet den beiden anderen zu.

Dora Lürssen verzieht das Gesicht. «Über Tote soll man zwar nichts Schlechtes sagen, aber mein Mitleid hält sich in Grenzen.»

«Wieso?» Sofort horcht Martha auf.

«Nein, von mir erfahren Sie nichts. Wie gesagt, ich möchte

28

keinen Klatsch und Tratsch aufbringen. Es wird sowieso viel zu viel über andere Leute geredet.»

«Aber Frau Lürssen, uns können Sie es doch sagen», versucht Traudel, ihr etwas zu entlocken. Martha hingegen weiß, dass das bei der vierschrötigen Haushälterin vergebene Liebesmüh ist. Aber was könnte sie meinen?

* * *

Helene Hartnagel ist absolut nicht erfreut, als Onnen und Hans wieder vor ihrer Tür stehen. Wie gestern sieht sie aus wie aus dem Ei gepellt. Dass sie einen schweren Schicksalsschlag verkraften muss, ist ihr nicht anzumerken.

«Was gibt es denn noch?», fragt sie ungehalten und macht keinerlei Anstalten, sie hereinzubitten.

«Wir haben das Ergebnis der Obduktion», sagt Onnen. «Möchten Sie es hier an der Tür erfahren?»

Helene Hartnagel macht einen Schritt zurück. «Natürlich nicht. Treten Sie ein. Bitte warten Sie einen Moment, ich bin gleich wieder da.» Ohne weitere Erklärung lässt sie Hans und Onnen in der großzügigen Diele stehen und verschwindet im Salon.

«Die hat bestimmt Besuch», vermutet Hans. «Vielleicht jemand von der Familie, der ihr beisteht.»

«Kann sein.»

Es bleibt keine Zeit für weitere Vermutungen, Frau Hartnagel kommt zurück und schließt die Salontür, ohne dass Hans einen Blick hineinwerfen kann. «Folgen Sie mir, wir gehen in das Arbeitszimmer meines Mannes.»

In dem Raum hat sich seit gestern auf den ersten Blick nichts verändert. Aber sicher hat Frau Hartnagel Unterlagen und Dokumente herausgesucht, die sie für die Vorbereitung der Beerdigung benötigt. Sie lehnt sich gegen den Schreibtisch und verschränkt die Arme vor der Brust. «Also, was hat die Obduktion ergeben?»

Onnen atmet einmal tief durch. «Es gab keine Anwendung von Gewalt. Keine Kampf- oder Abwehrspuren. Er starb tatsächlich an Zyankali.»

«Wie muss ich mir das vorstellen?», fragt die Witwe scheinbar ungerührt.

Onnen zögert kurz, bevor er ausführt: «Die Blausäure entwickelt ihre Wirkung mithilfe der Magensäure und führte letzten Endes zum Ersticken. Vorher hat sie aber noch die Magenwände verätzt. Regelrecht zerfressen, wie der Arzt feststellte. Ihr Mann ist keineswegs eines schnellen Todes gestorben, Frau Hartnagel. Doktor Wollenweber geht davon aus, dass er nach Einnahme des Gifts noch bis zu zwanzig Minuten gelebt hat. Wir müssen herausfinden, woher es stammt.» Eindringlich sieht er die Witwe an.

Bei der Erwähnung der zerfressenen Magenwände ist sie kurz zusammengezuckt, das hat Hans genau gesehen.

«Frau Hartnagel, ich muss Sie das so direkt fragen: Ist Ihr Mann in Besitz einer Zyankalikapsel gewesen?»

«Ja», antwortet die Witwe ohne Umschweife. «Er hatte damals im Krieg für jeden von uns eine Kapsel besorgt. Man wusste ja nicht, was passiert, wenn die Russen kommen.»

«Warum haben Sie das nicht gestern schon gesagt?», fragt Onnen forsch.

«Weil ich erst nachsehen wollte, ob noch alle drei da sind.»

Die Frau hat wirklich Nerven, findet Hans.

«Warum drei?», fragt Onnen.

«Für meinen Mann, mich und unseren Sohn.»

«Und?»

«Sind noch alle da.»

«Ich möchte sie sehen.»

Helene Hartnagel stößt sich vom Schreibtisch ab, geht zu einem Bild neben der Zimmertür und hängt es ab. Dahinter befindet sich ein in die Wand eingelassener Tresor. Sie nimmt ein Schlüsselbund aus dem Schreibtisch und öffnet ihn. Zahlreiche Dokumente befinden sich darin. Sie greift nach einer silbernen Pillendose. «Hier.»

Onnen nimmt ihr die Dose ab und öffnet sie. Tatsächlich befinden sich drei Kapseln darin.

Mit zusammengekniffenen Augen schaut Onnen Helene Hartnagel an. «Ihnen ist bewusst, dass Sie mir diese Kapseln bereits gestern hätten zeigen müssen?»

Sie zuckt mit den Schultern.

«Woher soll ich wissen, dass Sie die Wahrheit sagen und dort nicht vier Kapseln drin gelegen haben.»

«Sie werden mir schon glauben müssen», gibt Helene Hartnagel kühl lächelnd zurück. «War's das? Ich habe Besuch, der im Salon auf mich wartet.»

«Noch nicht.» Onnen schaut Helene Hartnagel scharf an. Wie ein Raubtier, das auf einen Fehler seines Opfers wartet, um dann zuzuschlagen.

«Was können Sie uns zu den Striemen sagen, die Ihr Mann auf dem Hintern hatte?»

Jetzt wird Helene Hartnagel blass. Ihre Augen wandern unruhig im Raum hin und her, als fände sich dort eine Antwort.

«Kommen Sie, das dürfte Ihnen doch nicht unbekannt sein», sagt Onnen süffisant. «Immerhin waren Sie ein Ehepaar, und Ihr Mann wird doch sicher auf seine ehelichen Rechte gepocht haben. Dabei dürften Ihnen diese Verletzungen nicht entgangen sein.» Es klingt gemein, wie Onnen das sagt.

Helene Hartnagel hebt abwehrend das Kinn. «Kommen Sie.» Sie geht voran in den Salon. Dort sitzt ein Geistlicher auf dem Sofa, der sich bei ihrem Eintreten erhebt. «Pastor Kleebaum, darf ich vorstellen? Kommissar Onnen und …?» Fragend blickt sie Hans an.

«Wachtmeister Frisch», sagt er schnell.

«Herr Pastor, die Herren haben mich gefragt, woher die roten Striemen am Körper meines Mannes stammen. Ich sehe mich außerstande, diese Frage zu beantworten. Seien Sie doch so gut und übernehmen diese Aufgabe für mich.»

Der Pastor schaut sie an. «Sind Sie wirklich sicher?»

Helene Hartnagel nickt. «Sonst müsste ich es tun, und ich kann das einfach nicht.»

Der Pastor senkt den Kopf. «In Ordnung.»

Helene Hartnagel geht hinüber zum Fenster. Sie kehrt ihnen den Rücken zu und blickt hinaus, als der Pastor zu sprechen beginnt.

«Vor einiger Zeit forderte Doktor Hartnagel seine Frau auf, ihn im Rahmen ihrer ehelichen Pflichten zu züchtigen. Er verzichtete schon lange auf den Beischlaf, nun aber erwartete er von ihr, dass sie ihn mit einer Peitsche schlug.»

Der Pastor schweigt. Vom Fenster her dringt Schluchzen zu ihnen hinüber und Hans sieht, dass Helene Hartnagels Körper bebt.

* * *

Annemiekes Pferdeschwanz wippt auf und ab, als sie über das Kopfsteinpflaster zur Heißmangelstube radelt, um ihrer Oma beim Zusammenlegen der Tischdecken aus dem Hotel zur Leda zu helfen. Sie stellt das Fahrrad an der Hauswand ab und reißt die Ladentür auf.

«Moin, Omili, hier bin ich», ruft sie und drückt Martha einen Kuss auf die Wange. Dann eilt sie zum Radio und dreht den Regler, bis sie den richtigen Sender gefunden hat. Den Heimatsender, den ihre Oma hört, findet sie sterbenslangweilig. Aber die Rhythmen des amerikanischen Soldatensenders gehen ihr direkt ins Blut. «Don't Ask Me Why». Sofort beginnen ihre Beine zu wippen. Elvis Presley ist ihr Held. Und jetzt ist er sogar mit dem Truppentransporter auf dem Weg nach Bremerhaven, um in Deutschland seinen Militärdienst abzuleisten. Am liebsten würde Annemieke ihn mit ihrer Freundin Lieselotte bei der Ankunft begrüßen, sie weiß nur noch nicht, wie sie das ihren Eltern klarmachen soll. Vielleicht hilft ihr Omili dabei.

«Mach doch die Musik leiser», ruft die prompt von der Heißmangel aus rüber. «Ich werde ganz verrückt bei diesem Krach.» So lieb ihre Oma auch ist, für gute Musik hat sie einfach kein Gefühl. Immer will sie Schlager hören. «Nur noch diesen Song», bittet Annemieke mit einem Lächeln, und ihre Oma nickt zwinkernd.

«Aber nur noch diesen.»

Annemieke grient, und routiniert legen sie die gemangelten Tischdecken zusammen. Ihre Oma sieht heute ernster aus als sonst, das entgeht Annemieke nicht. «Was ist denn los, ist dir eine Laus über die Leber gelaufen?»

«Ach, Tüddi», seufzt ihre Oma. «Der Tod von Doktor Hartnagel geht mir die ganze Zeit durch den Kopf. Und das, was die Haushälterin der Pickerings heute Vormittag gesagt hat. Oder besser, was sie nicht gesagt hat.»

«Gab es wieder Streit bei den Pickerings?» Auch wenn sich Annemieke nicht für den Kleinstadtklatsch interessiert, so weiß sie doch über die Pickerings bestens Bescheid, weil es die Familie ihrer liebsten Freundin Lieselotte ist. Und die kann ihren Stiefvater nicht sonderlich gut leiden. Eigentlich hatte sie sogar gehofft, dass ihre Mutter sich von ihm scheiden lässt, als es wegen der Beteiligung von Lieselottes Mutter an der neuen Modefirma tagelang heftigen Krach gab. Aber dann haben sich die beiden zu Lieselottes Bedauern wieder vertragen.

«Nein, nein. Es ging um Doktor Hartnagel.»

«Um Hartnagel? Was hat denn die Lürssen mit dem Heim zu tun? Die hat doch keine kleinen Kinder.»

Für Annemieke ist und bleibt sie der Hausdrachen der Pickerings, der ihr früher stets Angst eingeflößt hat, wenn sie ihre Freundin besucht hat.

«Von Frau Lürssen kamen so seltsame Andeutungen. Aber so recht wollte sie mit der Sprache nicht rausrücken.»

Annemieke grinst in sich hinein. Ein ungeklärter Todesfall ist genau das, was ihre Oma liebt. Das würde sie natürlich nicht laut sagen, aber so ist es nun mal. Als Witwe eines Polizeibeamten fühlt sie sich zur Detektivin berufen und hat ohne Zweifel auch schon kriminalistisches Talent an den Tag gelegt.

«Was hat sie denn angedeutet?»

«Dass sich ihr Mitleid über seinen Tod in Grenzen hält. Mehr nicht. Und das kam mir merkwürdig vor.» Omili reicht ihr die Ecken der nächsten Tischdecke. «Wenn ich nur wüsste, was sie damit meint.»

Sie falten den Leinenstoff auf Kante zusammen und legen ihn auf den Wäschestapel. Eine ganze Weile arbeiten sie stillschweigend, endlich ist auch das letzte Tischtuch zusammengelegt.

«Ich mach mich dann mal auf den Weg. Tschüs.» Annemieke drückt ihrer Oma einen Kuss auf die Wange. «Lieselotte und ich wollen englische Vokabeln üben, da kann ich ja mal horchen, ob ich mehr dazu herausbekomme.» Winkend verlässt sie den Laden.

* * *

Auf der Fahrt zur Wache schweigen Hans und Onnen. Sein Vorgesetzter sitzt auf dem Beifahrersitz und macht ein Gesicht, als hätte er auf eine Zitrone gebissen. Hans hat das Gefühl, dass Onnen es Hartnagel persönlich übel nimmt, von seiner Frau Derartiges verlangt zu haben. Nicht aus Mitleid der Frau gegenüber, sondern aus Mitleid mit sich selbst. Bei diesem Gedanken muss Hans innerlich schmunzeln. Onnen hat sich viel von seiner Aufnahme in den exklusiven Kreis um die Baronin Osternburg und den Sittenverein versprochen. Doch statt dort von höchst ehrenwerten Menschen umgeben zu sein, kommt nun so etwas ans Tageslicht.

In der Wache marschiert Onnen strammen Schrittes in sein Büro, nicht ohne Hans aufzutragen, Brettschneider zur Besprechung mitzubringen. Fräulein Schneider hebt fragend die Augenbrauen, als Hans und Brettschneider durchs Vorzimmer gehen. Statt einer Antwort zuckt Hans lediglich mit den Schultern.

In Onnens Büro steht bereits eine dampfende Tasse Kaffee auf dem Schreibtisch, er hat eine Zigarette in der Hand. Hans, Brettschneider und Fräulein Schneider nehmen ihm gegenüber Platz, Fräulein Schneider hält – wie üblich – Bleistift und Stenoblock in der Hand.

Der Kommissar räuspert sich, bevor er zu sprechen beginnt.

«Wir wissen nun, woher die Striemen stammen, die Wollenweber auf Hartnagels Körper festgestellt hat. Seine Frau hat ihn – auf sein Geheiß hin – mit einer Peitsche geschlagen.» Onnen presst die Kiefer aufeinander, Fräulein Schneider schreibt mit gesenktem Kopf, die Wangen gerötet, und Brettschneider rutscht die Frage heraus: «Mit einer Peitsche? So einer, wie wir sie bei dem Fräulein Malottke gefunden haben?»

«Keine Ahnung, mit was für einer», gibt Onnen brüsk zurück. «Es reicht ja wohl, dass es eine Peitsche war. Schließlich waren nicht die Schläge todesursächlich.» Er zieht die Nase hoch. «Halten wir weiter fest, dass sich in Doktor Hartnagels Haus drei Zyankalikapseln befinden, die er für den Fall eines Falles für sich, seine Frau und seinen Sohn besorgt hat.»

Hans meldet sich zu Wort. «Wir wissen nicht, ob sich ursprünglich tatsächlich nur drei Kapseln in der Dose befunden haben. Es könnten auch vier oder fünf gewesen sein, und Frau Hartnagel hat ihm das Gift untergejubelt. Vielleicht hat sie die Situation nicht mehr ausgehalten und ihn deshalb getötet. Wir haben ja gesehen, wie sehr sie das alles belastet.»

Onnen schüttelt nachdenklich den Kopf. «Ich weiß nicht, was ich von der ganzen Sache halten soll. Ehrlich gesagt, kommt mir das alles sehr spanisch vor. Ich kannte Doktor Hartnagel als einen aufrechten deutschen Mann mit strengen moralischen Vorstellungen. Und Helene Hartnagel als aufrechte Frau mit ebensolcher Gesinnung. Ich kann mir nicht vorstellen, dass gerade er sich auf so abartige Art von seiner eigenen Frau hat demütigen lassen. Das passt nicht zu ihm.» Onnen drückt die Zigarette im Aschenbecher aus, greift zum Zigarettenkarussell und zündet sich eine neue an.

Hans überlegt. «Sie könnte uns belogen haben. Nehmen wir mal an, Hartnagel hat sich anderswo auf diese Art vergnügt, sie hat das mitbekommen und ihn deshalb getötet. Vorher hat sie den Pastor mit ins Boot geholt, sie hat dem einfach vorgelogen, was ihr Mann angeblich von ihr verlangt und dementsprechend die Tat eiskalt und von langer Hand geplant. Wir hätten uns die Peitsche zeigen lassen sollen.»

«Aber Kommissar Onnen sagte doch gerade, die Hiebe waren nicht todesursächlich», wendet Brettschneider ein. «Deswegen gab es doch gar keinen Grund, sich dieses Teil zeigen zu lassen.»

«Ja, so ist es. Außerdem habe ich ihr zu dem Zeitpunkt noch Glauben geschenkt», gibt Onnen zu. «Jetzt, bei näherer Betrachtung, gibt es dagegen berechtigte Zweifel, wie ich finde.» Grübelnd wiegt er den Kopf hin und her. «Allerdings ist Doktor Hartnagel im Park der Evenburg gefunden worden. Zyankali wirkt in der Regel sehr schnell. Wie kann sie ihm das Gift verabreicht haben, wenn er mittags nicht zum Essen zu Hause war und die Wirkung innerhalb von maximal zwanzig Minuten eintrat?»

«Aber dann müsste es jemand aus dem Heim gewesen sein», meint Hans. «Dort hat er bestimmt auch zu Mittag gegessen.»

«Wie wir es auch drehen und wenden, es läuft alles darauf hinaus, dass er es selbst genommen haben muss. Das Zeitfenster zwischen Einnahme und Eintritt des Todes ist einfach zu klein.»

«Es sei denn, er hätte nach dem Essen Besuch von jemandem gehabt, der ihn gezwungen hat, das Zyankali zu nehmen», sagt Hans.

Für einen Moment ist es still im Raum, man könnte eine Stecknadel fallen hören.

* * *

Traudel hat eben ein Sträußchen mit kleinen Astern vorbeigebracht. Martha liebt diese Blumen, die mit ihren knalligen Farben die Spätsommertage zum Leuchten bringen. Jetzt ist ihre Nachbarin im kleinen Hinterzimmer und setzt Tee auf.

Die Glöckchen über der Ladentür bimmeln. «Moin, Martha.» Gerda Willem kommt mit einem schweren Wäschekorb herein. Martha kennt sie schon lange, im Krieg haben sie zusammen beim Roten Kreuz gearbeitet. Nachdem Gerdas Mann gefallen ist, hat sie sich im Schnelllehrgang zur Lazarettschwester ausbilden lassen und nach dem Krieg im Borromäus Hospital angefangen.

«Na, wie ist die Lage im Krankenhaus?», sagt Martha den zwischen ihnen üblichen Spruch und schiebt noch einen letzten Kopfkissenbezug des Hotels zwischen die Walzen.

Statt der erwarteten Antwort – «Ernst, aber nicht hoffnungslos» – grinst Gerda. «Ganz gut. Aber du kannst dir nicht vorstellen, was ich gestern erlebt habe.»

Martha schaut sie neugierig an. «Erzähl!»

«Aber nur, wenn du mir versprichst, es nicht weiterzusagen.»

«Versprochen.»

«Also. Ich assistiere dem Wollenweber ja immer mal wieder, wenn der irgendwelche Leichen aufschnippeln muss. Du glaubst gar nicht, was wir gestern dabei entdeckt haben!» Gerdas Augen blitzen.

«Nun sag schon!»

«Das muss aber wirklich unter uns bleiben. Ich komme sonst in Teufels Küche.»

«Natürlich. Du kennst mich doch.»

«Gut. Also, unter dem Siegel der Verschwiegenheit: Der Mann ist kurz vor seinem Tod ausgepeitscht worden. Der hatte jede Menge Striemen am Allerwertesten. Wollenweber hat anzüglich gegrinst und gesagt, dass der Mann ja seltsame sexuelle Vorlieben gehabt haben muss.»

«Redest du von Doktor Hartnagel?», fragt Martha.

Verblüfft schaut Gerda sie an.

«Du weißt ...»

In diesem Moment kommt Traudel mit zwei Teetassen von hinten. «Was für Vorlieben hat der Hartnagel denn gehabt?», fragt sie sensationslüstern, während gleichzeitig Frau Dedersen durch die geöffnete Ladentür hereinspaziert und ihre Ohren spitzt. «Höre ich da den Namen Hartnagel? Weiß man schon, was genau passiert ist?»

Verlegen guckt Gerda Willem zu Boden, gibt sich dann aber einen Ruck und berichtet in aller Ausführlichkeit über ihre Beobachtungen. «Ist ja nun auch egal, wenn es doch nicht mehr geheim bleibt», rechtfertigt sie sich. «Aber ihr dürft mich nicht verpetzen. Gebt mir euer Ehrenwort.»

«Ehrenwort», schwören alle drei Frauen und heben drei Finger der rechten Hand.

Frau Dedersen schüttelt ungläubig den Kopf. «Ich fasse es nicht. Die arme Helene. Das wird ein schwerer Schlag für sie sein.»

«Wieso?», fragt Traudel erstaunt. «Hat die ihren Mann denn nie nackig von hinten gesehen?»

* * *

Die imposante Villa von Lieselottes Familie befindet sich am Rande des Julianenparks. Zügig radelt Annemieke über den Logaer Weg, stellt ihr Fahrrad am Kellereingang ab – damit es nicht das Erscheinungsbild verschandelt, wie Frau Lürssen ihr mal aufgetragen hat – und steigt die Stufen zum Portal hoch. Dort betätigt sie die Glocke neben der mit Schnitzereien verzierten Eingangstür. Die Haushälterin mustert sie wie immer mit strengem Blick.

Annemieke macht einen Knicks. «Guten Tag, Frau Lürssen», sagt sie freundlich. «Ich möchte zu Lieselotte.»

«Das junge Fräulein erwartet Sie schon in ihrem Zimmer. Sie kennen ja den Weg.» Dora Lürssen macht einen Schritt zur Seite. Annemieke eilt durch die Empfangshalle und steigt die leicht geschwungene Treppe in den ersten Stock hoch. Vor Lieselottes Zimmertür liegt King, der weiße Königspudel. Fast sieht es aus, als bewache er ihre Freundin. Der modisch geschorene Hund hebt nur träge den Kopf und gähnt.

«Da bist du ja», sagt Lieselotte fröhlich, als Annemieke ins Zimmer tritt. Sie steht vor dem Schallplattenspieler und legt eine Platte auf. Kaum ertönen die ersten Klänge, juchzt Annemieke: «Das ist ja ‹Heartbreak Hotel›.» Augenblicke später singen die beiden Freundinnen aus voller Kehle «Well, just take a walk down Lonely Street to Heartbreak Hotel» und lassen sich kichernd in die einander gegenüberstehenden Cocktailsessel fallen. «Machen Sie einfach einen Spaziergang die Lonely Street entlang zum Heartbreak Hotel», übersetzt Lieselotte den Text und ahmt die tiefe Stimme ihres Englischlehrers nach. «Da soll keiner sagen, dass wir nicht Vokabeln lernen.»

Annemieke muss grinsen. Seit sie die Liedtexte übersetzen, haben sie wirklich große Fortschritte im Englischen gemacht. Auch wenn es nicht immer die Vokabeln sind, die sie für die Aufgaben im Unterricht benötigen.

«Darfst du jetzt am ersten Oktober nach Bremerhaven fahren?» Lieselotte setzt die Plattennadel erneut auf den Anfang des Liedes. «Wir dürfen uns Elvis nicht entgehen lassen. Das ist vielleicht *das* Ereignis in unserem Leben.»

«Bislang noch nicht, aber ich hoffe, dass Omili mir hilft.» Als der Song zu Ende ist, erzählt sie Lieselotte, dass Frau Lürssen ihrer Oma gegenüber eigenartige Andeutungen über den verstorbenen Leiter des Kindererholungsheimes gemacht hat. «Hast du eine Ahnung, was sie meinen könnte?»

Ihre Freundin zuckt mit den Achseln. «Nein. Aber ich kann meine Mutter mal fragen. Vielleicht weiß die mehr.»

* * *

Die Wohnungstür wird geöffnet, als Martha gerade die Teekanne auf den Tisch stellt. Brot, Butter, Käse und Gurkenscheibchen stehen schon bereit.

«'n Abend.» Karl kommt herein, die Aktentasche in der Hand.

«Du bist aber früh heut», sagt Martha. «Möchtest du mit mir zusammen essen?»

«Gern. Ich bring nur schnell die Mappe weg und ziehe das Jackett aus.»

Kurz darauf sitzen sie gemeinsam am Tisch. Martha holt die Leberwurst aus dem Kühlschrank, die er so gern isst, gibt Kluntjes in beide Tassen und gießt den heißen Tee darüber. «Und, wie war dein Tag?» Sie bestreicht ihr Brot dünn mit Butter, legt Gurkenscheiben darauf und streut etwas Salz darüber.

«Intensiv.» Karl langt zu und schmiert sich gleich zwei Scheiben mit der Streichwurst. Nachdem er abgebissen und schnell gekaut hat, berichtet er, dass er heute den ganzen Tag Recherchen über Hartnagel angestellt hat. «Anweisung von meinem Redakteur. Das wird morgen ein Riesenartikel in der

Zeitung. Ich hab herausgefunden, dass Doktor Hartnagel ab 1942 als Arzt in der Heil- und Pflegeanstalt Wehnen angestellt war. Du weißt schon, die berühmt-berüchtigte Irrenanstalt. Stell dir mal vor, da sind in der Zeit, in der er dort gearbeitet hat, eine Menge mehr Menschen gestorben als normal. Sechsmal so viele. Die hatten die Klinik aber auch dermaßen überbelegt. Statt vierhundert Patienten hatten die teilweise tausendzwei-hundert. Ich frage mich, wo die alle gelegen haben, wenn es gar nicht so viele Betten gab. Und zu essen haben die auch kaum was bekommen. Zur Überbelegung kam nämlich noch die Einsparung bei den Lebensmitteln. Der Verwaltungschef hat sich damals sogar damit gebrüstet, dass er weniger Geld dafür ausgegeben hat, als ihm bewilligt worden ist. Kaum zu glauben, oder? Der Hungertod ihrer Patienten wurde von den Ärzten und der Verwaltung einfach so hingenommen.»

Martha legt das Brot beiseite. Ihr ist der Appetit vergangen. Sie hat zwar das eine oder andere über diese Anstalt gehört, doch das ist ihr neu. «Wenn das so gewesen ist, dann muss Hartnagel doch davon gewusst haben.»

Karl nimmt sich unbeeindruckt die nächste Scheibe. «Natürlich hat er das. Der kann ja nicht übersehen haben, dass die Leute da verhungert sind.»

Martha kommt gar nicht mehr aus dem Staunen darüber heraus, was sie in den letzten Stunden über den ehrenwerten Doktor Hartnagel erfahren hat. «Aber wie konnte er unter diesen Voraussetzungen so schnell nach dem Krieg Leiter des Kindererholungsheimes werden? Das kann doch nicht mit rechten Dingen zugegangen sein.»

«Ärzte wurden nun mal gebraucht.» Karl beißt von seinem Brot ab und fährt mit vollem Mund fort: «Hast du je Klagen über das Heim gehört? Überbelegt ist es jedenfalls nicht. Die

Kinder kommen schließlich dorthin, um aufgepäppelt zu werden. In *dem* Erholungsheim wird sicher nicht an den Lebensmitteln gespart.»

«Das steht alles in deinem Artikel?», fragt Martha.

«Ist nicht mein Artikel», gibt Karl zu. «Den schreibt Weiland, mein Redakteur. Ich durfte nur alles für ihn raussuchen. Bin sehr gespannt, was er daraus gemacht hat. Ich weiß nur so viel: Die Überschrift wird der Hammer.»

— DONNERSTAG —

Als Hans heute Morgen die Zeitung aus dem Briefkasten seiner Eltern holt, fällt ihm vor Schreck fast die Kinnlade herunter. In dicken schwarzen Buchstaben springt ihm die Schlagzeile entgegen: *Haben Schatten aus der Vergangenheit Rudolf Hartnagel eingeholt?*

Schnell überfliegt er den Artikel. Dass Hartnagel früher in der Heil- und Pflegeanstalt Wehnen tätig gewesen ist, hat er nicht gewusst. Und wie dort mit den Kranken umgegangen worden ist, erst recht nicht. Aber eins ist ihm nach dem Lesen des Artikels sofort klar: Das wird für ordentlich Wirbel sorgen.

Eher als sonst geht er aus dem Haus und legt die gestrige Zeitung vor die Tür der noch dunklen Heißmangelstube.

Als er das Polizeigebäude betritt, begrüßt ihn der Pförtner mit den Worten: «Du sollst sofort zu Kommissar Onnen kommen. Brettschneider ist schon da.»

Die Verbindungstür zwischen Onnens Büro und dem Vorzimmer steht offen. Fräulein Schneider lächelt heute nur schmal, als er hereinkommt. «Gehen Sie durch. Der Kommissar tobt. Ich wollte ihm einen Kamillentee kochen, aber da hätte er mich fast rausgeworfen.»

«Wie können Sie sich erdreisten, so einen Schund zu schreiben?», brüllt Onnen in den Telefonhörer, als Hans den Raum betritt. «Es ist mir egal, dass Sie nichts davon wussten. Wie

44

kann es angehen, dass Doktor Hartnagel posthum derart mit Dreck beworfen wird? ... Was? Das sollen Tatsachen sein? Wo will Ihr Redakteur die denn herhaben? ... Es ist eine bodenlose Unverschämtheit, einem angesehenen Mitglied der Leeraner Gesellschaft solche Dinge anzudichten. Ich werde Ihnen sagen, was Ihr verleumderischer Artikel nach sich zieht: eine Anzeige. Darauf können Sie Gift nehmen.» Mit diesen Worten knallt Onnen den Hörer auf die Gabel. Sein Gesicht ist feuerrot, die Halsschlagader pulsiert.

Hans steht neben Brettschneider, beide wissen nicht, wohin sie schauen sollen. Die *Ostfriesische Rundschau* liegt auf Onnens Schreibtisch. Der Kommissar zieht ein Stofftaschentuch aus der Hosentasche und wischt sich damit über die Glatze. Das Telefon klingelt.

«Onnen», bellt der Chef in den Hörer, um gleich darauf mit leiserer Stimme zu sagen: «Guten Morgen, Herr Staatsanwalt ... Ja, natürlich habe ich den Artikel gelesen.» Seine Stimme nimmt wieder an Fahrt auf. «Und gerade eben habe ich den Chefredakteur zur Sau gemacht und ihm gesagt, dass dieser Artikel Folgen für ihn haben wird.»

Bei diesem Ausdruck blickt Hans Brettschneider erschrocken an. So haben sie Onnen selten reden gehört.

Nun spricht der Staatsanwalt, und Onnens Gesichtsfarbe wechselt langsam von krebsrot zu normal. «Verstanden», sagt er schließlich. «Wir werden noch mal ins Erholungsheim fahren und dort mit dem Personal reden. Anschließend nehmen wir Hartnagels Büro unter die Lupe ... Ja, Herr Sonnenberg, ich melde mich unverzüglich, sobald wir neue Erkenntnisse haben.»

Onnen beendet das Gespräch und blickt Hans und Brettschneider an. «Sie haben's gehört. Wir werden uns auf der

Evenburg noch einmal umschauen. Aber dezent, wenn ich bitten darf. Nicht, dass uns die Journaille erneut in unsere Arbeit hineinfunkt.»

* * *

Heute lag die Zeitung vor der Ladentür, Hans muss schon sehr früh zur Arbeit gegangen sein. Kein Wunder, der rätselhafte Tod von Hartnagel, vor allem das, was Wollenweber und Gerda bei der Obduktion entdeckt haben, ist ja ziemlich pikant. Während die Heißmangel warmläuft, wirft Martha einen Blick auf die Schlagzeile von gestern, doch zu mehr kommt sie nicht, die Glöckchen bimmeln, und Traudel stürmt herein, die Wangen rot vor Aufregung.

«Hallo, Martha.» Sie wedelt mit der zusammengerollten *Ostfriesischen Rundschau* herum. «Die hab ich von Herrn von Mühlbach. Hab ihn vorhin im Treppenhaus getroffen.»

Martha schmunzelt. Hugo von Mühlbach wohnt seit Kurzem in der Wohnung gegenüber von Traudels. Vorher hatte er in Marthas Wohnung das Zimmer, in dem jetzt Karl logiert, als Kanzlei gemietet. Traudel lässt keine Gelegenheit aus, den verwitweten Rechtsanwalt aus Schlesien in Gespräche zu verstricken und ihn zum Tee oder gar zum Essen einzuladen. Martha empfindet das manchmal schon an der Grenze zur Aufdringlichkeit, andererseits ist Traudel erst Mitte vierzig, kinderlose Kriegswitwe und oft einsam. Martha kann schließlich nicht jeden Abend mit ihr zusammensitzen.

«Das ist ja nett von Herrn von Mühlbach.»

Traudel grient bis über beide Ohren. «Das finde ich auch. Er hat gesagt, dann kann ich den Leitartikel in Ruhe lesen. Ich dachte, das würde dich ebenfalls interessieren. Stell dir vor, der

Hartnagel war gar nicht nur ein einfacher Arzt im Ammerland, sondern Oberarzt in dieser Irrenanstalt in Wehnen. Über die hat man doch die schrecklichsten Dinge gehört. Lies selber.» Traudel reicht ihr das Blatt.

Im Artikel geht es nicht nur um den Tod des Arztes, sondern auch um dessen Vergangenheit bis hin zu seinem Amtsantritt 1948 im Kindererholungsheim.

«Da hat der Hartnagel seine Karriere aber elegant fortgesetzt.» Martha lässt die Zeitung sinken. «Wie er das wohl mit der Entnazifizierung hingekriegt hat?»

«Kannst du dich noch an den kleinen Sohn von Johanna Nissen aus dem Nachbarhaus erinnern?», fragt Traudel in das Bimmeln der Türglöckchen hinein. Die Frau des Milchhändlers Butte kommt wie jeden Donnerstag pünktlich um neun Uhr mit Mangelwäsche.

«Natürlich kann ich mich an Martin erinnern. Der süße kleine Bengel war taubstumm», erwidert Martha.

«Von wem redet ihr denn?», fragt Elvira Butte und stellt ihren Wäschekorb auf dem Tisch neben der Heißmangel ab.

«Von dem kleinen Martin Nissen.»

«Wie kommt ihr denn auf den? Der ist doch schon ewig tot.»

«Weil man ihn damals gegen den Willen der Mutter nach Wehnen gebracht hat. Sie durfte ihn dort nie besuchen. Das sei zu seinem eigenen Wohl, wurde ihr mitgeteilt, als sie es vor Sehnsucht nach ihm nicht mehr ausgehalten hat und hingefahren ist. Ich weiß noch, wie verzweifelt sie damals war. Man hat ihr das Kind einfach weggenommen und behauptet, ein Wiedersehen mit der Mutter würde seine Eingliederung ruinieren und ihm das Leben in der Heilanstalt erschweren. So ein Unsinn. Ein Kind braucht seine Mutter.»

«Stimmt», pflichtet Traudel Martha bei. «Genau so war das.

Und ein Jahr später war der kleine Kerl tot. Gestorben an einer Lungenentzündung. Das hat Johanna Nissen bis heute nicht verwunden.»

«Da sind etliche an Lungenentzündung gestorben. Babette, die Tochter meiner Cousine, auch. Dabei hätte die gar nicht in diese Irrenanstalt gehört. Sie war nur durcheinander nach den Bombenangriffen.»

Martha klappt die Zeitung zusammen. «Ja, schlimm war das.»

Traudel seufzt. «Aber was soll man machen? Wenn ein Arzt dich in eine Klinik einweist, kannst du doch nicht dagegen aufbegehren.»

«Vielleicht sollte man das doch ab und zu. Der kleine Martin hätte jedenfalls gut bei seiner Mutter bleiben können. Dann würde er heute bestimmt noch leben.»

***

Es ist erstaunlich ruhig auf dem Gelände des Erholungsheims, findet Hans. Kein Kind ist zu sehen, es scheint, als liege das Haus im Dornröschenschlaf. Nur ein paar Vögel hüpfen über den Rasen, eine Katze streunt herum, und zwei Tauben flattern in einer alten Eiche gegeneinander an.

Das doppelflügelige Portal aus dunklem Eichenholz quietscht, als Hans es öffnet. Auch in der Eingangshalle, hinter der die mittige Treppe ins obere Stockwerk führt, ist es still. Linker Hand hängt das lebensgroße Gemälde einer dunkelhaarigen Frau in roter Samtrobe. Das ist Frieda von Wangenheim, die vor knapp einhundertfünfzig Jahren verstorbene Frau des damaligen Grafen von Wedel.

«Guten Tag. Kann ich Ihnen helfen?» Ein junger Mann in

weißer Hose und gestärktem weißem Kittel kommt aus dem rechten Flügel des Gebäudes in die Halle. Die dunklen Haare hat er nach hinten gekämmt, seine weit auseinanderstehenden Augen verleihen seinem Gesicht einen ernsten Ausdruck.

«Moin. Kommissar Onnen. Und Sie sind?»

«Otto Conradi. Ich bin Medizinstudent und stehe kurz vor der Approbation. Also, vorm Abschluss», ergänzt er, als er Hans' fragenden Blick sieht.

«Dann kannten Sie Herrn Doktor Hartnagel also gut?»

Der angehende Arzt senkt den Kopf. «Ja, er war regelmäßig zur Kontrolle und Begutachtung der Kinder auf der Krankenstation.»

Onnen ist überrascht. «Es gibt eine eigene Krankenstation in dieser Einrichtung?»

«Sicher. Die Kinder müssen doch versorgt werden, wenn sie erkranken. Schließlich haben wir während ihres Aufenthaltes die Fürsorgepflicht von ihren Eltern übernommen. Außerdem gilt es, ansteckende Krankheiten einzudämmen.»

«Kommt es denn oft vor, dass Kinder erkranken?», fragt Hans.

«Leider. Heimweh schlägt sich auch auf den Magen und andere Organe nieder.»

«Na, da sind sie bei Ihnen und Doktor Hartnagel ja in den allerbesten Händen», sagt Onnen jovial. «Wo wir gerade zusammenstehen: Hatte Doktor Hartnagel Dienstagmittag Besuch?»

«Das weiß ich nicht. Ich bin nach dem Mittagessen gleich zurück zur Krankenstation gegangen. So wie jetzt auch. Die Kinder sind noch im Speisesaal. Unter der Aufsicht von Oberschwester Düster und Schwester Henriette.» Er macht Anstalten zu gehen, Onnen hält ihn jedoch zurück.

«Moment noch. Hat Doktor Hartnagel sich unwohl gefühlt nach dem Essen?»

«Nicht dass ich wüsste. Aber ich habe auch nicht direkt bei ihm gesessen. Er sitzt immer am Tisch von Schwester Düster.»

«Danke. Wo finden wir den Speisesaal?»

«Die Treppe rauf und dann rechts.»

«Aber Sie kommen doch jetzt gar nicht von oben», meint Onnen.

Conradi zögert kurz. «Ich hatte noch etwas im Büro von Schwester Düster zu erledigen», erklärt er und verabschiedet sich.

Als sie den Speisesaal betreten, drehen sich die Köpfe der Jungen und Mädchen in ihre Richtung. Neugierde spricht aus den Blicken, aber kein Mucks ertönt. Nur ein kratzendes Schaben auf dem Fußboden, als Schwester Düster den Stuhl ruckartig zurückschiebt und aufsteht. Eiligen Schrittes kommt sie auf sie zu.

«Weiteressen», befiehlt sie und deutet mit der Hand auf die Tür. «Wir sprechen draußen. Die Kinder sollen sich aufs Essen konzentrieren. Schwester Henriette, Sie sorgen für Ruhe.»

Hans sieht, dass ein Mädchen den Mund verzieht und nicht gerade begeistert auf ihre Suppe schaut. Dicke Fettaugen schwimmen darauf, Hans könnte nicht sagen, um was für einen Eintopf es sich handelt. Den Schokoladenpudding daneben bedeckt eine dicke Haut. Wirklich verlockend sieht der nicht aus.

Schwester Düster schließt die Tür, kaum dass sie auf dem Gang stehen. «Was wollen Sie denn noch?»

Onnen wiederholt die Fragen nach einem möglichen Besucher und ob sich der Doktor nach dem Essen unwohl fühlte. Beides verneint die Schwester.

«Ist Ihnen etwas über Differenzen zwischen den Eheleuten Hartnagel bekannt?», fragt Onnen weiter.

Entrüstet blickt Schwester Düster ihn an. «Was ist das denn für eine Frage? Ich denke überdies nicht, dass wir Derartiges auf dem Flur besprechen sollten. Folgen Sie mir.» Im Stechschritt eilt sie die Treppe hinunter und nimmt den Weg in den linken Flügel. Vor ihrer Bürotür fragt sie spitz: «Wie kommen Sie überhaupt zu dieser Frage?»

«Darüber dürfen wir aus ermittlungstechnischen Gründen nicht reden», sagt Onnen lapidar. «Also?»

«Nun ja. Ich kenne mich in diesen Dingen nicht aus, aber ich denke, sie führten eine funktionierende Ehe. Er hat viel gearbeitet. Sehr viel. Seine Arbeit lag ihm am Herzen. Allein, wie er sich um den jungen Otto Conradi bemüht hat, ist bemerkenswert.» Schwester Düster klingt immer noch gereizt, allerdings ist ihre Stimme nicht mehr so schrill. «Doktor Hartnagel hat sehr viel Zeit darauf verwendet, Conradi alles beizubringen, was er über Kindermedizin weiß. Es können sicher nicht viele Medizinstudenten behaupten, so intensiv betreut zu werden.»

«Ist Ihnen sonst in letzter Zeit irgendetwas seltsam vorgekommen? Könnte er sich bedroht gefühlt haben?»

Schwester Düster schüttelt den Kopf. «Das weiß ich nicht. Er war an sich ziemlich verschlossen. Ein wenig unnahbar bei allem, was nicht mit seiner Arbeit zu tun hatte.» Sie wirft Onnen einen skeptischen Blick zu. «Aber warum fragen Sie das alles?»

«Weil wir noch nicht genau sagen können, ob er sich tatsächlich selbst das Leben genommen hat.»

Mit einer Verunsicherung, die in Hans' Augen nicht zu

Schwester Düster passt, blickt sie Onnen an. «Sie meinen, es könnte sich auch um Mord handeln?»

«Ja. Es könnte. Darum müssen wir noch einmal in sein Arbeitszimmer.»

* * *

Was für ein herrlicher Tag. Annemieke und Lieselotte haben beschlossen, diesen warmen Spätsommertag zu nutzen, und sind direkt von der Schule ins Schwimmbad geradelt. Sie sind beileibe nicht die Einzigen, die diese Idee hatten. Etliche kleine Kinder tummeln sich unter Aufsicht des Bademeisters im Wasser. Ältere Jungen und Mädel spritzen sich gegenseitig nass und juchzen laut, während sie im Wasser Fangen spielen.

Annemieke und Lieselotte suchen sich einen Platz auf der Liegewiese am Ende des wiederverfüllten Dockhafens und breiten ihre Handtücher aus, bevor sie ihre Kleider ausziehen. Wie stets haben sie die Schwimmkleidung bereits untergezogen und rekeln sich jetzt in ihren Badeanzügen mit den modisch gerafften Seiten in der Sonne. Mittlerweile muss Annemieke ihr gepunktetes Körbchen nicht mehr so dick mit Watte ausstopfen, auch wenn ihre Brüste das Oberteil längst nicht so prall füllen wie die ihrer Freundin Lieselotte.

«Morgen Nachmittag zeigen sie bei Bohle Janßen ‹Es geschah am hellichten Tag› mit Heinz Rühmann und Gert Fröbe, wollen wir uns den Film ansehen?», fragt Annemieke und reißt eine Tüte Ahoj-Brause auf. Die eine Hälfte schüttet sie sich auf die Handfläche, die andere gibt sie Lieselotte. «Der soll richtig spannend sein.»

«Ich weiß nicht.» Lieselotte leckt ihre Fingerspitze an und

tupft in das grün-weiße Brausepulver. «Ist doch viel zu schönes Wetter, um im Dunkeln zu hocken. Außerdem muss man danach immer die Klappstühle zusammenpacken und den Saal für den Tanzabend vorbereiten. Lass uns lieber in den Tanzschuppen am Hafen gehen. Da haben wir mehr von. Ist auch nicht so weit wie bis nach Jheringsfehn.»

«Mein Vater will aber nicht, dass ich dahin gehe. Das weißt du doch genau.»

«Dann frag eben Hans, ob er uns begleitet. Oder Karl. Oder besser noch: beide. Du bist doch mit denen verwandt. Gegen die als Aufpasser kann dein Vater nichts haben.»

Annemieke tupft erneut in ihre Handfläche und leckt das Brausepulver ab. «Keine schlechte Idee. Ich muss nur sehen, dass ich die irgendwo erwische. Oder ich frage meine Oma. Die sieht die beiden schließlich jeden Morgen.» Der Gedanke an ihre Oma erinnert sie an etwas. «Sag mal, hast du deine Mutter eigentlich schon auf Frau Lürssen und den Hartnagel angesprochen?»

Lieselotte schlägt sich mit der Hand gegen die Stirn. «Das hab ich glatt vergessen. Aber eigentlich ist es auch egal, was die Lürssen meint. Die hat doch an allem was auszusetzen. Aber andere Frage: Darfst du denn jetzt mit nach Bremerhaven fahren?»

«In der Sache bin *ich* noch nicht weitergekommen.»

* * *

«Ich schwöre Ihnen, außer Doktor Hartnagel, mir und Otto Conradi war niemand in dem Raum», sagt Schwester Düster, als sie mit ihrem großen Schlüsselbund die Tür aufsperrt.

In dem dunkel eingerichteten Arbeitszimmer hat sich

nichts verändert. Noch immer hängt der Kittel am Kleiderständer, die Luft riecht ein wenig abgestanden.

«Ich werde Sie dann allein lassen und zurück in den Speisesaal gehen, wenn Sie mich nicht mehr brauchen.» Schwester
Düster steckt das Schlüsselbund zurück in die Tasche ihrer
weißen Schwesterntracht.

«Natürlich. Wir kommen zurecht. Aber bevor Sie gehen:
Verraten Sie uns doch bitte, ob es hier einen Tresor gibt.»

«Sicher. Auf der rechten Seite des Schreibtisches. Den Schlüssel dafür trug Doktor Hartnagel immer an seinem Bund.»

«Das haben wir nicht dabei», sagt Onnen. «Sie verfügen
sicher über einen Zweitschlüssel?»

Die Krankenschwester runzelt die Stirn und scheint zu
überlegen, was sie antworten soll. Schließlich nickt sie. «Der
ist in meinem Büro. Einen Moment, ich hole ihn.»

Gleich darauf ist sie zurück, drückt Onnen einen verschlos-
senen Umschlag in die Hand und wendet sich zum Gehen.
«Falls Sie mich später noch sprechen möchten, rufen Sie einfach nach mir, ich werde das schon irgendwie mitbekommen.»
Mit diesen Worten schreitet sie majestätisch hinaus.

Onnen setzt sich auf den in die Jahre gekommenen Leder-
stuhl hinter den beeindruckend großen Schreibtisch, öffnet
den Umschlag, nimmt einen großen, auf beiden Seiten gezack-
ten Schlüssel heraus, beugt sich hinab, steckt ihn ins Schloss
des Tresors und hebt triumphierend den Kopf. «Na bitte», sagt
er selbstgefällig. «Dann wollen wir doch mal schauen, was wir
hier Interessantes finden.»

Hans tritt neben ihn, um besser sehen zu können. Als Onnen
sich wieder aufrichtet, hält er einen Packen Dokumente und
eine kleine Geldkassette in den Händen. Beides legt er auf die
dunkelgrüne Schreibunterlage aus Leder und öffnet die Kas-

sette. Drinnen liegen Ausweise, ein paar Goldmünzen, ein Siegel und eine silberne Dose. Onnen wirft Hans einen schrägen Blick zu. «Noch eine Pillendose?» Schnell hebt er den Deckel. Drei für die SS-Zeit typische Messing-Röhrchen mit Schraubdeckeln liegen darin.

«Da wird ja der Hund in der Pfanne verrückt», entfährt es Hans. «Schon wieder Zyankali?»

Onnen nickt nachdenklich, schließt den Behälter und wirft einen Blick auf die eingravierten, verschnörkelten Initialen. «R H. Rudolf Hartnagel.»

Hans geht nicht darauf ein. Ihm kommt gerade ein Gedanke. «Das ergibt vollkommen neue Möglichkeiten. Schwester Düster hatte also auch Zugang zum Gift.»

«In der Tat. Wir sollten uns noch einmal intensiver mit dieser Dame unterhalten. Aber schauen wir doch erst, was sich uns hier noch bietet.» Onnen greift zu einem Tagebuch, das auf den Fahrzeugbriefen für die beiden Fahrzeuge, die zum Heim gehören, liegt. Neugierig schlägt er es auf. Und pfeift durch die Zähne. «Mein lieber Scholli.» Schnell klappt er das Buch wieder zu und steckt es in seine Manteltasche. Auf Hans' fragenden Blick hin erklärt er schroff: «Das sind sehr persönliche Dinge, die Doktor Hartnagel da notiert hat. Ich werde es mir in Ruhe anschauen und dann entscheiden, wie wir damit verfahren. So lange gibt es das Buch offiziell nicht. Verstanden?»

Hans nickt.

«Gut. Dann holen Sie jetzt Schwester Düster. Wir müssen auch noch mit dem anderen Personal sprechen. Ich räume inzwischen die Sachen in den Tresor zurück.»

«Schwester Düster hat uns auf morgen vertröstet, sie muss bei einem hoch fiebernden und bereits halluzinierenden Kind Wache halten, wie mir Schwester Henriette erklärt hat», sagt Hans, als er nach wenigen Minuten zurückkommt.

«Na, wenn das mal stimmt und sie sich nicht einfach nur drücken will», brummt Onnen verärgert.

«Das glaube ich nicht. Auf mich macht Schwester Henriette einen äußerst glaubwürdigen Eindruck. Außerdem hat sie gesagt, dass Otto Conradi an der Seite von Schwester Düster im Krankenzimmer ist.» Ein nettes junges Fräulein, diese Henriette, findet Hans. Mit ihrer Stupsnase sieht sie nicht nur fröhlich, sondern auch ein wenig keck aus. Der Leberfleck an ihrem Hals sieht aus wie ein Kleeblatt. Bestimmt ist sie ein Glückskind.

«Dann übernehmen Sie die Befragung des Personals. Ich fahre zurück zum Revier und erstatte dem Staatsanwalt Bericht.»

Und wie komme ich dann zurück, liegt es Hans auf der Zunge, doch er verkneift sich die Frage. Absolviert er eben einen Fußmarsch von einer guten halben Stunde. Bewegung schadet nie.

Pflichtgemäß macht er sich als Erstes auf die Suche nach Schwester Henriette. Er trifft sie und drei andere Schwestern im Aufenthaltsraum an, wo die älteren Kinder Briefe an zu Hause schreiben. Es ist mucksmäuschenstill. Nacheinander bittet Hans die jungen Damen heraus und befragt sie zu Doktor Hartnagel, aber keiner von ihnen ist am Dienstagmittag etwas Besonderes aufgefallen.

«Ich hatte allerdings wenig mit ihm zu tun, genau wie die anderen. Nur Schwester Düster und Herr Conradi arbeiteten enger mit ihm zusammen», sagt Schwester Henriette, die als Letzte zu ihm auf den Flur kommt.

«Schade», rutscht es Hans raus. «Wissen Sie, wo ich den Hausmeister und den Gärtner finde?»

Schwester Henriette geht zum Fenster, das auf den noch erhaltenen Teil der Vorburg hinausgeht, die einst hufeisenförmig um die Evenburg angelegt worden ist. Sie zeigt auf eine geöffnete Tür neben dem Durchgang. «Um diese Uhrzeit sind sie meist in der Werkstatt.»

Hans trifft die beiden tatsächlich in dem Nebengebäude an, wo sie bei einer Flasche Bier sitzen. «Ich würde mich gerne mit Ihnen über Doktor Hartnagel unterhalten.»

«Nur zu», erwidert der Ältere der beiden, der im grauen Kittel mit Ölresten an den Händen auf einer Kiste sitzt.

«Ist Ihnen am Dienstagmittag in Bezug auf den Doktor etwas Besonderes aufgefallen?»

«Mir nicht. Aber als Hausmeister hatte ich auch kaum etwas mit ihm zu tun. Ich war den ganzen Tag im Keller. Ich reinige im Moment den Heizkessel. Hast du was gesehen, Fritjoff?» Er blickt Hans an und erklärt: «Fritjoff ist unser Gärtner.»

Aufmunternd lächelt Hans dem Mann zu.

«Nein. Ich ...» Langsam beginnt der Gärtner seinen Satz und spricht ebenso langsam weiter. «Ich habe auch nichts gesehen. Aber der Doktor ist öfter nach dem Mittagessen durch den Schlosspark spaziert, das war nicht ungewöhnlich.»

Nach den Befragungen marschiert Hans strammen Schrittes zurück zur Wache, um das Protokoll zu schreiben. Er hat bereits die Bahngleise überquert und das Gelände der Badeanstalt hinter sich gelassen, als eine Fahrradglocke laut bimmelt.

«Huhu, Hans», hört er Annemiekes helle Stimme in seinem Rücken.

Er dreht sich um. «Moin!»

Annemieke sprudelt sofort los, und ehe er sich's versieht, hat er ihr versprochen, am Sonnabend mit ihr und ihrer Freundin Lieselotte in den Tanzschuppen zu gehen.

Hm, nach Tanzvergnügen steht ihm eigentlich gerade gar nicht der Sinn.

* * *

Der Tee ist aufgegossen, jetzt hackt Martha die Petersilie. Es geht doch nichts über ein Butterbrot mit frischer Petersilie, deshalb baut sie davon immer reichlich in ihrem Kleingarten an. Sie hört ein Geräusch im Flur, die Wohnungstür wird geöffnet.

«Moin», ruft ihr Untermieter und steckt gleich darauf den Kopf durch den Türrahmen.

«Du bist ja heute früh dran», sagt Martha und packt noch ein paar Stängel Petersilie dazu. Karl möchte bestimmt auch gleich eine Scheibe Brot. Eigentlich hat er immer Hunger.

«Du glaubst nicht, was passiert ist. Der Chefredakteur hat mich vorhin in sein Zimmer gebeten. Stell dir vor, er hat den Weiland wegen des Leitartikels über Hartnagel Hals über Kopf rausgeschmissen.»

«Tatsächlich?» Martha legt das Messer ins Abwaschwasser und dreht sich zu Karl. «Das hätte ich nicht gedacht. Bei so einer reißerischen Schlagzeile haben doch bestimmt viel mehr Leute als sonst die Zeitung gekauft.»

«Das stimmt zwar, aber der Chef hat wohl von allen Seiten Anrufe und Beschwerden bekommen. Anzeigenkunden haben ihm gedroht, auf Werbung im Blatt zu verzichten, und auch von der Polizei soll er einen Anschiss erhalten haben. Da hat er nicht lange gefackelt und Weiland eiskalt die Kündigung in die Hand gedrückt.»

«Das ist ja allerhand. Nur weil der die Wahrheit geschrieben hat?»

«Jo. Andererseits ist das meine Chance. Der Chef hat gesagt, dass er mit meiner Arbeit sehr zufrieden ist. Deshalb darf *ich* nun einen Artikel schreiben. Über die neue Folge von ‹Stahlnetz›, die morgen Abend im Fernsehen läuft. Der Regisseur kommt nächste Woche nach Leer, um zu sehen, ob man im nächsten Jahr hier eine Episode drehen kann. Was meinst du, ob ich unten bei Frau Maier schauen könnte?»

«Sicher. Sie hat bestimmt nichts dagegen, zumal wir den Film ohnehin zusammen angucken wollen.»

—— FREITAG ——

Bei Tante Martha lässt Hans sich heute Morgen nicht auf einen Klönschnack ein, er drückt ihr nur kurz die Zeitung in die Hand und sputet sich, damit er keinen Anranzer von Onnen riskiert. Dass Tante Martha darüber etwas mucksch wirkt, kann er nicht ändern, er darf eh keine Ermittlungsergebnisse ausplaudern. Wobei es ja eigentlich auch noch nichts gibt, was man ausplaudern könnte.

Zum Glück trifft er vor Onnen ein und bringt Fräulein Schneider das Protokoll von gestern.

Sie gießt gerade die Begonien auf der Fensterbank, als er hereinkommt. Ihre Haare sind akkurat hochgesteckt wie immer, zu einer weißen Bluse trägt sie einen engen Rock im Pepita-Muster. Sie hat eine tolle Figur, findet er. Wie Liselotte Pulver.

«Moin, Fräulein Schneider», grüßt Hans, und sie dreht sich um. Das Grübchen auf ihrer Wange erscheint, als sie den Gruß lächelnd erwidert.

«Guten Morgen, Herr Frisch. Sind Sie gestern im Fall Hartnagel noch weitergekommen?»

«Wie man's nimmt. In seinem Tresor im Kindererholungsheim gab es eine weitere Pillendose mit Zyankalikapseln und private Aufzeichnungen, die Herr Onnen mit nach Hause genommen hat.»

«Was hab ich mitgenommen?», dröhnt die sonore Stimme

seines Vorgesetzten. Onnen kommt mit geöffnetem Mantel herein, den Hut auf dem Kopf. Sofort eilt Fräulein Schneider herbei, hilft ihm aus dem Mantel und hängt ihn an den Kleiderständer.

«Das Buch des Doktors», sagt Hans. «Haben Sie es gestern noch gelesen?»

Onnen nickt. «Gehen wir in mein Büro. Fräulein Schneider, ich hätte gern einen Kaffee.» Schon marschiert er vor. Hans folgt, und Fräulein Schneider holt den Kaffee aus der Teeküche, den sie in einer Thermoskanne vorbereitet hat.

«Setzen Sie sich.» Onnen lässt sich schwerfällig auf seinen Schreibtischstuhl fallen.

Mit einem Tablett kommt Fräulein Schneider herein und stellt die dampfende Kaffeetasse, eine Zuckerdose und ein Milchkännchen auf den Schreibtisch, dann verlässt sie den Raum.

Der Kaffeeduft steigt Hans verlockend in die Nase. Onnen gießt einen großzügigen Schuss Milch in die Tasse, gibt zwei Löffel Zucker hinzu und rührt um. Dann bedient er sich im Zigarettenkarussell und zündet sich eine an. Nachdem er den ersten Zug genommen und einen Schluck Kaffee getrunken hat, ist er endlich bereit. «Es waren sehr intime Aufzeichnungen. Doktor Hartnagel hat seine Seele in dem Buch offenbart. Und ich kann Ihnen sagen, das waren keine erfreulichen Gedanken, die ihn beschäftigt haben. Um sein Andenken zu schützen, werde ich das Tagebuch unter Verschluss halten. Und ich werde Ihnen auch nur so viel verraten, wie Sie für den Fall wissen müssen. Je kleiner der Kreis, desto sicherer. Von daher werden wir Brettschneider weitestgehend heraushalten.»

Hans platzt mittlerweile vor Neugier, versucht sich das

jedoch nicht anmerken zu lassen. «Ein wenig mehr sollte ich aber schon wissen, denke ich», sagt er sachlich. «Findet sich irgendeine Erklärung für die Striemen auf seinem Rücken?»

«Lassen Sie es mich so ausdrücken: Er hat sich für das, was er gedacht, sich gewünscht und zum Teil gemacht hat, geschämt. Deswegen hat er sich von seiner Frau mit der Peitsche bestrafen lassen.»

* * *

Traudel sitzt nebenan in ihrer Änderungsschneiderei an der Repassiermaschine und nimmt die Laufmasche eines Seidenstrumpfs auf, als Martha hereinkommt. Sofort hält sie in ihrer Arbeit inne und lächelt. «Tee ist schon fertig.»

«Fein. Ich bin heute nicht zum Luftholen gekommen, die Kundinnen haben sich förmlich die Klinke in die Hand gegeben. Jede wollte über Hartnagel reden, aber keine wusste mehr als das, was in der Zeitung gestanden hat. Die haben gedacht, ich könnte sie mit Neuigkeiten versorgen. Dabei hab ich Hans heute früh kein einziges Wort über den Fall entlocken können.»

«Das ist bedauerlich.» Traudel holt zwei Teetassen aus dem Schränkchen im hinteren Teil des Ladens.

«Das finde ich auch. Hartnagels Tod hat mich an Dinge erinnert, die wir alle lieber vergessen wollen. So wie das Schicksal des kleinen Martin. Übrigens, Karl hat mich gefragt, ob er heute Abend bei dir ‹Stahlnetz› gucken darf. Er soll etwas darüber schreiben.»

«Natürlich, ich hab ja zwei Sessel und das Sofa.» Traudel lächelt versonnen. «Herr von Mühlbach kommt auch.»

«Wirklich?» Das überrascht Martha. Als ihr ehemaliger Untermieter die Wohnung gegenüber von Traudel möbliert angemietet hat, wollte er von dem darin stehenden Fernseher nichts wissen, weil er ihn sowieso nicht benutzen würde. Deshalb hat er ihn Traudel «geliehen», die sich seitdem keinen Abend ohne Fernsehen mehr vorstellen kann. Martha schaut häufiger mit ihr die Kochsendung von Clemens Wilmenrod, manchmal kommt auch Frau Reuters von oben dazu, wenn die Lütte schläft.

«Als ich ihm erzählt habe, dass da echte Kriminalfälle nachgespielt werden und Kommissare den Ablauf auf Richtigkeit kontrollieren, hat er sofort zugesagt.» Traudels Wangen laufen rot an. «Ich weiß gar nicht, was ich zum Film anbieten soll. Erdnüsse und Salzstangen? Oder lieber eingelegte Gurken und kleine Bouletten, was meinst du?»

«Das ist alles prima. Ich könnte meine Käsehäppchen mit Pumpernickel und einer aufgepiksten Weintraube machen.»

«Gute Idee. Vier Flaschen Bier habe ich noch, die müssten reichen. Und für uns gibt es eine Flasche Wein. Kröver Nacktarsch. Den hat mir neulich eine Kundin als Dankeschön geschenkt.»

«Bei dem Namen bin ich ja gespannt, wie der schmeckt.» Martha muss grinsen und nippt an ihrer Teetasse.

«Woran du auch immer gleich denkst.» Traudel kichert. «Das hat nichts mit einem nackten Hintern zu tun, sondern mit Weinreben, die bei Frost erfrieren und das Laub fallenlassen. Oder so ähnlich. Hat mir die Frau vom Weinhändler erklärt. Die waren an der Mosel, um Weingüter zu besuchen, damit sie nur die besten Weine in ihrem Laden anbieten.»

«Ist ja auch nicht so wichtig. Hauptsache, er schmeckt. Wann soll ich denn kommen?»

«Herr von Mühlbach kommt gegen halb acht.»

«Dann bin ich um Viertel nach sieben da. Oder soll ich erst kurz vor Filmbeginn kommen?» Martha zwinkert.

Traudels Wangen laufen rot an. «Ja, also …»

* * *

Auch heute ist Helene Hartnagels Erscheinung makellos. Sie trägt ein tailliert geschnittenes, hellgraues Kostüm, eine dicke Perlenkette und ebensolche Ohrringe. Sie stöhnt auf, als Onnen und Hans zum dritten Mal vor ihrer Tür stehen.

«Das passt jetzt überhaupt nicht», sagt sie entrüstet und macht keinerlei Anstalten, sie hereinzubitten.

«Das ist mir egal», gibt Onnen schroff zurück.

Eine Frau kommt angeradelt. Auf dem Gepäckträger klemmt ein kleiner Wäschekorb.

«Wenn Sie nicht wollen, dass wir in der Öffentlichkeit über die Geheimnisse Ihres Mannes reden, müssen Sie uns schon hereinlassen.»

Neugierig schaut die Frau zu ihnen herüber und tritt langsamer, um besser sehen und hören zu können. Typisch. Die Neugierde mancher Frauen kennt keine Grenzen.

«Geheimnisse?» Frau Hartnagel wird blass. «Ich bitte Sie, seien Sie doch leise.» Sie tritt einen Schritt beiseite. «Kommen Sie herein. Gehen Sie schon vor ins Arbeitszimmer, Sie kennen ja den Weg. Ich muss nur kurz der Baronin Osternburg und den anderen Damen Bescheid sagen. Wir spielen gerade eine Partie Bridge. Es dauert doch wohl nicht allzu lange?»

Ihr Mann ist noch nicht unter der Erde, und sie spielt Karten, wundert sich Hans. Da scheint sich die Trauer über den Verlust aber in Grenzen zu halten.

«Die Baronin ist hier?», fragt Onnen mit ein wenig Ehrfurcht in der Stimme. Sein Vorgesetzter hat gestrahlt wie ein Fußballer, der sein erstes Tor geschossen hat, als er es endlich geschafft hatte, zum wöchentlichen Zirkel der Baronin eingeladen zu werden.

«In der Tat. Ich bitte Sie, sie nicht zu begrüßen. Polizei im Haus, das macht sich nicht gut. Also, gehen Sie vor, ich bin gleich bei Ihnen.»

Wenig später tritt sie ein. Onnen steht mit dem Rücken zum Fenster, Hans neben ihm.

«Also, worum geht es dieses Mal?» Ihre Körperhaltung ist mehr als ablehnend.

«Um die Gründe, aus denen er sich von Ihnen mit der Peitsche hat bestrafen lassen.»

Helene Hartnagel schluckt. «Woher wissen Sie …?»

«Wir haben in seinem Büro persönliche Aufzeichnungen gefunden.»

Die Miene der Witwe versteinert, ihre Augen flackern unruhig. Endlich schaut sie Onnen an. Der wirft ihr einen süffisanten Blick zu. «Ach, kommen Sie. Spielen Sie mir doch nichts vor. Sie ahnen doch, was drinsteht. Er wollte Dinge, die bei Strafe verboten sind. Dafür hat er sich geschämt und Sie gebeten, ihm mit der Peitsche diese heimlichen Wünsche auszutreiben. Nur dass sie sich nicht austreiben ließen und er an der Bestrafung Gefallen fand, was ebenfalls dazu führte, dass er sich schämte. Ein Teufelskreis, sozusagen. Eine Abwärtsspirale. Hat Ihr Mann seinen Gelüsten je Taten folgen lassen? Hat er sich an den ihm anvertrauten Kindern vergangen?»

Erschrocken blickt die Witwe Onnen an, und auch Hans bleibt die Spucke weg. Der Arzt ein Kinderschänder?

«Was fällt Ihnen ein, meinem Mann Derartiges zu unterstellen», weist Helene Hartnagel diese Vermutung empört von sich. «Mein Mann liebte Kinder. Nie hätte er ihnen etwas angetan. Dafür lege ich meine Hand ins Feuer.»

«Hat sich schon mancher auf diese Art verbrannt», sagt Onnen trocken. «Was hat er denn stattdessen gemeint, wenn es nicht um seine Gedanken an Kinder ging, für die er eine Bestrafung suchte?»

Helene Hartnagel senkt den Blick. «Es ging um Otto Conradi.»

«Den angehenden Arzt?», fragt Onnen verblüfft.

«Ja», gesteht sie leise.

«Hatte Ihr Mann etwa eine sexuelle Beziehung mit ihm?»

«Ich weiß es nicht», sagt sie erschöpft. Sie ist kaum noch zu verstehen. «Er hat manchmal im Schlaf seinen Namen gemurmelt und dabei gestöhnt.»

* * *

Dora Winkelmann wartet ungeduldig, während Martha noch mit der Wäsche der Gemüsehändlerin beschäftigt ist. Die regt sich lauthals über den gestrigen Zeitungsartikel auf. «Es ist doch nicht zu glauben, was die da über den toten Doktor Hartnagel schreiben. So viel Schmutz und Dreck. Das ist ja ekelhaft.»

«Wieso?», fragt Martha. «Ich fand die Informationen über die psychiatrische Klinik in Wehnen interessant. Vieles davon wusste ich nicht.»

«Was hat denn diese Irrenanstalt mit seinem Tod zu tun? Nichts. Es sind immer wieder die Gleichen, die in den alten Geschichten wühlen und so tun, als wären sie die besseren Menschen», regt sich die Gemüsehändlerin weiter auf. Ihr Kopf ist schon hochrot. «Kann man die Vergangenheit denn nicht endlich ruhen lassen? Muss man immer wieder in alten Dingen rühren, damit alles wieder nach oben kommt? Außerdem ist damals auch nicht alles schlecht gewesen.»

«Aber vieles», zischt Dora Winkelmann, deren Ehemann noch in den letzten Kriegstagen als Deserteur von einem Volkssturmmann erschossen wurde.

«Ach, hören Sie doch auf. Wir müssen nach vorne blicken. Das ist meine Devise, es muss weitergehen.»

«Aber manche Dinge werden nicht vergessen. Ich weiß schon lange, dass dieser Doktor Hartnagel Dreck am Stecken hat.»

«Wieso das denn?» Die Gemüsehändlerin faltet die Tischdecke zusammen, ihre Wangen sind weiterhin rot vor innerer Wallung. «Der wohnt doch noch gar nicht so lange hier.»

«Man muss nur seine Ohren aufhalten», erwidert Dora Winkelmann und erhebt sich ächzend vom Stuhl. «Die Nachbarin meiner Schwester hat schon vor Jahren gesagt, dass er schuld am Tod ihres Sohnes ist. Und dass sich alles im Leben rächen wird.»

Erstaunt lässt Martha das Bettlaken sinken. «Wer ist denn Ihre Nachbarin?»

«Johanna Nissen. Von ihr weiß ich, wie es in Wehnen wirklich zugegangen ist.»

Bevor die Gemüsehändlerin etwas erwidern kann, bimmeln die Türglöckchen. «Moin allerseits», grüßt Trude Harmsen, Traudels zwei Monate jüngere Cousine, die ihren Eltern bis heute nicht verzeiht, dass die sich nicht mal einen eigenen Namen für sie ausgedacht, sondern den von Traudel fast genau übernommen haben.

* * *

«Vielleicht bringt uns diese Spur weiter», überlegt Onnen laut. «Immerhin sind in Paragraf 175 des BGB sexuelle Handlungen zwischen männlichen Erwachsenen unter Strafe gestellt. Falls es also etwas gibt, was die Beziehung der beiden belegen würde, wäre das für Ihren Mann fatal gewesen. Es könnte ja auch sein, dass er erpresst wurde.» Onnen kneift die Augen zusammen. «Wenn das so gewesen ist, wollte der Doktor diese Schmach vielleicht auf keinen Fall erdulden und hat sich lieber selbst gerichtet.» Er wirft Helene Hartnagel einen bohrenden Blick zu. «Bitte öffnen Sie den Tresor noch einmal.»

Statt einer Antwort hebt die Witwe unmerklich das Kinn und verdreht die Augen. Die Ablehnung, mit der sie Onnen und Hans vorhin empfangen hat, steht ihr immer noch ins Gesicht geschrieben. Langsam und fast hoheitsvoll öffnet sie den Safe, nimmt den Inhalt heraus und legt ihn auf den Schreibtisch. «Bitte. Vielleicht finden Sie ja etwas, das Licht in die Angelegenheit bringt.»

Verblüfft schaut Hans sie an. «Haben Sie denn selbst noch nicht nachgeschaut?»

«Nein. Mein Mann ist tot. Zyankali wirkt schnell. Ich gehe davon aus, dass er es selbst genommen hat. Alles, was in den letzten Monaten geschah, seine plötzlichen Forderungen nach körperlicher Züchtigung, seine Verzweiflung über die strafbaren Fantasien war widerlich und seiner unwürdig. Nun hat er sich selbst mit der angemessenen Härte gerichtet. Eigentlich bin ich stolz, dass er noch so viel Ehre im Leib hatte. Seine Selbsttötung steht für mich außer Frage. Mir liegt allerdings sehr viel daran, dass das nicht publik wird. Er könnte sonst kein kirchliches Begräbnis erhalten. Und das wäre gesellschaftlich mein Tod.»

«Warum haben Sie uns nicht gleich gesagt, dass Sie ebenfalls von einem Suizid ausgehen?», fragt Onnen verärgert. «Das hätte die ganze Angelegenheit abgekürzt.»

«Was denken Sie denn?! Er war mein Mann. In guten wie in schlechten Tagen. Dennoch brauchte ich natürlich ein Ventil für die Pein, die mich belastete. Aus diesem Grund habe ich mich Pastor Kleebaum anvertraut. Mit wem sonst hätte ich darüber reden können?» Sie macht eine kurze Pause. Dann blickt sie wieder auf. «Nur, dass ich denke, er hätte sich selbst gerichtet, das habe ich dem Pastor natürlich nicht gesagt.» Helene Hartnagels Kiefer mahlen aufeinander, während Onnen den Papierstapel sichtet. Dabei fällt ihm ein unbeschrifteter Umschlag auf. Er zieht einen handgeschriebenen Brief heraus. Erst überfliegt er ihn, dann liest er laut vor.

Doktor Hartnagel,

wenn Sie glauben, ich verschließe die Augen vor Ihrem unmoralischen Tun, dann haben Sie sich getäuscht. Ich bemerke sehr wohl, wie viel Zeit Sie mit Herrn Conradi verbringen, wie nah Sie bei ihm stehen und dass so manches Mal Ihre Hand seinen Rücken hinunterwandert.

Sie sind ein Perverser, der den Kindern, um die wir uns hier kümmern, keinerlei Vorbild ist und sein darf.

Ich fordere Sie auf, Ihr Amt als Leiter des Erholungsheimes unverzüglich niederzulegen!

Sie sind in einem Alter, in dem man Ihnen abnimmt, dass Sie den wohlverdienten Ruhestand genießen wollen.

Also geben Sie Ihren Posten auf, sonst werde ich Ihre Beziehung zu Conradi an den Träger melden.

Was das für Sie, Ihr Amt und Ihr Privatleben bedeutet, muss ich Ihnen nicht erklären.

Alma Düster.

***

Mit Schwung stellt Traudels Cousine den Wäschekorb auf dem Tisch ab und richtet ihr Haar. «Ihr glaubt nicht, was ich gerade gesehen habe», sagt sie außer Atem.

«Was denn?», fragt Martha und mangelt das nächste Tischtuch.

«Die Polizei ist bei Frau Hartnagel. Ich glaub, die verhaften die. Vielleicht hat sie ihren Mann umgebracht.»

«Sind Sie sicher?», hakt die Gemüsehändlerin nach und greift nach den Zipfeln der Leinendecke.

«Warum sollte die Polizei sonst dort sein? Das kann doch nichts anderes bedeuten. Hartnagel wurde ja schon am Dienstag gefunden. Da gibt es keinen anderen Grund als eine Verhaftung, wenn die Polizei heute früh bei der Witwe aufschlägt.» Trude senkt ihre Stimme. «Außerdem hab ich mit eigenen Ohren gehört, dass der Hartnagel Geheimnisse gehabt hat.»

«Jetzt fangen Sie nicht auch noch mit dieser Irrenanstalt an. Ich kann es nicht mehr hören», regt sich die Gemüsehändlerin auf.

«Wieso Irrenanstalt? Nein, es ging um Hartnagels private Geheimnisse.»

«Und was für welche sollen das sein?», fragt Martha, die das brennend gern wüsste, wie sie sich selbst eingestehen muss.

Für einen Moment ist es still in der Heißmangelstube, nur das Drehen der Walzen ist zu hören. Dann gesteht Trude Harmsen: «Das habe ich leider nicht verstanden. Frau Hartnagel hat die Polizisten ins Haus gebeten.»

* * *

70

Mit dem zusammengefalteten Brief betreten Onnen und Hans einen Schlafsaal des Kindererholungsheims. Etagenbetten aus Metall stehen dicht an dicht in Reihen hintereinander. An der hinteren Wand befindet sich ein großer Kleiderschrank, ein Fenster gibt den Blick auf den Park frei. Schwester Düster flüstert einem Kind im Bett etwas zu, dann kommt sie zu ihnen.

«Was wollen Sie denn jetzt schon wieder?», fragt sie mit nur mühsam beherrschter Stimme.

Onnen zieht den Brief aus seiner Sakkotasche und hält ihn ihr hin. «Nun seien Sie mal nicht so unverschämt. Wir haben diesen Brief gefunden. Kommt er Ihnen bekannt vor?»

Hans ist sich nicht ganz sicher, ob Schwester Düster eine Spur blasser geworden ist. Zumindest hat es ihr die Sprache verschlagen, sie starrt Onnen nur mit zusammengekniffenen Augen an.

«Ich denke, Sie haben uns etwas zu erklären.» Onnen klingt geradezu jovial.

«Nun gut», sagt sie schließlich. «Kommen Sie mit.»

Weil Schwester Düsters Arbeitszimmer zu klein ist, gehen sie in Hartnagels verwaistes Büro. Dort nehmen sie an dem runden Besuchertisch Platz, der zumindest vier schmale Sessel bereithält. «Also, Frau Düster», beginnt Onnen und wechselt offenbar bewusst aus der vertraulichen Anrede «Schwester Düster» in die Distanz. «Wir sind gespannt.»

Sie presst die Lippen aufeinander und lässt einige Momente verstreichen. Doch schließlich gibt sie sich einen Ruck.

«Ich hielt es für meine Pflicht, Schaden von uns allen abzuwenden. Ich dulde keinen sittlichen Verfall in dieser Anstalt. Die Kinder sind unsere Schutzbefohlenen. Was für ein Vorbild ist Doktor Hartnagel denn für deutsche Kinder, wenn er sich zu solchen Handlungen hinreißen lässt? Einem jungen, von ihm als Ausbilder abhängigen Mann mit der Hand am Rücken hinunterzufahren. Das ist ... ich finde keine Worte dafür. Zuerst habe ich gedacht, ich täusche mich, als ich das gesehen habe, aber dann habe ich die beiden beobachtet. Doktor Hartnagel hat Herrn Conradi öfter angefasst. Von da ab hat mich die große Sorge bewegt, dass er irgendwann anfangen würde, auch die Jungen unsittlich zu berühren. Ich habe nur eine Möglichkeit gesehen: Doktor Hartnagel musste seine Stellung hier aufgeben.» Wieder presst sie die Lippen aufeinander.

«Ach? Ist das alles, was Sie zu beichten haben? Oder waren Sie diejenige, die ihm die Zyankalikapsel verabreicht hat?» Onnen mustert sie mit regloser Miene. «Um ganz sicherzugehen, dass er nichts Verwerfliches tut?»

«Was glauben Sie denn?» Die Krankenschwester erwacht aus ihrer Starre. «Ich habe ihn doch nicht ins Jenseits befördert. Ich wollte wirklich nur, dass er in den Ruhestand geht. Im entsprechenden Alter war er ja.»

«Und das sollen wir Ihnen glauben?»

«Es bleibt Ihnen wohl nichts anderes übrig», gibt sie pampig zurück. In diesem Moment klopft es an der Tür.

«Herein», ruft sie. Schwester Henriette steht mit leichenblassem Gesicht in der Tür. «Holger ist die Treppe heruntergefallen. Ich glaube, er hat sich was gebrochen.»

«Dann sagen Sie doch Conradi Bescheid.»

«Den kann ich nicht finden.» Schwester Henriette zittert am ganzen Körper.

Schwester Düster erhebt sich. «Meine Herren, Sie entschuldigen mich. Wie Sie sehen, gibt es einen Notfall.»

Onnen blickt Alma Düster argwöhnisch an. Schließlich sagt

er: «Nun gut. Kümmern Sie sich um den Knaben. Aber glauben Sie nicht, dass Sie mir so einfach davonkommen.» Dann wendet er sich an Hans. «Ich denke, wir machen Feierabend für heute.»

* * *

Zusammen mit Karl steht Martha um kurz nach halb acht bei Traudel auf der Matte. Karl trägt die Platte mit den Käsehäppchen, und Martha klingelt. Es dauert eine Weile, bis sie Schritte im Flur hört. Die Haare frisch aufgedreht, in hochhackigen Schuhen und ihrem besten Kleid öffnet Traudel die Tür. Ihre Augen leuchten, und die Wangen glühen. «Kommt herein, wir sitzen schon im Wohnzimmer.»

Hugo von Mühlbach erhebt sich bei ihrem Eintreten vom Sessel, die Pfeife im Mund. Wie Martha weiß, hat er Karl erst einmal im Treppenhaus getroffen und freut sich sichtlich, ihn näher kennenzulernen.

«Wie ich eben von Frau Traudel hörte, sehen Sie sich heute den Film quasi aus beruflichen Gründen an», sagt er.

«Das stimmt. Nächste Woche kommt der Regisseur der Reihe nach Leer, und für unsere Leser ist es von besonderem Interesse, ob vielleicht eine der nächsten Folgen hier gedreht wird. Köln, Oberhausen und Hamburg sind schon Drehorte gewesen. Vielleicht gefällt es Jürgen Roland ja in Leer, und er entscheidet sich dafür, einen echten Kriminalfall aus unserer Gegend zu verfilmen.»

«Genügend Fälle gibt es ja.» Martha nimmt Karl die Platte mit den Käsehäppchen ab und stellt sie auf den Couchtisch, dann setzt sie sich auf das Sofa.

«Nehmen Sie doch Platz, Karl», sagt Traudel freundlich.

Karl setzt sich auf einen der Sessel und zückt sein Notizbuch und einen Bleistift.

Auch Hugo von Mühlbach nimmt wieder Platz. «Da haben Sie allerdings recht. Der Tod von Doktor Hartnagel wirbelt einiges auf. Nicht nur Fragen seinen Tod betreffend, sondern auch seine Vergangenheit.» Er blickt Karl an. «Ihr Kollege Weiland hat in seinem Artikel gestern kein Blatt vor den Mund genommen. Respekt.»

Karl zögert, er senkt den Blick, und Martha setzt schon zu einer Antwort an, doch Karl ist schneller. «Deswegen wurde ihm auch gekündigt.»

Hugo von Mühlbach zieht an seiner Pfeife und stößt überrascht den nach Vanille duftenden Rauch aus. «Oh. Andererseits muss es uns auch nicht verwundern. Es ist selbst heutzutage immer noch nicht gern gesehen, die Wahrheit zu benennen. Das erfordert oft großen Mut. Den hat Ihr Kollege zweifellos bewiesen. Mich würde interessieren, was er noch alles rausbekommen und vielleicht für sich behalten hat.»

«Die Recherchen habe ich gemacht. Eigentlich hatte Herr Weiland mir noch den Auftrag gegeben, mich um die Entnazifizierungsakte von Doktor Hartnagel zu kümmern. Er wollte wissen, warum der nach seiner Entlassung in Wehnen so schnell wieder in demselben Krankenhaus arbeiten durfte und anschließend sogar Leiter des Heims wurde. Aber dazu bin ich nicht mehr gekommen. Der Chefredakteur hat mich jetzt stattdessen mit einem Artikel über die Sendung beauftragt. Das wird mein erster Artikel», fügt er stolz hinzu.

«Weggelobt also», sagt von Mühlbach kopfschüttelnd und fährt fort: «Entnazifizierung ist auch so eine Worthülse, die ich nicht mehr hören kann. Reinste Augenwischerei. Nur weil man das, was an Ärzten, Lehrern, Juristen und Polizisten nach dem Krieg noch übrig war, dringend brauchte. Dabei waren viele von denen damals in der Partei.» Von Mühlbach redet sich regelrecht in Rage. «Deshalb gab es doch direkt nach Kriegsende diese große Entlassungswelle. Das haben die Briten veranlasst. Allerdings wurde noch im selben Jahr ein Einspruchsrecht gegen diese Entlassungen eingeführt, von dem reichlich Gebrauch gemacht wurde. Ich würde zu gern wissen, was Doktor Hartnagel zu seinen Gunsten vorgebracht hat.»

«Das würde mich auch interessieren.» Karls Augen kleben an von Mühlbachs Lippen, Martha hat ebenfalls aufmerksam zugehört, während Traudel die Flasche Wein entkorkt.

«Kommt man denn an diese Akten heran?», fragt Martha, als Traudel ihr ein Glas Kröver Nacktarsch reicht.

«Einfach ist das nicht, aber ich kenne jemanden, der für diese Verfahren zuständig war. Er wohnt mittlerweile in Hannover.» Hugo von Mühlbach zieht erneut an seiner Pfeife. «Morgen fahre ich sowieso dorthin.» Er nickt Traudel zu, die anscheinend weiß, wovon er redet. «Ich werde ihn diesbezüglich kontaktieren.»

«Gibt es einen neuen Hinweis vom Suchdienst des DRK?», fragt Martha.

Seit Hugo von Mühlbach weiß, dass einer seiner beiden kleinen Söhne beim Bombenangriff auf Leer überlebt hat, sucht er Maximilian.

«Wir werden sehen. Aber ich bin sehr zuversichtlich. Ich bin auf einen Max Pflüger gestoßen. Er ist achtzehn Jahre alt und hat am linken Fuß nur vier Zehen. Genau wie Maximilian. Die Familie Pflüger hat ihn kurz nach Kriegsende adoptiert.»

Traudel wirft einen Blick auf die Uhr und steht auf. «Es wird Zeit.» Sie öffnet die Türen des Nussbaumschrankes. Der Bildschirm kommt zum Vorschein, und sie schaltet den Fernseher an. Augenblicke später ertönt Musik, ein Auto fährt durch die nächtlichen Straßen des Vergnügungsviertels von Hamburg. Eine Frau wird vorgestellt, und die Männerstimme sagt, dass heute ihr Todestag ist. Martha läuft es kalt den Rücken herunter. Es folgt der Schriftzug: «Dieser Fall ist wahr! Er wurde aufgezeichnet nach den Unterlagen der Kriminalpolizei Hamburg.»

Minuten später wird die Tote im Hafenbecken gefunden.

—— SAMSTAG ——

Den ganzen Nachmittag kreisen Marthas Gedanken um die bevorstehende Frauenversammlung. Eigentlich hat Annemieke recht. Frauen sollten sich in die Politik einmischen. Aber muss gerade sie das sein?

Nachdem sie im Schrebergarten mit der Arbeit fertig ist, radelt Martha deshalb zu ihrer Schwester. Seit Ilse Witwe ist, verbringen sie mehr Zeit miteinander als in den Jahren zuvor. Sie verstehen sich plötzlich viel besser. Manchmal hat Martha das Gefühl, dass ihre Schwester durch den Tod ihres Mannes eine andere geworden ist. War sie zuvor eher eine graue Maus, die still jede seiner Zumutungen ertragen hat, wirkt sie nun energiegeladen, ja geradezu selbstbewusst. Vor allem seit sie wieder arbeitet, was er ihr zu Lebzeiten niemals gestattet hätte.

Martha stellt ihr Fahrrad vor dem zweistöckigen Gründerzeithaus ab und klingelt. Ilse öffnet die Tür und begrüßt sie mit einem Kuss auf die Wange.

«Moin, Martha, ich hab schon Teewasser aufgesetzt.»

Kurz darauf sitzen die beiden auf der Bank im Garten und genießen die Abendsonne. Der Geruch reifer Äpfel liegt in der Luft, Rotkehlchen und Singdrosseln zwitschern. Martha liebt diese Stunde, wenn der Tag sich verabschiedet und die Nacht noch nicht angebrochen ist. «Was machen die Jungs?» Sie lehnt sich entspannt zurück.

«Ich weiß es nicht. Letztes Wochenende hatten sie Dienst, aber nächstes Wochenende kommen sie. Du kannst dir nicht vorstellen, wie sie mir fehlen.»

Die Zwillinge leisten gerade ihren Wehrdienst in der nicht weit entfernten Von-Lettow-Vorbeck-Kaserne ab und wohnen an den freien Tagen in ihrem Elternhaus. Ilse legt ihre Füße auf den Hocker. «Heute war im Modesalon vielleicht was los. Ich bin den ganzen Vormittag nur hin- und hergelaufen, um Kleider in die Umkleidekabine zu bringen und wieder hinauszutragen.»

«Ist doch ein Beweis dafür, dass der Salon gut angenommen wird.»

«Da hast du recht. Fräulein Kesselbrink ist auch sehr zufrieden mit dem Umsatz.» Ilse streicht sich eine Haarsträhne hinters Ohr. Der neue Haarschnitt lässt sie jünger aussehen, vielleicht liegt es aber auch an der modischen Kleidung, die sie trägt. Zu Marthas Überraschung hat sich ihre Schwester entschlossen, auf Trauerschwarz zu verzichten. Schon allein wegen ihrer neuen Arbeit als Verkäuferin im Modesalon, hat sie gesagt. Aber Martha glaubt, dass es eher eine nachträgliche Rebellion gegen ihren verstorbenen Mann ist. Und genau deshalb ist Martha heute gekommen.

«Nächste Woche findet eine Frauenversammlung in der Kogge statt.»

Ilse sieht sie überrascht an. «Eine Frauenversammlung?»

Martha lacht. «Ja, stell dir vor. Nicht nur Männer dürfen sich versammeln. An diesem Abend geht es um die anstehenden Wahlen.»

«Die sind doch aber erst nächstes Jahr.»

«Stimmt. Auch wir Frauen müssen zeitig damit anfangen, uns über die politischen Inhalte und Ziele zu informieren.

Damit auch wir uns zur Wahl aufstellen lassen. Denn nur wenn sich Frauen als Kandidatinnen aufstellen lassen, können sie auch gewählt werden.»

Ilse nickt. «Das stimmt. Darüber habe ich noch gar nicht nachgedacht.»

«Siehste. So ist das bei vielen Frauen. Annemieke hat mir kürzlich einen langen Vortrag darüber gehalten. Und recht hat sie.»

Mit einem Ausdruck der Bewunderung schaut Ilse Martha an. «Du willst dich zur Wahl aufstellen lassen?»

Martha lächelt verschmitzt. «Nein, das nun nicht. Ich hab mit der Heißmangel viel zu viel um die Ohren, als dass ich mich auch noch aktiv in die Politik einbringen könnte. Aber du arbeitest nur ein paar Stunden im Modesalon. Und die Jungs sind in der Kaserne. Ich kenne dich doch. Du bist stark. Und ich glaube, dir liegt es auch am Herzen, dass Frauen nicht länger von ihren Männern unterdrückt und bevormundet werden.» Sie schenkt ihrer Schwester einen aufmunternden Blick. «Na, was ist? Stimmt's oder hab ich recht?»

Ilse grinst. «Ich glaube, da hast du verdammt recht.»

***

Den freien Samstag hat Hans in der Neubausiedlung verbracht. In den letzten Wochen ist es auf der Baustelle seiner Familie ordentlich vorangegangen, längst ist das Dach gedeckt. Viele Freunde, Verwandte und Kollegen seiner Eltern waren beim Richtfest dabei, seine Eltern und er haben jede freie Stunde auf dem Bau mitgearbeitet. Jetzt müssen nur noch die Wände tapeziert und das Bad gefliest werden, dann ist es geschafft. Hans freut sich riesig auf den Umzug, bietet das neue Heim doch deutlich mehr Platz als die kleine Zweiein-halb-Zimmer-Etagenwohnung. Sogar ein Gäste-WC gibt es, endlich ist Schluss mit dem allmorgendlichen Schlangeste-hen vorm Klo. Natürlich will Hans nicht für alle Zeiten dort wohnen, spätestens wenn er heiratet, möchte er eine eigene kleine Wohnung beziehen. Aber noch ist keine Braut in Sicht. Obwohl ihm Fräulein Schneider sehr gut gefällt. Vor allem ihre Grübchen. Sie hat auch noch keinen festen Verehrer, zumindest weiß er von keinem. Mit einem Grinsen im Gesicht tritt er in die Pedale. Frisch geduscht und umgezogen ist er auf dem Weg zu Annemieke, um sie und ihre Freundin Lieselotte heute Abend in den Tanzschuppen zu begleiten. Ein bisschen Abwechslung hat er sich nach dieser anstrengenden Woche verdient. Außerdem ist man nur einmal jung. Er hat schon versucht, aus Fräulein Schneider herauszukitzeln, wo sie denn ihre freien Abende am Wochenende verbringt, aber was ihr Privatleben betrifft, ist sie verschlossen wie eine Auster. Und weder im Tanzschuppen noch im Bohle Janßen hat Hans sie bisher getroffen.

Vor dem Kolonialwarenladen von Annemiekes Eltern stellt er sein Rad in den metallenen Ständer zu den beiden Damen-rädern. Er klingelt mehrmals mit der Fahrradglocke, während sein Blick zum appetitlich dekorierten Schaufenster wandert: Dunkelgrün glänzende Teepackungen stapeln sich in hinters-ter Reihe, davor verlockende Pralinenpackungen von Sarotti und direkt am Fenster verschiedenste Flaschen Wein nebst allerlei Gebäck. Emaillierte Schilder links und rechts neben der Ladentür machen Werbung für Libby's-Kondensmilch, Maggi und die Waschmittel Persil und Omo.

Oben wird ein Fenster geöffnet. «Wir kommen gleich», hört er Annemieke rufen.

Als die beiden auf die Straße treten, tragen sie mit Petticoat aufgeplusterte, rote und blaue Röcke, dazu farblich passende Strickjacken über eng anliegenden weißen Blusen. Fast sehen sie wie Schwestern aus.

«Das ist so lieb, dass du uns begleitest», sagt Lieselotte mit kokettem Augenaufschlag.

«Ist mir doch immer wieder eine Ehre», erwidert Hans. Er spielt schließlich nicht das erste Mal den Anstandswauwau.

Oben wird das Fenster erneut geöffnet, und Peter, Annemiekes Vater, streckt den Kopf heraus. «Danke, Hans, dass du mitgehst. Vergiss nicht, um zehn Uhr muss Annemieke wieder daheim sein.»

«Warum denn schon so früh, Papi?», quengelt Annemieke.

«Keine Widerrede. Zehn Uhr, habe ich gesagt.»

«Lieselotte muss erst um elf Uhr zu Hause sein», ruft Annemieke nach oben. «Bitte, Papi, lass mich doch auch ...»

Einen Moment ist es still. Peter scheint nachzudenken.

«Na gut, dann halb elf. Aber nicht eine Minute später. Hans, ich verlass mich auf dich.»

Zu dritt radeln sie zu dem beliebten Tanzschuppen unweit des Hafens. Wie ein Rohrspatz schimpft Annemieke die ganze Zeit über ihren viel zu strengen Vater, der es mit seiner Fürsorge mal wieder übertreibt.

«Der tut manchmal so, als wäre er nie jung gewesen.»

Hans geht nicht auf ihr Lamentieren ein. Annemieke kann froh sein, dass er mit ihr und Lieselotte heute Abend loszieht. Sonst hätte sie vermutlich zu Hause bleiben müssen. Und das hätte ihr erst recht nicht gefallen.

Vor dem Lokal stehen Unmengen von Fahrrädern angelehnt

an Laternen, Hauswände und ein niedriges Mäuerchen. Auch zahlreiche Mopeds drängeln sich auf dem Gehweg. Zu Fuß ist kein Durchkommen.

«Scheint wieder richtig voll zu sein», sagt Lieselotte und schließt ihr Rad ab.

«Kein Wunder, heute sind die Travellins aus Emden hier. Die spielen sonst in Jheringsfehn.» Annemieke grinst Hans an. «Da könnten wir natürlich auch mal wieder hin. Vielleicht leiht dir mein Vater sein Auto, dann brauchen wir uns nicht abzustrampeln.»

Hans ignoriert diesen Vorschlag und steuert stattdessen den Eingang der Gastwirtschaft an. Im Saal sind die Musikinstrumente auf einem Podest aufgebaut, von den Musikern fehlt noch jede Spur. Vermutlich stimmen sie sich mit den anderen Gästen an der Kellerbar auf einen schönen Abend ein.

«Lasst uns erst mal nach unten gehen und schauen, wer so da ist», schlägt Annemieke vor. «Karl hat versprochen auch zu kommen, als ich ihn bei meiner Oma getroffen habe.»

«Karl?», fragt Hans. «Dann hätte er euch doch begleiten können.»

«Der ist doch noch nicht volljährig», erklärt Annemieke und ergänzt mit leichtem Spott: «Außerdem sieht er sich jetzt als aufgehenden Stern am Journalistenhimmel Ostfrieslands und fühlt sich zu Höherem berufen.»

Lieselotte strebt auf die Treppe zu, die ins Untergeschoss führt. Dort lehnt Karl bereits an der Theke, auf der gefüllte Schnapsgläser in Zweierreihen stehen. Er plaudert mit einer jungen Frau, die ihnen den Rücken zudreht.

«Huhu, Karl!» Annemieke winkt, Lieselotte schlendert mit wiegendem Hüftschwung zu ihm hin.

«Hallo, Karl», säuselt sie mit weicher Stimme, als probe sie für eine Liebesfilmszene. Karl schüttelt ihr die Hand und nickt Hans und Annemieke zu.

«Hallo, Lieselotte», sagt Karl höflich, und auch die junge Frau neben ihm dreht sich zu ihnen um. Ihre kecke Stupsnase sticht Hans sofort ins Auge.

«Guten Abend, Schwester Henriette», grüßt er erfreut. «Was für eine Überraschung, dass wir uns so schnell wiedersehen.»

«Och, Herr Wachtmeister, lassen Sie hier mal die Schwester weg. Ich hab ja keine Haube auf und will meinen freien Abend genießen», erwidert sie lachend. «Henriette reicht.»

«Ach, ihr kennt euch?» Lieselotte mustert Henriette von oben bis unten.

«Kennen ist übertrieben», sagt die. «Ich arbeite im Kinder-erholungsheim.»

«Dann haben Sie Hans bei seinen Ermittlungen wegen Doktor Hartnagel kennengelernt?», fragt Annemieke.

Hans behagt das Gesprächsthema gar nicht. «Nun hört mal auf damit», sagt er forsch. «Was darf ich euch zu trinken bestellen? Koks?» Koks ist *das* Getränk des Sommers, obwohl Rum, Würfelzucker und Kaffeebohnen – in einem Schnaps-glas serviert – nicht nach seinem Geschmack sind. Ihm ist ein anständiges Bier lieber.

«Ich nehm eine Cola», sagt Annemieke. «Das stimmt näm-lich überhaupt nicht, dass man das Zeug besser verträgt, wenn man die Kaffeebohnen zum Schluss kaut. Letztes Mal hatte ich am nächsten Morgen derbe Kopfschmerzen.»

«Also ich hätte gerne einmal Koks», flötet Lieselotte.

«Ich auch», gesteht Henriette, während Karl sich genau wie Hans für ein Bier entscheidet.

* * *

Außer Atem lehnt Annemieke sich an eine der Säulen. Sie ist ganz verschwitzt von den rasanten Drehungen mit Hans. Während ihr Puls sich langsam beruhigt, beobachtet sie, wie Karl Henriette zur Rock-'n'-Roll-Musik über das Parkett wirbelt.

«Karl ist ein noch besserer Tänzer als Hans», sagt Lieselotte, die sich zu ihr gesellt. «Man kommt bloß nicht an ihn heran, weil er dauernd diese blöde Krankenschwester am Wickel hat. Kannst du die nicht mal ablenken?»

«Wie stellst du dir das denn vor?» Manchmal hat Lieselotte die seltsamsten Ideen.

«Lass dir was einfallen», sagt ihre Freundin und wird schon im nächsten Moment selbst aktiv, denn Karl läuft mit Henriette direkt an ihr vorbei. «Damenwahl», ruft sie, greift nach seiner Hand und zieht ihn in die Mitte der Tanzfläche.

Henriette sieht den beiden überrascht hinterher. «Na, die hat es aber faustdick hinter den Ohren», sagt sie mit einem fröhlichen Lachen. «Lass dir von der bloß nicht die Butter vom Brot nehmen.»

Annemieke muss grinsen. «Keine Angst. Wir sind allerbeste Freundinnen und kennen uns schon ewig.»

«Es ist gut, eine Freundin zu haben.»

Annemieke nickt. Auch wenn sie manchmal nicht einer Meinung sind, fühlt sich mit Lieselotte zusammen alles runder an, und selbst die langweiligsten Hausaufgaben können Spaß machen.

«Du kommst nicht von hier, oder?», vermutet Annemieke. «Ich hab dich noch nie in Leer gesehen.»

Henriette lacht. «Du hast recht. Ich arbeite erst seit Ostern im Heim und kenne bislang nur die anderen Schwestern. Zum Glück wohne ich mit einer von ihnen im selben Haus zur Untermiete, da können wir manchmal nach Feierabend klönen.»

«Das stelle ich mir schön vor, mit so vielen Kindern den ganzen Tag zusammen zu sein. Da hat man bestimmt viel Spaß.»

«Du kannst es ja ausprobieren. Es wird händeringend eine Aushilfe für den Nachmittag gesucht.»

«Na, ganz so weit geht mein Interesse eigentlich nicht. Ich möchte nach dem Abitur Jura studieren. Allerdings wissen meine Eltern davon noch nichts. Und so, wie ich sie kenne, werden sie nicht begeistert sein. Sie hoffen, dass ich später unseren Kolonialwarenladen übernehme. Aber ich bin hartnäckig und werde mein Ziel schon erreichen.» Genau wie sie die Fahrt nach Bremerhaven machen wird, um bei der Ankunft von Elvis Presley dabei zu sein. Steter Tropfen höhlt den Stein, sagt auch Omili immer, und Annemieke ist mit dieser Taktik sowohl bei ihrer Mutter als auch bei ihrem Vater bislang immer erfolgreich gewesen.

«Du kannst mich ja mal im Kinderheim besuchen», schlägt Henriette vor.

Hans kommt von der Toilette zurück und lächelt Henriette an. «Alle Achtung, Sie tanzen verdammt gut.»

«Das liegt immer auch am Partner.» Henriette zwinkert Annemieke zu, dann sagt sie: «Ich glaube, ich hole mir noch einmal Koks. Das macht so locker, und das kann ich gut gebrauchen nach dieser Woche.»

«Ich mach das schon», sagt Hans, ganz Gentleman. «Für dich auch noch was, Annemieke?»

«Ja, bitte noch eine Cola.»

Hans dreht sich um und geht zur Theke.

«Was wird denn unter euch Schwestern so über den Tod von Doktor Hartnagel geredet?» Annemieke kann ihre Neugierde nicht zügeln. «Glaubt ihr, dass der sich umgebracht hat?»

«Keine Ahnung», erwidert Henriette. «Ich habe den kaum

zu Gesicht bekommen. Eigentlich thronte er nur beim Mittagessen an der Stirnseite des Speisesaales. Auf die Krankenstation kam er allerdings regelmäßig. Meist zusammen mit Schwester Düster und Conradi. Also, dem angehenden Arzt.»

Henriette nimmt dankend das Schnapsglas entgegen, das Hans in Windeseile geholt hat.

—— SONNTAG ——

Das Wochenende plätschert bei herrlichstem Sonnenschein so dahin. Martha verbringt den ganzen Sonnabend und Sonntag im Garten, wo es einiges zu ernten gibt. Die Gewürzgurken will sie zusammen mit dem Dill einlegen, aus den Pflaumen Mus machen und die Buschbohnen einkochen. Da wartet noch einiges an Arbeit auf sie. Als sie am späten Sonntagnachmittag mit ihrem voll beladenen Fahrrad zu Hause ankommt, trifft sie Hugo von Mühlbach in Anzug und Hut vor der Haustür, er wirkt ganz aufgewühlt. Auf den Wangen hat er rote Flecken, die Augen glänzen, seine Hand zittert beim Aufschließen. So aufgelöst hat Martha ihn noch nie gesehen. «Herr von Mühlbach, was ist passiert?»

«Ach, Frau Martha, ich kann es immer noch nicht fassen. Ich habe Maximilian gefunden.»

Martha lässt den Eimer mit den Pflaumen und den Weidenkorb mit Gurken und Bohnen auf den Boden plumpsen. Spontan nimmt sie ihren ehemaligen Untermieter in den Arm. «Ach, wie wunderbar, Herr von Mühlbach. Ich freu mich so für Sie. Nach all den Jahren wird das ein großes Hallo gewesen sein.»

Betrübt schüttelt er den Kopf. «Nein, es war eher das Gegenteil.»

Oje, sie hat das fast schon befürchtet. Schließlich ist der Junge erst vier gewesen, als er seinen Vater das letzte Mal gesehen hat. Inzwischen sind vierzehn Jahre ins Land gegangen, und aus dem Knaben von damals ist ein junger Mann geworden, der reif für die Bundeswehr ist. Da liegt ein Leben dazwischen, von dem Hugo von Mühlbach nichts weiß.

«Wissen Sie was, ich mach uns jetzt eine schöne Tasse Tee. Und dann reden wir.» So wie früher, setzt sie in Gedanken hinzu, als sie jedes Mal zusammengesessen und geklönt haben, wenn er kam, um die Miete zu begleichen.

Zehn Minuten später sitzen sie am Küchentisch mit der karierten Wachstuchdecke, jeder eine Tasse Tee vor sich und einen GabiKo, einen ganz billigen Korn, den Martha für Notfälle jeder Art bereithält. Hugo von Mühlbach kippt den Schnaps herunter und erzählt von seinem Besuch in Hannover. Sein Sohn wird nächsten Monat achtzehn und lebt bei Pflügers, nachdem er als Vierjähriger einige Monate in einem Waisenhaus verbracht hat.

«Anfangs hat er dort kein Wort geredet, aber dem Ehepaar Pflüger ist es wohl gelungen, sein Herz zu erreichen. Sie haben sich sehr um ihn bemüht, und bei ihrem zweiten Besuch sagte er plötzlich ‹Mäxchen›, zeigte auf sich und lächelte. Bei ihr war es damals gleich Liebe auf den ersten Blick, erzählte Frau Pflüger. Sie konnte selbst keine Kinder bekommen. Dann ging alles sehr schnell, und sie durften ihn mit nach Hause nehmen. So ist er zu Max Pflüger geworden.» Hugo von Mühlbachs Augen zucken, als er den Namen ausspricht. «Zusammen mit ihrem Mann betreibt sie den Kolonialwarenladen seiner Großeltern unweit der Innenstadt. Bis vor Kurzem wohnten sie noch direkt hinter dem Geschäft, aber jetzt sind sie eine Etage höher gezogen und konnten so das Geschäft erweitern. Maximilian, also Max, ist nach Abschluss der Volksschule bei einem Mitbewerber in die Lehre gegangen und jetzt mit vielen neuen Ideen zurückgekommen. Mit seinen Eltern will er einen modernen Selbstbedienungsladen aufziehen, hat er mir erklärt.» Der hagere Mann sieht Martha mit zusammengepressten Lippen an. «Es war sehr schmerzhaft zu hören, wie er die beiden mit Mutti und Vati anredet. Aber wie sollte er es auch anders wissen. Sie haben ihn wie ihren eigenen Sohn aufgezogen. Frau Pflüger hat mich die ganze Zeit ängstlich gemustert. Ausgesprochen hat es keiner, aber beide scheinen Angst zu haben, dass ich ihnen das Kind wegnehmen will.»

Versonnen schaut Martha ihn an. Das ist eine verdammt verzwickte Angelegenheit. «Und wie hat Maximilian auf Sie reagiert?»

«Anfangs auch ablehnend. Ich habe ihm die ganze Geschichte erzählt, dass ich lange in Kriegsgefangenschaft in Russland gewesen bin und erst Jahre später erfahren habe, dass seine Mutter, er und sein Bruder bei einem Bombenangriff in Leer ums Leben gekommen sind. Dass ich nicht wusste, dass er überlebt hat, und erst durch einen Zufall darauf gestoßen bin.» Er trinkt einen Schluck Tee, eine Träne löst sich und rinnt über seine Wange. «Maximilian ist mittlerweile ein junger Mann, und ich bin völlig fremd für ihn. Dabei sieht er genau aus wie ich in diesem Alter.» Ein Lächeln gleitet über sein Gesicht.

Martha gießt ihnen noch einen Schnaps ein. «Lassen Sie ihm und seinen Adoptiveltern Zeit, um das alles zu verarbeiten.»

Ergeben nickt er. «Das wird wohl das Beste sein. Gegen Ende des Besuchs hat Maximilian mir den umgebauten Laden gezeigt. Dabei ist er zunehmend aufgetaut. Statt des langen Verkaufstresens gibt es jetzt Gänge zwischen den Regalen, durch die man einen metallenen Einkaufswagen schieben kann, um sich selbst die Waren zu nehmen. Er war Feuer und Flamme, als er mir berichtet hat, dass sie seit letztem Monat auch zur Einkaufsgenossenschaft der EDEKA gehören. Die ja bestens durchs Dritte Reich gekommen ist und von ihrer Nähe zu den Nazis nichts mehr wissen will.»

Von Mühlbach hält kurz inne, sein Blick unbestimmt in die Ferne gerichtet. Dann, als wäre er aus der Erinnerung aufgetaucht, sieht er Martha an.

«Apropos: Ich habe mich auch mit dem Bekannten, der an die Entnazifizierungsakten von Hartnagel herankommt, getroffen. Er wird recherchieren, und am Dienstag treffen wir uns in Oldenburg, dann erfahre ich garantiert mehr über den Doktor.»

—— MONTAG ——

Am liebsten hätte Martha Traudel gleich gestern Abend noch berichtet, dass Hugo von Mühlbach seinen Sohn getroffen hat. Aber Traudel war zum Geburtstag einer ihrer Kränzchen-Freundinnen eingeladen. Seit sie die Volksschule verlassen haben, treffen sie sich einmal im Monat – immerhin seit 1927. Vieles haben die sieben zusammen durchgestanden, sich vor allem gegenseitig Trost gegeben, wenn die Nachricht kam, dass einer ihrer Männer im Krieg geblieben ist. Rosie, Eva, Inge, Marlies, Helga, Erika und Traudel sind eine eingeschworene Gemeinschaft.

Sicher ist es bei ihnen wieder spät geworden. Martha hat trotz der Neuigkeiten eine ruhige Nacht verbracht. Die erste Aufregung über von Mühlbachs wiedergefundenen Sohn ist einem tief empfundenen Gefühl der Freude gewichen und hat sie bis zum Weckerklingeln ausgezeichnet schlafen lassen.

Karl ist bereits wach, als Martha im Morgenmantel in die Küche kommt, der Tee ist sogar schon fertig.

«Nanu, du bist aber früh dran», sagt sie bei seinem Anblick. «Und so geschniegelt und gebügelt.» Mit leuchtenden Augen strahlt er sie an. «Ich will auch gleich los. Hab vor lauter Aufregung gar nichts essen können. Heute ist doch mein Artikel in der Zeitung. Ich bin so neugierig, wie er gesetzt aussieht. Mein allererster Artikel!» Er packt seine geschmierten Stullen in die Brotdose aus Metall.

Ein breites Lächeln legt sich auf Marthas Gesicht, am liebsten würde sie Karl über den Kopf streichen, doch das lässt sie lieber, wo doch seine Haare mit Pomade kunstvoll zu einer Tolle gekämmt sind. «Oh ja, das kann ich nachvollziehen. Bestimmt darfst du heute ein Exemplar mitnehmen, dann kannst du mir den Artikel am Abend zeigen. Sonst lese ich ihn morgen früh, wenn Hans mir die Zeitung bringt.» Sie setzt sich an den Tisch und schenkt sich eine Tasse Tee ein.

«Ich bringe auf jeden Fall eine Ausgabe mit. Selbst wenn ich sie bezahlen muss.» Karl steht auf, packt die Metalldose in seine Aktentasche und deutet einen Diener an. «Einen schönen Tag wünsche ich. Bis heute Abend.» Schon ist er zur Tür raus.

Schmunzelnd blickt Martha ihm hinterher. Was für ein beruhigendes Gefühl, wenn aus den Kindern junge Erwachsene werden, die fleißig sind und ihren Weg gehen. Obwohl sie manches nicht versteht, zum Beispiel die Liebe zu dieser wilden Musik, deren Texte man nicht versteht, oder die neue Mode, beim Tanzen durch die Gegend zu hüpfen und zu springen, gesteht sie der Jugend zu, dass sie ihre eigene Welt erschafft, nachdem die Trümmer nun aus dem Weg geräumt sind.

Als die erste Tasse Tee getrunken ist, macht sie sich fertig, frühstückt eine Scheibe Graubrot mit selbst gemachter Beeren-Marmelade und radelt zur Heißmangelstube. Da sie heute so früh dran ist, macht sie noch einen Umweg am Hafen entlang, um einen Blick auf die Schiffe im herbstlichen Morgendunst zu werfen.

* * *

Tante Martha ist ganz aufgekratzt, als Hans kurz bei ihr reinschaut. Die Zeitung von Samstag bekommt sie neuerdings von Karl, der als Volontär die Samstagsausgabe mitnehmen darf. Dennoch ist es ihm ein lieb gewordenes Ritual, morgens in der Heißmangelstube vorbeizuschauen, auch ohne Zeitung. Überschwänglich berichtet ihm Tante Martha, dass es Herrn von Mühlbach endlich gelungen ist, seinen verschollen geglaubten Sohn aufzuspüren.

«Was für eine Freude», seufzt sie.

Es gibt auch noch schöne Dinge in der Welt.

Beschwingt radelt Hans zur Polizeistation, wo ihn der Kollege an der Pforte mit der Nachricht begrüßt, dass Brettschneider mit einer Magen-Darm-Erkrankung zu Hause geblieben ist.

«Seine Frau kam vor einer Stunde und hat gesagt, er hat die ganze Nacht über der Kloschüssel gehangen», berichtet der Kollege. «Nun liegt er wohl erschöpft im Bett. Hoffentlich geht das nicht rum. Ich hab keine Lust, mir so was einzufangen.»

«Vielleicht hat Brettschneider auch nur was Falsches gegessen», vermutet Hans.

Kaum ist er angekommen, steht schon Kommissar Onnen vor ihm.

«Auf, auf, Frisch», sagt er, «wir fahren noch einmal zur Evenburg und setzen das Gespräch mit Schwester Düster fort.»

Nur zu gern lässt Hans den Schreibkram Schreibkram sein und folgt seinem Chef.

In der Evenburg treffen sie Schwester Düster in deren Arbeitszimmer an. Die Frau reagiert wie gewohnt ungehalten.

«Was wollen Sie denn schon wieder? Ich habe alle Hände voll zu tun, wo der Doktor nicht mehr da ist. Herr Conradi kann die ärztlichen Aufgaben ja noch nicht vollständig übernehmen.»

Onnen zeigt sich unbeeindruckt von ihrer spitzen und unfreundlichen Art. «Wir waren am Freitag bei der Frage stehen geblieben, wie Doktor Hartnagel auf Ihren Brief reagiert hat. Die Antwort sind Sie uns schuldig geblieben.»

Schwester Düster verschränkt die Arme vor der Brust. «Wie soll er reagiert haben? Überheblich und arrogant. Zudem bezichtigte er mich, undankbar zu sein. Schließlich hätte er mir zu der Stellung hier verholfen. Aber das eine hat mit dem anderen nichts zu tun. Also habe ich ihm gesagt, ich würde die Angelegenheit dem Träger des Erholungsheimes melden.»

«Ach.» Interessiert zieht Onnen die Augenbrauen hoch. «Und? Haben Sie?»

Alma Düster senkt den Blick. «Nein. Ich wollte ihn doch nicht bloßstellen. Ich wollte nur, dass er von sich aus geht. Wie ein rechtschaffener deutscher Mann.»

«Aber das tat er nicht.» Onnen fragt nicht, er stellt fest.

Trotzig hebt Schwester Düster den Kopf. «Nein. Im Gegenteil. Er begann, mich vor den anderen abschätzig zu behandeln. Zog einiges, was ich sagte oder machte, ins Lächerliche. Nicht vor den Kindern. Natürlich nicht. Aber vor Herrn Conradi, den Krankenschwestern, sogar vor dem Gärtner hat er mich einmal niedergemacht. Meine Position unterwandert, meinen Respekt geschmälert.»

«Und dann haben Sie sich gedacht, wer nicht hören will, muss fühlen, und ihm die Zyankalikapsel verabreicht. Wie haben Sie das eigentlich angestellt? Einfach so wird er sie kaum geschluckt haben.»

«So ein Unsinn.» Alma Düster reckt den Kopf, als könne sie ihren Hals wie eine Ziehharmonika verlängern. «Ich habe letzte Woche Montag noch einmal eindringlich mit ihm gesprochen und ihm gesagt, ich würde mir sein Verhalten nicht länger gefallen lassen. Ich habe ihm ein Ultimatum bis zum Wochenende gestellt. Bis dahin sollte er seine Kündigung eingereicht haben, sonst würde ich mich an die Trägergesellschaft wenden. Als er am Dienstag tot im Schlosspark lag, bin ich davon ausgegangen, dass er diesen Ausweg gewählt hat, um nicht belangt zu werden.»

«Am Dienstag haben Sie den Gedanken an Selbstmord aber strikt zurückgewiesen», sagt Hans. «Warum?»

Schwester Düster wird blass. «Ich wollte die ganze Sache nicht ans Licht zerren. Er war ja tot. Und konnte kein Unheil mehr anrichten. War's das jetzt?»

***

Zu ihrer Überraschung ist heute richtig viel los, Martha kommt kaum zum Luftholen und schaut überrascht auf, als Traudel um elf Uhr hereinschneit.

«Guten Morgen, Martha. Zeit für ein Päuschen.» Traudel grient. «Sag bloß, du hast noch keinen Tee fertig?»

«Nein, ich bin noch nicht dazu gekommen. Ich mach eben dieses Tischtuch fertig, du kannst das Wasser schon aufsetzen.»

Kurz darauf kann Martha Traudel endlich berichten, dass Hugo von Mühlheim seinen Sohn getroffen hat.

«Ach, das freut mich für ihn», sagt Traudel, «dann hat diese ewige Sucherei endlich ein Ende. Er ist ja in den letzten Wochen völlig durch den Wind gewesen.»

«Das stimmt. Natürlich möchte er Max jetzt so oft wie möglich sehen.» Ein kleiner Schatten zieht über Marthas Gesicht. «Allerdings sind weder der Junge noch seine Pflegeeltern über die Maßen begeistert, dass er bei ihnen aufgetaucht ist. Und wirklich nah ist Herr von Mühlbach seinem Sohn auch nicht gekommen.» Martha seufzt, und Traudel stimmt mit ein.

«Ja, es wird nicht einfach für Hugo sein.»

Verwundert schaut Martha sie an. «Ihr duzt euch?»

Traudel errötet. «Nein. Wo denkst du hin. Aber manchmal denke ich an ihn als Hugo. Nicht als Herrn von Mühlbach. Er wirkt so verletzlich, ich würde ihn am liebsten vor allem beschützen.»

Also hat sich Traudel doch in ihn verguckt. Martha ahnt das ja schon eine Weile.

«Aber wenn er sich jetzt so um seinen Sohn bemüht, wird er noch weniger Zeit haben», sagt Traudel mit Bedauern in der Stimme. «Es ändert sich dadurch doch einiges in seinem Leben. Und für eine neue Frau wäre es auch nicht einfach, plötzlich einen wildfremden jungen Mann als Stiefsohn zu bekommen.»

«Na hör mal», sagt Martha, «du tust ja fast so, als ob Herr von Mühlbach dir Avancen macht.» Sie beugt sich vor. «Oder hast du mir etwas verschwiegen?»

Traudel senkt den Blick und schüttelt den Kopf.

Bevor sie etwas sagen kann, bimmeln die Glöckchen über der Tür, und Dora Winkelmann kommt herein, schwer schnaufend schleppt sie den Wäschekorb.

***

Sie treffen Otto Conradi auf der Krankenstation an, erstaunlich viele Betten sind belegt. Er sitzt am Bett eines Jungen, der ohne Unterlass schluchzt. Um sein Handgelenk trägt der kleine Patient einen Verband.

«Das wird schon wieder, Holger. Ist ja nichts gebrochen. Nur verstaucht.» Conradi hält die verletzte Hand des Jungen, mit der anderen knetet der Knabe nervös die Bettdecke. Henriette, die weiter hinten einem Mädchen einen Wadenwickel anlegt, guckt zu ihnen herüber. Hans hebt die Hand zum Gruß, sie lächelt zurück. Onnen hält sich nicht mit Begrüßungen auf. «Wir müssen mit Ihnen sprechen, Herr Conradi. Bitte folgen Sie uns in Doktor Hartnagels Büro.»

«Muss das jetzt sein? Sie sehen doch, ich habe mich um die Kinder zu kümmern», erwidert Conradi.

«Ja», herrscht Onnen ihn an.

«Ich bin gleich wieder zurück, Holger», sagt Conradi zu dem Kind und streicht ihm im Aufstehen über den Kopf. Der Junge zuckt zusammen, dabei verkrampft sein Körper. Seltsam.

In Hartnagels Arbeitszimmer kommt Onnen ohne Umschweife zur Sache. «Wie war Ihr Verhältnis zu Doktor Hartnagel, Herr Conradi?»

Verblüfft schaut der junge Mann ihn an. «Gut. Sehr gut sogar, ich habe viel von ihm gelernt. Er war ein ausgesprochen kompetenter Arzt.»

«Das meine ich nicht. Ich meine Ihre menschliche Beziehung.»

«Menschlich? Ich verstehe Sie nicht.»

«Stellen Sie sich doch nicht dumm. Wir wissen, dass Doktor Hartnagel Ihnen näherkam, als das gemeinhin zwischen Ausbilder und Auszubildendem schicklich ist. Dass er Sie berührte.»

«Dass er mich berührte?» Conradi tut ahnungslos, doch Onnen lässt sich davon offensichtlich nicht beeindrucken, auch wenn ihm das Thema selbst ein bisschen unangenehm zu sein scheint.

«Es gibt Zeugen dafür, dass er Ihnen zum Beispiel mit der Hand über den Rücken gefahren ist, wenn Sie nebeneinander am Krankenbett eines Kindes standen. Haben Sie diese Berührungen genossen? War da vielleicht noch mehr?»

Conradi wird blass. «Um Gottes willen! Sie wollen mir doch nicht etwa unterstellen, dass ich ein 175er bin? Das bin ich nicht. Ich schwöre beim Leben meiner Mutter, dass das nicht stimmt.»

«Ach nein? Warum haben Sie dann auf derartige Berührungen nicht abwehrend reagiert?», fragt Onnen kalt. Noch stehen sie mitten im Raum, Conradi klammert sich an die Lehne eines Stuhls. «Darf ich mich setzen?»

«Bitte.» Onnen selbst bleibt stehen. So muss Conradi zu ihm aufschauen, was Hans' Chef wohlwollend zur Kenntnis nimmt.

«Das ist nicht so leicht, wie Sie es sich vorstellen. Doktor Hartnagel war eine Institution. Er war schon in der Heilanstalt Wehnen erfolgreich, ihm eilte der allerbeste Ruf voraus. Ein untadeliger Mann reinsten Charakters. Ich dachte anfangs, er würde mich so behandeln, weil ich wie ein Sohn für ihn war.»

«Als ob Väter mit ihren erwachsenen Kindern Zärtlichkeiten austauschen würden», poltert Onnen los. «Das ist Frauensache. Ein echter Mann steht für Zucht und Ordnung im Haus.»

Conradi schaut auf. «Ja. Sie haben recht. Das denke ich im Grunde meines Herzens auch, mir haben diese Körperkontakte überhaupt nicht gefallen. Dennoch beschloss ich durchzuhalten, dauert ja nicht mehr lange, und ich bin mit meiner Ausbildung fertig. Aber so einfach war das nicht. Doktor Hartnagel hörte nicht auf. Vor zwei Wochen habe ich mich endlich getraut und ihn ganz vorsichtig darauf angesprochen und gebeten, derartige Annäherungen zu unterlassen. Er hat mich eine ganze Weile schweigend angesehen. Dann ist er ohne Antwort gegangen.»

«Haben denn diese Körperkontakte danach aufgehört?», will Onnen wissen.

«Nein, aber sie wurden seltener.»

* * *

Doktor Hartnagel geht Annemieke nicht aus dem Kopf, seit sie den Zeitungsartikel letzte Woche gelesen hat. Gleichzeitig steht Henriettes Angebot im Raum. Vielleicht sollte sie sich wirklich als Aushilfe bewerben und sich im Heim genauer umschauen. Möglich, dass sie so dazu beitragen kann, den Fall schneller aufzuklären. Das würde ihrer Omi bestimmt gefallen. Annemieke zögert. Wenn es denn überhaupt ein Fall ist. Aber genau das gilt es herauszufinden.

Und genau wie ihre Großmutter ist Annemieke eine Frau der schnellen Tat. Sie hat heute Nachmittag nichts weiter vor, also radelt sie kurz entschlossen nach dem Mittagessen zur Evenburg.

Das Fahrrad stellt sie bei den als Werkstätten genutzten Gebäuden der Vorburg ab, sichert es mit dem Schloss und schlendert über den gekiesten Weg zur Brücke, die über den Burggraben direkt zum Eingangsportal führt. Ein paar Kinder spielen Ball und lachen fröhlich. Kaum steigt sie die Stufen hinauf, wird die schwere Eichentür geöffnet. Eine ältere Frau in Schwesterntracht mit gestärkter Haube tritt heraus. Annemieke deutet einen Knicks an.

«Guten Tag, ich möchte mich als Aushilfe bei der Kinderbetreuung bewerben. An wen muss ich mich da wenden?»

Die Frau mustert Annemieke von oben bis unten. «Da sind

Sie bei mir genau richtig. Am besten, Sie warten in der Halle. Ich will nur eben dem Hausmeister etwas sagen, dann kümmere ich mich um Sie. Es dauert nicht lange.»

Annemieke betritt das alte Gebäude und setzt sich auf eine hölzerne Bank. Neugierig schaut sie sich um. Ihr Blick bleibt an dem Gemälde einer Frau in roter Robe hängen. Wer das wohl ist? Dem Kleid nach zu urteilen, stammt das Bild mindestens aus dem letzten Jahrhundert. Oben hört sie ein Kind rufen, dann ist es wieder ruhig. Tatsächlich muss Annemieke nicht lange warten.

«Kommen Sie. Ich bin Oberschwester Düster und verantwortlich für die Schwestern und die pflegerische Leitung.» Gemeinsam gehen sie in ein mit dunklen Möbeln eingerichtetes Zimmer. «Nehmen Sie Platz.»

Annemieke setzt sich auf den Stuhl, faltet die Hände auf ihrem Schoß und sieht die Frau mit den harten Gesichtszügen an.

«Sie wollen uns also unterstützen.»

«Genau. Ich habe gehört, dass Sie für den Nachmittag eine Aushilfe suchen. Ich mache nächstes Jahr Abitur und möchte später mit Kindern arbeiten. Am liebsten in einem Heim wie diesem. Deshalb würde ich gerne praktische Erfahrungen bei Ihnen auf der Evenburg sammeln», lügt sie, dass sich die Balken biegen.

Nach einer eingehenden Befragung über ihre Herkunft, ihre Eltern und ihre schulischen Leistungen führt die leitende Schwester sie in die nächste Etage. «Hier befindet sich der Aufenthaltsraum. Heute ist Posttag. Die Kinder schreiben Briefe nach Hause.» Sie öffnet die mit Intarsien verzierte Tür. Bestimmt zwanzig Jungen und Mädchen sitzen an Tischen, schreiben Briefe oder malen vorgegebene Formen auf Zetteln aus. Außer dem Klappern der Stifte ist nichts zu hören. Eine junge Frau in Schwesterntracht sitzt am Kopfende des Tisches und nickt den beiden zu. Schwester Düster deutet auf Annemieke. «Schwester Helga, das ist Fräulein Annemieke. Sie wird Sie bei der Aufsicht und der Betreuung der Kinder in der nächsten Zeit stundenweise unterstützen.»

Annemieke grüßt und weiß nicht recht, ob sie nach vorn gehen oder neben der Oberschwester stehen bleiben soll. Die tritt neben einen etwa zehnjährigen Jungen, der angestrengt über einem Brief sitzt. Seine Zungenspitze ist zwischen den Lippen zu sehen, während er sich angestrengt auf das konzentriert, was er schreibt. Annemieke lächelt bei diesem Anblick, während Schwester Düster nach dem Brief greift und ihn überfliegt. Verärgert schüttelt sie den Kopf und zerreißt das Blatt Papier. «So etwas schreiben wir nicht nach Hause. Du sollst deiner Mutter mit dem Brief eine Freude machen. Schreib, wie gut es dir hier gefällt und dass du viele Freunde gefunden hast.»

«Hab ich aber nicht. Und ich will hier auch nicht länger bleiben», setzt er trotzig hinzu.

«Willst du, dass deine Mutter dich abholen und die Kosten für die abgebrochene Kur bezahlen muss? Habt ihr so viel Geld?»

Geknickt lässt der Junge den Kopf sinken. Schwester Düster sieht die andere Kinderschwester an und schüttelt unmerklich den Kopf. «Schwester Helga, Sie müssen sich vergewissern, was geschrieben wird. Sie sind nicht zum Sitzen hier, sondern zum Kontrollieren.»

Die Gescholtene senkt beschämt den Kopf. «Jawohl, das wird nicht wieder vorkommen.»

«Das will ich hoffen.»

Annemieke wird ziemlich mulmig. Das hat sie sich ganz anders vorgestellt.

«Ich hab Durst», sagt ein kleines Mädchen mit Zöpfen und steht auf.

«Setz dich wieder», sagt Schwester Düster mit scharfer Stimme.

«Aber ich hab Durst», begehrt das Mädchen auf.

«Es gab beim Mittagessen Tee und Wasser zu trinken. Du kannst zum Abendbrot wieder trinken. Zwischendurch nicht.»

«Aber ich ...»

«Schluss!» Das Wort klingt wie ein Peitschenhieb, sodass das Mädchen erschrocken zusammenfährt und zu weinen beginnt.

Auf dem Weg nach unten sagt Schwester Düster: «Kinder brauchen feste Regeln. Viele lernen das zu Hause nicht mehr ordentlich. Deshalb müssen wir sie in den ersten Tagen zunächst etwas härter rannehmen. Essen und Trinken gibt es zu festen Uhrzeiten. Bei den Mahlzeiten darf nicht geredet werden, genauso wenig nach dem Lichtlöschen im Schlafsaal. Aber damit haben Sie nichts zu tun. Wir brauchen Ihre Unterstützung zur Beaufsichtigung in der Liegehalle, dem Freispiel draußen, beim Basteln oder als Aufsicht beim Abendbrot. Trauen Sie sich das zu?»

Annemieke nickt.

«Wenn Sie von fünfzehn bis achtzehn Uhr Zeit hätten, wäre das ideal. Können Sie das einrichten?»

Wieder nickt Annemieke.

«Bestens. Wann könnten Sie anfangen? Gleich jetzt?»

Kurz darauf steckt Annemieke in einer Schwesterntracht, die ihr ein wenig zu groß ist. Wenn sie die Schürze enger bindet, sollte es gehen. Von Schwester Düster hat sie den Auftrag, zu der Gruppe zu gehen, die im Schlosspark Kastanien sammelt. Annemieke entdeckt ein Dutzend Kinder am Ende der Allee. Henriette steht mittenmang, vor ihr ein großer Korb.

«Moin, Henriette», grüßt Annemieke.

Henriette hebt den Kopf und lächelt spitzbübisch, als sie erkennt, wer da in weißer Schürze und mit Haube auf dem Kopf vor ihr steht. «Annemieke! Wie schön! Ich freu mich, dass du hier bist.»

Annemieke grient. «Ich mich auch. Aber ob das hier das Richtige für mich ist, weiß ich noch nicht. Ich hätte nicht gedacht, dass hier so ein Kommandoton herrscht.»

Henriette lacht auf. «Ja, man gewöhnt sich dran. Aber ich gebe mir Mühe, nett und freundlich zu den Kindern zu sein, wenn Schwester Düster das nicht sieht. Sie sind doch noch klein, die meisten von ihnen sind das erste Mal von zu Hause weg. Viele haben Heimweh. Da muss man doch lieb zu ihnen sein.» Nun flüstert sie: «Ich glaube, gerade deshalb ist es wichtig, dass ich hier bin, damit die Kinder nicht nur das strenge Regiment spüren.»

* * *

Es ist schon spät, Martha räumt den Abendbrottisch ab. Karl wird sicher in der Redaktion noch eine Menge zu tun haben. In der Heißmangelstube war Hartnagels Tod den ganzen Tag über Thema, bei vielen sind Erinnerungen an früher, an die dunkle Zeit der Nazis, wieder hochgekommen.

Man kann die Vergangenheit eben nicht mit einem Tuch zudecken oder wegwischen wie lästige Flecken. Sie bleibt, und die Erinnerungen daran kleben wie Honig an den Menschen.

Martha setzt einen Kessel Wasser auf, heute Abend wird ihr ein Lavendeltee sicher guttun.

Als sie das kochend heiße Wasser über die Blüten gießt, kommt Karl nach Hause.

«'n Abend.» Er grinst wie ein Honigkuchenpferd.

«'n Abend.» Martha lächelt zurück. «Möchtest du noch etwas essen?»

«Danke nein. Ich hab schon.» Er lässt sich auf den Küchenstuhl fallen, lehnt sich zurück und verschränkt zufrieden die Arme hinter dem Kopf. «Mit keinem Geringeren als Jürgen Roland.» Geräuschvoll atmet er ein. Dann nimmt er die Hände vom Kopf. «Wir hatten an der Imbissbude eine Bratwurst mit Kartoffelsalat. So richtig zünftig.»

Neugierig setzt Martha sich an den Tisch. «Wie ist er denn so? Als Mensch, meine ich. Ich hab noch nie mit Leuten vom Fernsehen zu tun gehabt.»

«Der ist unglaublich nett. Überhaupt nicht arrogant. Da hatte ich Schlimmeres befürchtet», gibt Karl sich welterfahren, als ob er täglich mit Fernsehregisseuren zu tun hätte.

«Und was hat er zu Leer gesagt? Kann er sich vorstellen, hier eine Stahlnetz-Folge zu drehen?»

«Das wird wahrscheinlich nichts», gesteht Karl, «den Fall Kaltwasser fand Jürgen Roland nur mäßig interessant, er hatte darüber bereits in der Zeitung gelesen. Vermutlich passt das nicht in deren Format, hat er gesagt.»

«Aber wieso passt das nicht? Die stellen doch echte Fälle nach. Und wenn so ein gewaltsamer Tod wie der von Siegfried Kaltwasser nicht in deren Format passt, weiß ich nicht, was die sonst suchen. Immerhin war Kaltwasser ein Richter. Das ist doch was anderes, als wenn ein kleiner Straßenganove ermordet wird.»

«Es geht wohl um den Unterhaltungswert, das kann er nicht allein entscheiden, hat Jürgen Roland gesagt. Ich verstehe das allerdings auch nicht», gibt Karl zu. «Aber egal, wir haben uns sehr gut unterhalten, und der Roland hat sich meinen Namen notiert. Vielleicht meldet er sich mal bei mir, mein Artikel hat ihm ausnehmend gut gefallen.» Karl beugt sich zu seiner Aktentasche hinunter, die er neben dem Stuhl abgestellt hat, und zieht die Zeitung von heute heraus. «Hier.» Stolz legt er Martha das ein wenig zerlesene Blatt hin. Aufmerksam liest sie den Leitartikel, über den ihre Kundinnen heute immer wieder geredet haben. «Der ist sehr gelungen», lobt sie Karl. «Sachlich, ohne Polemik. Die Informationen auf den Punkt gebracht. Ich verstehe nicht, dass das Fernsehen mehr will.»

«Wahrscheinlich wollen sie die persönlichen Abgründe hinter dem Verbrechen zeigen.»

«Aber es geht doch stets um Menschen. Um deren Schicksale. Und die Tragik, warum es überhaupt zu einem Mord kam. Nimm nur den Fall Hartnagel. Warum ist er gestorben? Was steckt dahinter? Damit muss man sensibel umgehen, sonst verletzt man die Würde der Toten und die Gefühle der Hinterbliebenen.» Sie schaut Karl in die Augen. «Nein, mir ist es viel lieber, du schreibst so sachliche und informative Artikel wie diesen und kramst nicht im Schmutz auf der Suche nach Sensationen. Jeder hat das Recht auf Würdigung seiner Privatsphäre, denke ich. Vor allen Dingen die Opfer einer Gewalttat.»

—— DIENSTAG ——

In der Nacht hat es geregnet. Die Luft ist frischer als erwartet, als Martha sich morgens auf den Weg in die Heißmangelstube macht. Beim Frühstück hat sie noch einmal über das Gespräch mit Karl nachgedacht. Eigentlich ist es gut, dass es keine Stahlnetz-Folge aus Leer geben wird. Wenn die Filmemacher sich für den Fall Kaltwasser entschieden hätten, wäre ja auch ihre Schwester Ilse mit in die Sache hineingezogen worden. Und damit ihr Privatleben. Und das geht nun wirklich niemanden etwas an. Mit diesem beruhigenden Gefühl macht Martha sich an die Arbeit.

Sie hat schon einiges weggeschafft, als Livia Roolfs, die pensionierte Briefträgerin, kommt. Livia ist eine resolute Frau, die ihr Herz am rechten Fleck trägt. Lautstark regt sie sich über den toten Arzt auf.

«Jaja, der Hartnagel. Der war nicht ohne. Immer von oben herab. Immer was Besseres. Wenn der schon auf dem Gehsteig war und ich ihm die Post direkt in die Hand drücken wollte, hat er mich behandelt wie ein lästiges Insekt und mich angewiesen, die Umschläge in den Briefkasten am Haus zu werfen.» Livia Roolfs hält inne, die Türglöckchen bimmeln, und Maria Weiland, die Gattin des geschassten Zeitungsredakteurs, tritt mit einem Korb voll Mangelwäsche ein.

«Moin.»

«Moin», antworten Martha und Livia, die übergangslos

weiterspricht. «Das hat mich ordentlich geärgert. Manchmal war ich versucht, die Briefe einfach noch ein paar Tage länger mit dem Postrad durch die Gegend zu fahren, bevor ich sie einwerfe, aber dann hab ich mir gedacht, das verstößt gegen meine Briefträgerehre. Na ja, das ist nun auch wurscht. Ich bin jedenfalls nicht traurig, dass der tot ist. Immerhin war der damals in Wehnen Arzt. Da sollen ja ziemlich schlimme Zustände geherrscht haben, wenn man den Gerüchten glauben darf.» Sie reicht Martha die Bettwäsche.

«Hungermorde haben die dort damals begangen», bestätigt Maria Weiland. «Mein Mann hat das für die Zeitung haargenau recherchiert. In Wehnen fand eine regelrechte Liquidation von Menschen statt, die nicht komplett der Norm entsprachen. Aber das haben nicht mal die Briten nach dem Krieg durchschaut und den feinen Doktor Hartnagel wieder eingestellt.»

Livia Roolfs nickt heftig, sodass ihr grauer Pony wippt. «Sie glauben gar nicht, wie verblüfft ich war, als ich in der Zeitung gelesen habe, dass Doktor Hartnagel die Leitung des hiesigen Kindererholungsheimes übernommen hat. Da ist mir vor Schreck fast die Kaffeetasse aus der Hand gefallen. Ach herrje!» Mit Schrecken schaut sie auf das zusammengeschobene Bettlaken vor der Mangelwalze. Bei dem hitzigen Gespräch hat sie ganz vergessen, danach zu greifen. Schnell geht ihr Frau Weiland zur Hand, damit der Stoff nicht noch mehr verknittert.

«Ich frage mich, ob ihn jetzt das schlechte Gewissen eingeholt hat», sagt die Weiland, während die beiden Frauen das Laken zusammenlegen.

«Vielleicht wurde er aber auch von jemandem wegen seiner Taten bestraft. Ihr wisst doch, Gottes Mühlen mahlen langsam, aber gerecht.» Livia Roolfs Mundwinkel zucken, als würde ihr dieser Gedanke gefallen.

«Gottes Weg ist nicht die Rache», wirft Martha ein. «Schon gar nicht Mord.»

«Aber Gerechtigkeit ist sein Weg offenbar auch nicht.» Frau Weiland sieht Martha fest in die Augen. «Sonst hätte er damals das Unrecht nicht zugelassen oder danach zumindest für die Bestrafung der Schuldigen Sorge getragen. Stattdessen darf mein Mann nicht mal heute über begangenes Unrecht schreiben, ohne dass er gefeuert wird. Und warum? Weil sich die Honoratioren unserer Stadt von solch einer Berichterstattung gestört fühlen. Von der Staatsanwaltschaft über die Polizei bis hin zu diesem antiquierten Sittenverein haben sich alle beim Chefredakteur beschwert. Da hat so manch einer Dreck am Stecken und jetzt Angst, dass davon etwas ans Tageslicht kommt. So sieht's aus.»

* * *

Hans hat schlecht geträumt. Immer wieder tauchte der kleine Junge von der Krankenstation in einem Gewirr von Zimmern auf und lief vor Conradi und Hartnagel davon.

Dieser Fall hat sich so sehr in Hans' Kopf festgesetzt, dass er ihn sogar im Schlaf nicht loslässt. Natürlich gibt kein Mann freiwillig zu, homosexuell zu sein. Ist schließlich bei Strafe verboten. Dennoch bedeutet das Leugnen von Conradi nicht zwangsläufig, dass seine Behauptung auch stimmt. Das Verhalten des Knaben auf der Krankenstation hat Zweifel bei Hans aufkommen lassen.

Allerdings hat er das Onnen gegenüber noch nicht erwähnt. Irgendwie ist es ihm unangenehm, darüber zu sprechen. Aber es hilft nichts, in der Besprechung gleich muss er seine Überlegungen äußern. Insgeheim hofft er, dass Fräulein Schneider nicht dabei ist, das ist nichts für ihre zarten Ohren. Andererseits bekommt sie natürlich dauernd unappetitliche Details aus Fällen mit.

Zum Glück sitzt Fräulein Schneider an ihrem Platz im Vorzimmer, als Hans zu Onnen geht.

«Moin», grüßt der Kommissar knapp und lässt ihn vor seinem Schreibtisch stehen. «Gibt es neue Erkenntnisse? Zeugenaussagen? Irgendetwas, was uns weiterbringt?»

Hans schüttelt den Kopf.

«Nun gut», sagt Onnen zufrieden, was Hans irritiert. Wieso ist es gut, nicht weiterzukommen? Er will schon zum Sprechen ansetzen, als Onnen sich genüsslich eine Zigarette anzündet und weiterspricht. «Ich habe mir jetzt alle Fakten und Zeugenaussagen noch einmal genau angesehen und bin zu folgendem Ergebnis gekommen: Mord ist nicht auszuschließen, Suizid aber ebenso wenig. Über das dafür verwendete Gift verfügte er. Über hinreichende Gründe auch, wenn wir seine widernatürliche Neigung zu anderen Männern, beziehungsweise zu Herrn Conradi, berücksichtigen.» Onnen zieht an seiner Zigarette und stößt den Rauch aus. «Wenn es jedoch Mord gewesen sein sollte, kommt Conradi durchaus als Täter infrage. Entweder hatte er Zugang zum Tresor in der Evenburg oder er hat sich das Gift irgendwoher besorgt. Allerdings hätte er sich auch mühelos einen anderen Arbeitsplatz suchen können, um Hartnagels Avancen aus dem Weg zu gehen. Hat er aber nicht. Warum nicht?» Wieder nimmt Onnen einen Zug von seiner Zigarette. «Bislang wissen wir lediglich, dass Schwester Düster jederzeit an den Safe kommen konnte. Genau wie seine Ehefrau Zugang zum Tresor in seinem heimischen Arbeitszimmer hatte und nicht erfreut über seine seltsamen Neigungen gewesen ist.» Er drückt die Zigarette im Aschenbecher aus. «Nehmen Sie doch Platz, was stehen Sie hier so rum. Es wird etwas dauern, bis ich Ihnen meine Überlegungen dargelegt habe.»

Erleichtert nimmt Hans Platz. Ist ja sonst ein Gefühl wie bei einem Anschiss, wenn der Chef stundenlang redet und er schweigend davorstehen muss.

«Schwester Düster hatte keinen Grund, Hartnagel zu töten, schließlich hätte ein Brief an den Träger des Heims sicher Hartnagels berufliches Aus bedeutet. Niemand würde einen homosexuellen Arzt als Leiter einer solchen Einrichtung behalten, geschweige denn neu einstellen. Auch sein ganzes bisheriges Wirken würde plötzlich in einem schlechten Licht dastehen. Was wiederum ein sehr starkes Argument für einen Suizid ist.» Onnen macht eine kurze Pause und faltet die Hände vor seinem Bauch. «Vor diesem Hintergrund werde ich mich mit Staatsanwalt Sonnenberg in Verbindung setzen und ihn bitten, die Ermittlungen offiziell einzustellen. Doktor Hartnagel wird ein würdiges Begräbnis erhalten, seine Ehre bleibt gewahrt, sein Ruf und der seiner Ehefrau ebenso, und wir haben nichts mit dem ganzen Schmuddelkram zu schaffen. Kurz: Jeder ist zufrieden.» Onnen lächelt breit. «Alles klar so weit?»

Hans will sich schon resigniert erheben, doch irgendetwas in ihm sträubt sich, und er widerspricht: «Nein. Für mich ist nicht alles klar. Nur weil Doktor Hartnagel ein Mitglied Ihres Vereins zur Erhaltung der Sitten und Gebräuche war, bedeutet das nicht, dass wir den Fall mit Scheuklappen behandeln sollten.»

«Was bilden Sie sich ein, Frisch?», braust Onnen auf, aber Hans lässt sich davon nicht beeindrucken. Wie der Chef versucht, die Angelegenheit unter den Teppich zu kehren, das stinkt gewaltig.

«Mir ist auf der Krankenstation aufgefallen, wie seltsam sich der kleine Junge verhalten hat», beeilt sich Hans auszuführen. «Conradis Berührungen haben ihm nicht gefallen, im Gegenteil, er ist sogar ängstlich zusammengezuckt. Das hat mich stutzig gemacht. Kann es sein, dass der Junge den toten Arzt nicht nur gefunden, sondern auch gesehen hat, dass Conradi und Hartnagel sich gestritten haben? Ist er vielleicht der Zeuge, an den niemand bislang gedacht hat? Ich schlage vor, dass wir mit dem Jungen sprechen im Beisein der jungen Krankenschwester.»

Für einen Moment kneift Onnen die Augen zusammen und starrt Hans an. Dann sagt er mit geringschätzigem Gesichtsausdruck: «Nun gut. Mir soll niemand nachsagen, ich hätte falsche Rücksichten genommen. Wir sprechen mit dem Jungen. Aber wenn wir den Fall ohnehin nicht gleich zu den Akten legen, sprechen wir auch noch einmal mit Frau Hartnagel. Ihr Haus liegt auf dem Weg zur Evenburg.»

Als Hans Onnens Büro verlässt, kann er sich ein Grinsen nicht verkneifen.

* * *

Heute Vormittag trinkt Martha ihren Tee drüben bei Traudel, sie braucht mal einen Tapetenwechsel. Das Gespräch mit Livia Roolfs und Maria Weiland hat sie aufgewühlt. Dass der Weiland auch dreizehn Jahre nach Kriegsende die Tatsachen nicht beim Namen nennen darf und dafür entlassen wird, regt sie von Minute zu Minute mehr auf. Als Karl ihr letzte Woche davon berichtet hat, ist ihr die ganze Tragweite der Angelegenheit nicht sofort klar gewesen. Erst jetzt dämmert ihr, was das für Leer zu bedeuten hat: Die alten Seilschaften funktionieren weiterhin bestens. Die haben sich vom Dritten Reich in die Bundesrepublik hinübergerettet, und immer noch beschützen sich die Leute mit Einfluss gegenseitig.

«Du wirkst so nachdenklich.» Traudel greift in die Keksdose.

«Bin ich auch.» Martha stößt einen tiefen Seufzer aus. «Manchmal habe ich Angst, dass die dunklen Zeiten sich wiederholen. Vor allem, wenn ich mir anschaue, dass in der Zeitung nicht ungestraft über Hartnagels Vergangenheit geschrieben werden darf.» Sie greift zu ihrer Teetasse und schaut in das aufsteigende Wulkje. «Bei mir im Laden wird in den letzten Wochen verstärkt darüber geredet, dass Frauen sich politisch engagieren sollen. Von etlichen habe ich gehört, dass sie nächste Woche zur Versammlung gehen wollen. Vielleicht braucht es wirklich mehr Frauen in der Politik, um einen vernünftigen Weg in die Zukunft zu beschreiten.»

«Das denke ich auch. Ich bin schon ganz gespannt, wie das da zugehen wird und wie viele Kandidatinnen sich tatsächlich melden.» Traudel nimmt einen Keks. «Die Baronin Osternburg will sich jedenfalls nächstes Jahr aufstellen lassen, hab ich gehört.»

«Die Osternburg? Das wäre nun wirklich die letzte Frau, die ich wählen würde.» Auch Martha greift in die Keksdose und nimmt einen selbst gebackenen Marmeladenkeks heraus. «Woher weißt du das?»

«Ihre Haushälterin war vorgestern wegen einer eiligen Laufmaschenreparatur hier und hat es mir erzählt.»

«Oje, dann wird es wohl stimmen.» An diesen Schlag von Frauen hat Annemieke bestimmt nicht gedacht, als sie davon geredet hat, wie wichtig Frauen im neu zu wählenden Parlament wären. Was hat die Baronin damals beim Brand der

Synagoge gejubelt. Gar nicht davon zu reden, dass sie und ihr verstorbener Mann einst Hitler empfangen haben. Auch nicht davon, dass sie am liebsten in einer eigens für sie geschneiderten SS-Uniform durch die Gegend marschierte.

«Lässt Ilse sich denn zur Wahl aufstellen?», fragt Traudel und trinkt den letzten Schluck Tee.

«Keine Ahnung. Sie will darüber nachdenken. Vielleicht ist es ja ein Ansporn für sie, gegen die Baronin zu kandidieren. Mit der hat sie ja noch mehr als eine Rechnung offen.»

Traudel grinst, und Martha stellt die Tasse auf den Tisch. «Ich muss los. Die Arbeit ruft.»

Nachdenklich steht Martha kurz darauf wieder an der Mangel und führt einen weißen Bettbezug durch die Walzen. Ihre Gedanken springen hin und her. Mal sind sie bei der Aufstellung der Baronin zur Wahl, mal bei Doktor Hartnagel. Sie weiß gar nicht, was sie schlimmer finden soll. Da bimmeln zum Glück die Glöckchen. Kundschaft. Das ist gut. Das bringt sie auf andere Gedanken. Doch die Hoffnung schwindet, als sie sieht, wer hereinkommt.

«Moin.» Johanna Nissen wuchtet einen Wäschekorb auf den Tisch. «Wird dringend Zeit zum Mangeln, ich hab es in den letzten drei Wochen einfach nicht geschafft.»

«Oje, war so viel Arbeit?»

«Ja, jetzt zu Beginn der Herbstsaison wollen alle ihre Gärten winterfest machen. Da hab ich ordentlich Überstunden machen müssen. Die violetten Heidepflanzen waren ausverkauft, kaum dass wir sie hereinbekommen hatten. Sie glauben gar nicht, wie mein Rücken schmerzt. Ohne meinen Rückenwärmer aus Angora würde ich wahrscheinlich gar nichts mehr schaffen.» Schweigend mangeln sie die Bett- und Tischwäsche, als Martha sich nicht mehr zurückhalten kann.

«In den letzten Tagen dreht sich hier alles um den toten Doktor Hartnagel. Ich bin erstaunt, wie viele Leute nicht gut auf ihn zu sprechen sind. Das war mir vorher gar nicht klar.»

Johanna Nissen erstarrt. «Das wundert Sie? Mich nicht. Im Gegenteil. Er hat meinen kleinen Martin auf dem Gewissen. Das verzeihe ich ihm nie.» Ihre Unterlippe zittert, und sie ist mit jedem Wort lauter geworden. «Weggenommen haben sie ihn mir damals. Einfach so. Nur weil er taubstumm war. Das wäre zu seinem Besten. Die haben gelogen wie gedruckt. Umgebracht haben sie meinen Martin in Wehnen.» Johanna Nissen sieht Martha mit wütend flackernden Augen an. Tränen haben da schon lange keinen Platz mehr. «Er und seine Gehilfen haben sich viel zu leicht aus der Affäre gezogen. Was die da gemacht haben, dafür müssten sie lebenslang hinter Gitter. Aber was ist passiert? Nichts. Man sollte demjenigen, der diesen verdammten Hartnagel umgebracht hat, einen Orden verleihen!», schnaubt sie.

Martha sieht sie erstaunt an.

«Nun gucken Sie nicht so. Ich war's nicht. Ich hab meine Schwester in Wilhelmshaven besucht. Sie arbeitet im Karl-Hinrichs-Stift.»

* * *

«So langsam werden Sie lästig», sagt Helene Hartnagel ungehalten, als sie Hans und Onnen die Tür öffnet. «Was gibt es denn noch? Nur, um mir zu sagen, dass der Leichnam meines Mannes freigegeben ist, werden Sie kaum zu zweit erscheinen.» Widerwillig tritt sie zurück und lässt sie eintreten.

«Frau Hartnagel», beginnt Onnen, «es verdichten sich die Hinweise darauf, dass Ihr Mann engeren Kontakt zu Herrn

Conradi hatte. Sie erwähnten, dass Ihr Gatte im Schlaf seinen Namen nannte. Wir müssen davon ausgehen, dass Sie den Brief von Schwester Düster gelesen haben, der im Tresor lag, und auch, dass Sie Zugang zum Zyankali hatten. Damit rücken Sie in den Fokus unserer Ermittlungen. Sie hätten dadurch ein Motiv, Ihren Mann zu töten, denn nicht der Suizid wäre Ihr gesellschaftlicher Tod, sondern das Bekanntwerden seiner speziellen Neigungen.»

Helene Hartnagels Gesicht erstarrt. Sie verschränkt die Arme vor der Brust und macht sich kerzengerade. Noch immer stehen sie in der Diele, von irgendwoher kommt ein kühler Luftzug. Kein Geräusch ist zu hören, Hans denkt unwillkürlich an ein Museum. Die Blumen auf der Kommode sind allerdings frisch. Langstielige weiße Lilien, deren Blüten noch nicht geöffnet sind.

«Herr Onnen.» Helene Hartnagels Stimme klingt eisig. «*Sie* haben mich auf die Tagebücher meines Mannes angesprochen, ohne mir im Detail zu verraten, was darin steht. Und *Sie* haben irgendwelche Gelüste erwähnt, die dazu führten, dass er von mir Züchtigung mit der Peitsche verlangte. Diese Züchtigung habe ich als gehorsame Ehefrau auch vorgenommen, aber ich hatte keine Ahnung, warum er das von mir wollte. Dass er homosexuelle Neigungen hatte, wusste ich nicht. Ich werde ab sofort nur noch in Gegenwart unseres Anwaltes mit Ihnen reden, wenn Sie mir derart die Worte im Mund verdrehen.»

Sie legt eine kurze Pause ein. Onnen will schon etwas sagen, doch sie lässt ihm keine Möglichkeit dazu.

«Sind wir jetzt fertig? Ich habe noch Dinge zu erledigen. Wann sagten Sie noch, wird die Leiche zur Beerdigung freigegeben? Ich muss mich um die Einladungen kümmern und die Trauerfeier organisieren. Sie können sich vorstellen, was das für eine Arbeit ist. Mein Mann war schließlich wer. Nicht nur in Leer, sondern weit über die Stadtgrenzen hinaus.»

Onnen räuspert sich. «Ich sagte nichts diesbezüglich. Aber ich spreche noch heute mit dem Staatsanwalt und gebe Ihnen Bescheid.»

«Das reicht telefonisch. Sie dürfen jetzt gehen, meine Herren.»

* * *

Kurz vor Ende der Mittagspause kommt Annemieke in die Heißmangelstube. Ein Lächeln breitet sich auf Marthas Gesicht aus. Ihre Enkelin ist ein Lichtblick an diesem nachdenklich stimmenden Tag.

«Hallo, Omili.» Annemieke strahlt sie an. «Du siehst ja ganz erschöpft aus. Ist heut so viel los?»

«Annemieke! Was für eine schöne Überraschung. Diese Woche habe ich gar nicht mit dir gerechnet.»

«Ich wollte auch nur kurz vorbeischauen. Bin gerade auf dem Weg zur Evenburg, da arbeite ich jetzt nachmittags als Aushilfe.»

«Im Kinderheim?» Marthas Stirn legt sich augenblicklich in Falten. «Das musst du mir erklären.»

Annemieke kichert. «Als ich am Samstag im Tanzschuppen war, habe ich Henriette kennengelernt. Sie arbeitet als Schwester dort und hat mir erzählt, dass die eine Hilfskraft suchen. Sie ist sehr nett. Und ich hab gedacht, vielleicht erfahre ich ja was über den Hartnagel, das hilft, die Umstände seines Todes zu klären. Ich werde dir alles brühwarm berichten, was ich herausfinde.» Mit einem komplizenhaften Augenaufschlag blickt sie Martha an.

«Mädchen, Mädchen, du kommst auf Ideen.» Martha schüttelt den Kopf. «Das ist doch Sache der Polizei.»

«Das musst du gerade sagen, Omili», protestiert Annemieke amüsiert. «Du bist doch genauso neugierig wie ich. Jedenfalls hat mich Schwester Düster gestern direkt eingestellt.»

«Ach nee. Und heut ist dein erster Tag?»

«Nein, ich konnte gestern schon dableiben. Ich hab mir ein Kindererholungsheim aber anders vorgestellt. Fröhlicher. Mit viel mehr Lachen. Immerhin sind die Kinder zur Kur dort. Ist aber nicht so. Eher wirkt alles ein bisschen gedämpft.» Annemieke greift mit beiden Händen an den Hinterkopf und zieht das Gummiband mit der Plastikkirsche etwas höher an ihrem Pferdeschwanz, damit es fester sitzt. «Schwester Düster führt ein ziemlich strenges Regiment. Zum Glück sind die jüngeren Schwestern nicht so. Aber die können gegen die alte Schachtel nicht viel ausrichten. Ich muss jetzt los.» Annemieke gibt Martha einen Abschiedskuss. «Morgen komme ich vorm Dienst vorbei und erstatte dir Bericht.» Sie dreht sich auf dem Absatz um, und schon ist sie durch die Ladentür verschwunden.

***

Um zehn Minuten vor drei erreicht Annemieke die Evenburg. Schnell streift sie sich die Schwesternkleidung über und befestigt das Häubchen mit den Haarklemmen, die sie extra eingesteckt hat. Dann steuert sie das Zimmer von Schwester Düster an. «Guten Tag! Melde mich zum Dienst.»

Ein wohlwollender Blick trifft sie. Die leitende Schwester scheint heute bessere Laune zu haben. «Schwester Henriette macht mit den älteren Kindern im Schlosspark Leibesübungen. Sie können sie gar nicht verfehlen, wenn Sie Richtung Teich gehen.»

Und richtig, kaum hat Annemieke das herrschaftliche Gebäude umrundet, sieht sie die Kinder im Kreis auf einem Bein stehen. Manche stehen fest wie eine Eiche, andere wackeln herum, als wären sie Espenlaub im Wind.

«Hallo, Henriette», ruft sie. «Ich soll dich unterstützen.»

Freudig wird sie von Henriette und den Kindern begrüßt, die alle schnellstens das zweite Bein wieder auf den Boden gestellt haben.

«Jetzt steigen wir auf die Zehenspitzen und klatschen die Hände über dem Kopf zusammen», sagt Henriette und zwinkert Annemieke zu. Nachdem die Übung beendet ist, bittet sie Annemieke, hinüber zu einem Baum zu gehen. «Wir machen einen Wettlauf, und alle müssen bei dir die Hand abklatschen und wieder zu mir zurückrennen.»

Das Hin-und-her-Rennen dauert eine Weile, schließlich stehen lauter Kinder mit hochrotem Kopf und schwer atmend vor Henriette und Annemieke.

«Können wir jetzt Verstecken spielen?», fragt einer der älteren Jungen.

«Au ja», kreischen alle durcheinander. Nur ein Junge mit verbundenem Arm schüttelt den Kopf. «Ich nicht.»

«Sei kein Spielverderber», sagt ein anderer und stupst ihn an die Schulter.

«Thomas, lass Holger zufrieden. Wenn er nicht will, dann muss er auch nicht.»

«Na gut, ich mach doch mit. Aber ich suche nicht.»

«Was hat er denn?», fragt Annemieke. «Verstecken spielen doch alle Kinder gerne.»

Henriette blickt verständnisvoll zu dem Jungen. «Holger hat

Doktor Hartnagel beim Versteckspielen hinter dem Gebüsch da gefunden. Das muss er erst einmal verarbeiten. War ja kein schöner Anblick.»

Mitfühlend schaut Annemieke zu dem Jungen, aber der rennt bereits mit den anderen Kindern los, während Thomas am Baum steht und laut bis dreißig zählt. Noch während er die Zahlen ruft, kommt ein Polizeifahrzeug auf den Hof gefahren. Es hält vor der Brücke und zwei Männer steigen aus. Annemieke erkennt Kommissar Onnen und Hans.

«Ich dachte, es sei Selbstmord gewesen», flüstert Annemieke und spürt, wie ein aufgeregtes Kribbeln durch ihren Körper jagt. Es war goldrichtig, dass sie hier als Aushilfe angefangen hat.

«Die Ermittlungen laufen anscheinend noch», antwortet Henriette und wirkt nicht gerade begeistert. «Für die Kinder ist es beunruhigend, wenn die Polizei hier ständig auftaucht.»

«Hast du eine Ahnung, ob sie schon jemanden in Verdacht haben?»

«Nee. Aber die haben sich gestern länger mit unserem angehenden Arzt unterhalten. Zwischen Doktor Hartnagel und Conradi ist wohl irgendetwas vorgefallen», wispert Henriette. «Ich hab vor zehn Tagen ein eigenartiges Gespräch zwischen Schwester Düster und dem Doktor aufgeschnappt.»

«Dreißig!» Thomas rennt los. Es dauert keine Minute, da schreit er: «Ich hab dich.» Schon hören sie das erste Kind aufkreischen.

«Um was ging es denn?» Annemieke kann ihre Neugierde kaum im Zaum halten.

«Ich glaube, sie hat ihm vorgeworfen, den Conradi irgendwie komisch anzufassen.»

«Wie komisch?»

«Keine Ahnung. Ich bin ja nicht immer dabei, wenn die zusammen gearbeitet haben. Auf jeden Fall hat der Hartnagel das brüsk zurückgewiesen.»

Annemieke geht ein Licht auf. «Meinst du ... die beiden Männer ...», nun flüstert sie, «... hatten was miteinander?»

Von schwulen Männern hat Annemieke natürlich schon gehört. Auf dem Schulhof wurde hinter vorgehaltener Hand darüber getuschelt. Aber kennengelernt hat sie noch keinen.

«Das kann ich mir überhaupt nicht vorstellen. Otto hat mich ohne Ende angebaggert, als ich hierherkam. Der hat mich ins Kino eingeladen und da die Hand auf mein Knie gelegt. Na, dem hab ich aber die Meinung gegeigt. Ich bin doch kein leichtes Mädchen. Danach hat er mich erst mal in Ruhe gelassen. Aber vorletzte Woche wollte er wieder mit mir ins Kino gehen. So einer ist doch nicht schwul.»

***

«Da hat die Hartnagel uns ja heute Morgen ganz schön einen eingeschenkt», sagt Hans, als er am Nachmittag mit Onnen zur Evenburg fährt. Die Bäume am Straßenrand beginnen sich rot und gelb zu verfärben. Zu gern würde er den Indian Summer in Kanada sehen, davon hat er schon gehört, aber eine Reise ans andere Ende der Welt wird wohl ein Lebenstraum bleiben.

Als sie aus dem Wagen steigen, bemerkt Hans Henriette, die mit einer Gruppe Kinder Fangen spielt. Eine zweite Schwester ist dabei, die große Ähnlichkeit mit Annemieke hat. Aber die geht ja noch zur Schule und hilft höchstens mal ihrer Oma in der Heißmangel. Egal, er hebt grüßend die Hand, beide

Schwestern winken zurück, und Onnen strebt dem Eingang des Schlosses zu.

«Gehen Sie doch schon mal vor», sagt Hans, «ich bitte Schwester Henriette, beim Gespräch mit dem Jungen dabei zu sein. Das spart Zeit.»

Onnen nickt, und Hans geht zu der Kindergruppe. Er staunt nicht schlecht, als er sieht, dass es tatsächlich Annemieke ist, die in Schwesterntracht neben Henriette steht.

«Was machst du denn hier?»

Sofort erklärt seine Großcousine, wie sie zu dem Arbeitseinsatz hier gekommen ist. Der Apfel fällt nicht weit vom Stamm, denkt sich Hans seinen Teil und schmunzelt innerlich, verkneift sich jedoch jeglichen Kommentar. Stattdessen wendet er sich an Henriette. «Mein Vorgesetzter und ich müssen mit dem Kind sprechen, das Doktor Hartnagel gefunden hat. Ganz behutsam natürlich. Und es wäre prima, wenn Sie dabei sind.» Hans lässt den Blick umherschweifen. «Ist der Junge hier?»

Henriette nickt. «Holger», ruft sie, «komm doch mal, bitte. Die Polizei möchte mit uns beiden reden.»

Ein etwa zehnjähriger Junge mit einem Verband am Arm kommt angerannt. Er ist ein wenig aus der Puste, sein Gesicht erhitzt. Das ist doch der von der Krankenstation. Hans hockt sich hin, um mit ihm auf Augenhöhe zu sein. «Hallo, Holger, erkennst du mich? Wir haben uns am Montag schon kurz gesehen. Mein Chef und ich würden gern mit dir sprechen.»

Holger schaut ihn skeptisch an. «Worüber denn?»

«Du hast doch den Doktor Hartnagel gefunden?»

Der Junge nickt.

«Siehst du, und deshalb bist du ein wichtiger Zeuge für uns. Darum würden wir gern genau wissen, wie das war, als du ihn gefunden hast.»

«Ach so, also …», beginnt Holger, doch Hans unterbricht ihn behutsam. «Lass uns hineingehen. Schwester Henriette begleitet uns. Du magst Schwester Henriette doch?»

Holger nickt kräftig. «Ja. Und sie bringt Glück. Sie hat ein Kleeblatt am Hals.»

Hans blickt zu Henriette hoch, deren Hand automatisch an ihren Hals gewandert ist. «Ich mag sie auch», sagt er und steht auf. Ein Lächeln liegt auf ihrem Gesicht, sie hält Holger die Hand hin, der sie empört anschaut. «Ich bin doch kein kleines Kind mehr», sagt er und stellt sich neben Hans.

Henriette schmunzelt. «Annemieke, machst du dann allein mit den anderen weiter?»

«Na klar. Also, wer von euch möchte jetzt der Fänger sein?»

Als die drei das Schloss betreten, verändert sich Holgers Verhalten. Aus dem eben noch fröhlich plappernden Knaben, der Hans Löcher in den Bauch gefragt hat, wie es denn ist, Polizist zu sein, wird schlagartig ein schweigsamer Junge, und Hans sieht, dass Holger nun doch nach Henriettes Hand fasst, die mit einem Lächeln danach greift.

«Kommissar Onnen hat Schwester Düster benachrichtigt», flüstert er Henriette zu, um den Jungen nicht noch mehr zu verschrecken.

Das Zimmer der Oberschwester ist verschlossen, die Tür zu Hartnagels Büro hingegen geöffnet.

«Hätte ich mir denken können. Schwester Düster liebt den großen Auftritt, ihr Zimmer ist ja wesentlich kleiner als das von Hartnagel.» Henriette zwinkert Hans zu.

Die leitende Krankenschwester thront hinter Hartnagels Schreibtisch. Ihre weiße Tracht hebt sich vor der dunklen Einrichtung ab.

«Holger», sagt sie streng, «du musst der Polizei die Wahrheit sagen. Hast du mich verstanden?»

Holger hustet. Es ist ein trockener Husten, der ihm zu schaffen macht. «Ja», sagt er leise und steht stramm neben Henriette, die Kiefer aufeinandergepresst. Unwillkürlich wendet Hans sich an Onnen. «Darf ich ihm die Fragen stellen, Herr Kommissar?»

Onnen nickt. Wie schon im Park hockt Hans sich vor den Jungen. «Also, wie ich gerade gesagt habe, ist es für uns wichtig, zu wissen, wie das am Dienstag gewesen ist, als du Doktor Hartnagel gefunden hast.»

Holger senkt den Kopf. «Ich habe mit Martin und Thomas Verstecken gespielt. Ich musste suchen. Aber das war gar nicht so einfach. Und dabei habe ich hinter dem Busch einen Mann liegen gesehen. Erst wollte ich wegrennen, aber dann hab ich gedacht, der ist nur hingefallen, weil er solche Bauchschmerzen hat. Der hatte die Arme um den Bauch gelegt. Darum bin ich näher rangegangen. Da hab ich gesehen, dass seine Augen offen waren. Ich hab ‹Hallo› gesagt, aber er hat nicht geantwortet. Da bin ich losgelaufen.»

«Hast du noch jemand anderen gesehen?», fragt Hans.

Holger schüttelt den Kopf.

«Nur deine Freunde?»

«Erst nicht, aber als ich vor Schreck geschrien hab, sind sie aus ihren Verstecken gekommen.»

«Einen Erwachsenen hast du aber nicht gesehen? Oder vielleicht gehört?»

Nun schüttelt Holger heftig den Kopf.

Schwester Düster steht auf. «Hast du auch wirklich die Wahrheit gesagt?» Ihr Ton ist messerscharf, und Holger zuckt zusammen. «Du weißt, was mit Kindern passiert, die lügen.»

«Ja», flüstert Holger. «Sie kommen in den dunklen Raum im Keller.»

Entsetzt blickt Hans die Schwester an, und selbst Onnen hebt fragend die Augenbrauen.

«Kindergeschwätz», wiegelt Schwester Düster ab. «Der Junge hat eine blühende Fantasie. Und nun sollten wir ihn wieder draußen in der Sonne mit den anderen spielen lassen. Lauf, Holger. Du kannst gehen.»

Wie der Blitz dreht sich der Junge um und saust davon.

«War's das jetzt?» Schwester Düster steht wie ein Racheengel vor ihnen. «Ich hoffe doch sehr, dass Sie uns weitere Besuche dieser Art ersparen. Sie merken doch, wie verunsichert die Kinder sind. Und dabei sollen sie sich hier erholen.»

«Ich denke, das war's», stimmt Onnen ihr zu. «Auf Wiedersehen.»

«Leben Sie wohl», antwortet Schwester Düster kühl.

Gemeinsam mit Henriette verlassen sie das Schloss.

Kaum haben sie den Vorplatz betreten, und erste Sonnenstrahlen wärmen ihn, merkt Hans, dass er in der bedrückenden Atmosphäre des Schlosses zu frösteln begonnen hat. Er ist froh, wieder an der frischen Luft zu sein.

Sie sind noch nicht ganz beim Wagen, als er Holger entdeckt, der hinter einem Baum hervorlugt. Mit einer Hand bedeutet er ihm zu kommen. Fragend schaut Hans Henriette an, die zuckt erst mit den Schultern, dann nickt sie.

«Ich bin gleich wieder da», sagt Hans zu Onnen und läuft mit Henriette zu Holger.

«Ich soll doch immer die Wahrheit sagen, hat Tante Düster gesagt», beginnt er. «Aber ich hab mich nicht getraut.» Er hustet, und sofort beugt sich Henriette zu ihm hinab. «Ganz ruhig, Holger. Es ist alles gut. Dem Wachtmeister und mir kannst du vertrauen. Wir verraten dich nicht.» An Hans gewandt erklärt sie: «Holger leidet an Asthma, deshalb der Husten und die Kurzatmigkeit.»

«Versprochen?» Der Junge schaut Hans ängstlich an.

«Großes Indianerehrenwort.» Hans legt seine linke Hand auf die Brust.

«Doktor Hartnagel hat sich mit Tante Düster gestritten. Das war aber noch im Schloss und nicht im Park. Ich bin als Letzter raus, weil ich vorher noch inhalieren musste. Da hab ich sie gehört.»

Heute ist Hans spät dran. Tante Martha hat ihn aufgehalten, aber das hat sich gelohnt. Er brennt darauf, Onnen seine neuen Erkenntnisse mitzuteilen.

Die Tür zum Büro des Kommissars steht offen, Hans klopft dennoch und tritt ein, ohne eine Antwort abzuwarten. Fräulein Schneider hat bereits Block und Stift zurechtgelegt und wirft Hans ein freundliches Lächeln zu, untermalt von den Grübchen, an denen er sich wie immer nicht satt sehen kann.

«Setzen Sie sich», zischt Onnen schlecht gelaunt. Pünktlichkeit gehört für den Kommissar zu den Grundtugenden eines guten Polizisten. Zumindest bei seinen Untergebenen.

«Entschuldigung, Kommissar Onnen, aber ich habe mich nicht ohne Grund verspätet», erklärt Hans. «Eigentlich wollte ich vor Dienstbeginn wie jeden Morgen nur kurz bei meiner Tante vorbeischauen, aber als sie mir berichtet hat, worüber gestern in der Heißmangelstube gesprochen wurde, bin ich doch einen Moment länger geblieben.»

«Klatsch und Tratsch aus der Heißmangel. Das ist ja mal eine Ausrede.» Onnen greift ins Zigarettenkarussell. «Wir sind doch hier nicht beim Hausfrauenverein.» Er zündet sich eine Zigarette an. «Aber spucken Sie aus, was Sie Sensationelles gehört haben. Ich will mir schließlich nicht nachsagen lassen, dass wir nicht *jedem* Hinweis nachgehen.»

Hans berichtet nun ausführlich von Johanna Nissens Hass

auf Doktor Hartnagel. «Meine Tante vermutet, dass auch Angehörige von anderen Opfern einen solchen Hass auf ihn gehabt haben könnten. Damit hätten wir das Mordmotiv, nach dem wir die ganze Zeit suchen.»

«Hass und Vergeltung wären in der Tat schwerwiegende Motive. Nicht schlecht, Frisch. Diese Möglichkeiten haben wir bislang noch nicht bedacht.» Onnen drückt seine Zigarette im Aschenbecher aus. «Johanna Nissen. Was wissen wir über sie? Kommt sie als Täterin infrage? Hat sie für die fragliche Zeit ein Alibi?»

«Sie hat meiner Tante gesagt, sie sei bei ihrer Schwester in Wilhelmshaven gewesen.»

«Dann überprüfen Sie das gleich nachher.»

«Das mache ich. Scheint aber zu stimmen, die Schwester arbeitet in einem Altenheim, und da ist die Nissen wohl von etlichen Leuten gesehen worden. Wir sollten übrigens nicht außer Acht lassen, was der Junge gesagt hat. Dass sich Schwester Düster und Doktor Hartnagel gestritten haben.»

«Unsinn. Der wollte sich garantiert nur an der Oberschwester rächen. Sonst hätte er es in ihrer Gegenwart gesagt. Er ist ein kleiner hinterfotziger Feigling.»

«Das glaube ich nicht», widerspricht Hans mit fester Stimme. «Er hat Angst vor ihr.»

In diesem Moment klingelt Onnens Telefon. Er fingert nach der nächsten Zigarette im Karussell und nimmt den Hörer ab. «Staatsanwalt Sonnenberg, guten Morgen.» Er zündet die Zigarette an, und hört eine Weile zu. «Sie haben recht. Wenn wir noch einmal gründlich alle Fakten gegeneinander abwiegen, können wir zu dem Schluss kommen, dass Hartnagel die Konsequenz aus seinem unsittlichen Verhalten gezogen und sich selbst gerichtet hat.» Wieder lauscht Onnen einige Zeit und nickt dabei bedächtig, während die Asche seiner Zigarette auf den Tisch fällt. «Wunderbar. Ich sage der Witwe Bescheid, dass die Leiche freigegeben ist.»

Ungläubig hört Hans zu. Gerade hat sich doch noch ein ganz neues Motiv aufgetan.

Onnen hat seinen Blick bemerkt. «Nun bleiben Sie mal ganz geschmeidig, Frisch. Man muss immer das Für und Wider abwägen, bevor man etwas unternimmt. Eine Ermittlung in Richtung Rache wegen der damaligen Missstände in der Einrichtung Wehnen würde zwar das Thema Homosexualität und einen Selbstmord ausschließen, aber dafür würden wir damit ein neues Fass aufmachen. Das ist mir gerade klar geworden. Besser, wir tun das Gerede als Gerüchteküche ab, um die wir uns nicht kümmern müssen. Eine Heißmangelstube ist schließlich kein Gerichtssaal, da wird viel erzählt, wenn der Tag lang ist, und nicht jedes Wort auf die Goldwaage gelegt.»

«Also soll ich Johanna Nissens Alibi doch nicht überprüfen?», fragt Hans irritiert.

«Nein», fertigt Onnen ihn kühl ab. «Sie rufen jetzt Frau Hartnagel an und sagen ihr, dass die Leiche ihres Mannes zur Beerdigung freigegeben ist. Und fertig.»

In diesem Moment klingelt das Telefon erneut.

* * *

Hans hat sich heute Morgen richtig Zeit genommen, um ihr zuzuhören. Darüber freut sich Martha. Meist hat er es ja eilig und interessiert sich nicht sonderlich für ihre Überlegungen zu den Fällen, an denen er gerade arbeitet. So ist sie eben, die überhebliche Jugend. Martha lächelt nachsichtig, während sie wie jeden Morgen zum Besen greift. Als sie mit dem Fußboden ihres Geschäfts fertig ist, fegt sie noch die Stufen zum Gehweg. Je weniger Schmutz darauf liegt, umso weniger wird in den Laden getragen. Nach einigen Besenstrichen bückt sie sich mit dem Kehrblech, um Sand und verwelkte Blätter daraufzuschieben. Als sie aus der Hocke hochkommt, sieht sie Hugo von Mühlbach. Seit wann macht er einen Morgenspaziergang? Das ist gar nicht seine Art, auch wenn es heute ein Bilderbuchwetter mit leuchtend blauem Himmel ist. Sie stützt sich mit einer Hand auf dem Besen ab und blickt ihm lächelnd entgegen.

«Guten Morgen, Frau Martha. Haben Sie einen Moment für mich?»

«Natürlich, für Sie doch immer. Waren Sie gestern in Oldenburg erfolgreich?»

«In der Tat. Ich habe mir die Unterlagen zur Entnazifizierung von Doktor Hartnagel ansehen können, bin aber erst spät zurückgekommen. Da wollte ich Sie nicht mehr stören. Jetzt bin ich um die Ecke mit einer Klientin verabredet und dachte, ich schaue schnell vorbei und berichte Ihnen, was ich herausgefunden habe.»

«Lassen Sie uns reingehen. Muss ja nicht die ganze Straße mitkriegen, was wir besprechen.»

Die Heißmangel hat inzwischen längst ihre Betriebstemperatur erreicht, es ist mollig warm im Raum. Von Mühlbach lockert den leichten Schal.

«Also: Ich habe herausgefunden, dass Doktor Hartnagel Fürsprecher in höchsten Kreisen hatte. Es hieß, der Ministerpräsident hätte sich in einem Gespräch überzeugen lassen, dass Hartnagel als Vorkliniker beruflich ins Abseits gedrängt worden wäre, wenn er nicht in irgendeiner NS-Organisation gewesen wäre. Deshalb ist er 1934 in die SA eingetreten. Dazu gibt es einen schriftlichen Vermerk. Darin steht auch, dass

Hartnagel nie in direktem Kontakt mit diesen Organisationen gewesen sein will. Man brauchte ja dringend Führungspersonal für die Psychiatrische Anstalt in Wehnen. Auch ein Pastor der Kirchengemeinde Wehnen und eine Oberschwester des Krankenhauses haben sich für ihn eingesetzt, beide bescheinigten ihm eine menschlich vorbildliche Haltung, politische Unauffälligkeit und ein frommes Verhalten.»

Nachdenklich sieht Martha ihn an. «Vorbildliche Haltung?»

«Genau so hat es die Oberschwester ausgedrückt. Doch ganz so vorbildlich war das nicht, denn aus den Unterlagen der Spruchkammer geht hervor, dass Hartnagel zahlreiche andere Personen aus seinem erweiterten Umfeld angeschwärzt hat, um selbst glimpflich davonzukommen. Ich habe eine Liste der Namen.» Hugo von Mühlbach zieht einen Zettel aus der Innentasche seines Jacketts und reicht ihn ihr.

Martha wirft einen Blick darauf. Und für einen Moment verschlägt es ihr die Sprache. Aber schnell hat sie sich wieder gefangen. «Das hat gereicht, um den Persilschein zu bekommen?»

«So sieht es aus. Und nebenbei: Eine gewisse Alma Düster hat nicht nur Hartnagel entlastet, er hat das Gleiche für sie getan.»

«Oberschwester Düster?»

«Kennen Sie sie?»

«Nicht persönlich. Sie ist die leitende Schwester im Kindererholungsheim auf der Evenburg. Das kann ja wohl kein Zufall sein.» Langsam dämmert Martha, was das zu bedeuten hat. «Erst haben Hartnagel und sie sich gegenseitig entlastet, und dann hat er die Schwester in sein Haus geholt. Entweder aus Dankbarkeit oder weil sie ihn in der Hand hatte.»

«Nicht zu vergessen, dass es einige offene Rechnungen gibt», sagt von Mühlbach. «Mir haben die Namen nichts gesagt, aber Sie kennen ja Gott und die Welt.» Er wirft einen Blick auf seine Armbanduhr. «Oje. Ich muss weiter. Meine Klientin wartet. Ich schaue heute Abend bei Ihnen vorbei, dann haben wir mehr Zeit zum Reden.»

Kaum hat Hugo von Mühlbach den Laden verlassen, studiert Martha die Namen genauer und ist alarmiert.

* * *

Kommissar Onnen greift zum Hörer.

«Hier ist Otto Conradi», meldet sich eine aufgeregte Männerstimme, die sogar Hans hören kann. «Ich rufe aus dem Kindererholungsheim an. Schwester Düster liegt tot in ihrem Bett.»

«Schwester Düster?», fragt Onnen. «Mit der haben wir doch gestern noch gesprochen.»

«Ja, ich kann es auch nicht fassen. Sie ist nicht zum Frühstück erschienen. Eine der Schwestern meinte, sie hätte heute früh einen Zahnarzttermin gehabt. Darum haben wir uns zunächst keine Sorgen gemacht. Als sie aber um halb zehn noch nicht zurück war, ist Schwester Erika zu der kleinen Wohnung im Nebengebäude gegangen und hat geklopft. Weil sie keine Antwort erhielt, ist sie eingetreten. Die Tür war nicht abgeschlossen. Schwester Düster lag angezogen auf ihrem Bett. Erika konnte keinen Puls mehr fühlen und ist sofort ins Schloss gerannt. Wir haben unverzüglich den Notarzt gerufen und warten nun auf ihn.» Conradi klingt fassungslos. Der Mann ist fix und fertig. «Wie sollen wir denn hier jetzt klarkommen ohne leitenden Arzt und Oberschwester?»

«Sie haben doch hoffentlich nichts angefasst?» Onnen drückt seine Zigarette im Aschenbecher aus.

«Nein. Also, Schwester Düster natürlich, aber die ist schon steif. Also wird sie mindestens neun Stunden tot sein. Sie muss irgendwann gestern Abend gestorben sein.»

«Wie gut, dass der Medizin studiert hat», flüstert Hans leicht amüsiert über den fachlichen Bericht des kleinen Schlaumeiers und erntet einen bösen Blick von Onnen, der das Wort wieder an Conradi richtet: «Ist Ihnen noch etwas an der Leiche aufgefallen?»

«Nein.»

«Lassen Sie niemanden in die Wohnung. Wir machen uns umgehend auf den Weg zu Ihnen», sagt Onnen.

«Danke, Herr Kommissar. Bis gleich.» Damit legt Conradi auf.

Onnen zieht die Stirn in Falten. «Das entwickelt sich ja zu einer überaus unangenehmen Angelegenheit. Ich werde Wollenweber informieren. Besser, er schaut sich die Leiche gleich vor Ort an. Frisch, Sie können schon mal zum Fahrzeug gehen.»

* * *

Am liebsten wäre Martha mit den Neuigkeiten sofort rüber zu Traudel gegangen, aber schon betritt die erste Kundin den Laden, eine Pensionswirtin. Zum Glück ist die Frau eher mundfaul, und so mangeln sie die Wäsche bis auf wenige Worte schweigend. Nach einer Stunde ist die Kundin fort, und Martha hängt das Schild, das Annemieke ihr als Grundschulkind gemalt hat, an die Tür. *Bin nebenan.*

Traudel schaut überrascht auf, als Martha hereinkommt.

«Du bist aber heute früh dran.»

«Dann setz mal das Teewasser auf, es gibt einiges zu bereden. Hugo von Mühlbach war heute Morgen schon bei mir.»

Traudel blickt überrascht auf. «Das habe ich gar nicht mitgekriegt. Schade, ich hätte ihn gern auch gesehen. Hugo ist so ein feiner Mann.»

«Er ist vor allem ein guter Anwalt.» Martha folgt Traudel in den kleinen Raum, in dem ihre Freundin den Kessel füllt.

«Stell dir vor, er hat herausgefunden, dass Doktor Hartnagel und Alma Düster in Wehnen eng zusammengearbeitet haben.»

«*Schwester* Düster?»

«Genau. Bereits dort war sie seine Oberschwester. Aber mehr noch, Hartnagel hat etliche Bürger angeschwärzt, für die Nazis gearbeitet zu haben. Herr von Mühlbach hat mir eine Liste gegeben.»

Mit offenem Mund hört Traudel zu. «Das ist ja ein Ding ... Und wer steht drauf?»

Nacheinander liest Martha die Namen und die dazugehörigen Berufe vor. Der eine war bis Kriegsende Bürgermeister in einem Nachbarort von Oldenburg, einer Lehrer der früheren jüdischen Mädchenoberschule, zwei waren Kaufleute in Oldenburg, die sich in den Dreißigerjahren jüdische Geschäfte unter den Nagel gerissen haben. Es folgen weitere Namen, insgesamt sind es dreiundzwanzig.

«Du solltest damit zu Hans gehen. Das ist bestimmt wichtig für die Ermittlungen der Polizei», schlägt Traudel vor.

Das ist Martha längst klar. Schade, dass Redakteur Weiland nicht mehr im Dienst ist. Der würde das in der Zeitung bringen. Oder auch nicht. Immerhin steht ein ehemaliger Redakteur seiner Zeitung ebenfalls auf der Liste.

***

Alma Düsters Wohnung ist nicht groß. In der kleinen Küche gibt es neben Spüle und Herd nur wenige Möglichkeiten, Geschirr unterzubringen, ein Klapptisch ist an der Wand befestigt, davor stehen zwei Stühle. Das Wohnzimmer sieht etwas ansprechender aus, auch wenn man es noch lange nicht gemütlich nennen kann. Im Schlafzimmer ist lediglich Platz für einen schmalen Schrank und ein Einzelbett.

Darauf liegt Alma Düster in einem schwarzen Kleid mit weißem Spitzenkragen auf der Seite, die Beine angewinkelt, die Hände verkrampft vorm Bauch. Genau wie bei Hartnagel.

Onnen und Hans stehen im Türrahmen und schauen Doktor Wollenweber bei der Untersuchung der Leiche zu. Der Arzt mit dem Schnauzbart, der dünnen Nickelbrille und dem Schmiss auf der rechten Wange ist wie immer sehr gründlich.

Nach einigen Minuten richtet er sich auf. «Meine Herren, leider muss ich Ihnen sagen, dass ich auch in diesem Fall auf Tod durch Zyankali tippe. Nach der Obduktion kann ich es mit Sicherheit sagen.» Er packt seine Tasche mit den Instrumenten zusammen. «Von mir aus können Sie den Leichnam abtransportieren lassen.» Damit verabschiedet er sich.

Hans und Onnen treten ans Bett.

«Was für ein Scheiß», entfährt es Onnen, der mit den Händen in den Taschen seines Mantels auf die Tote hinunterschaut. «Damit können wir vergessen, dass Sonnenberg Hartnagels Tod als Suizid deklariert. Was für ein elender Scheiß.»

Hans ignoriert die Kraftausdrücke seines Chefs. Innerlich ist er erleichtert, dass Hartnagels Tod nun doch nicht einfach abgetan wird. «Zwei Tote durch Zyankali», murmelt er. «Ob es vielleicht im Fall Hartnagel Mord, bei Schwester Düster aber Selbstmord war?»

Überrascht blickt Onnen ihn an. «Wie kommen Sie denn

darauf?» Ein leichter Hoffnungsschimmer glimmt in seinen Augen auf. «Das würde die Angelegenheit deutlich einfacher machen. Führen Sie Ihre Überlegungen genauer aus.»

Hans freut sich über das ungewohnte Lob seines Vorgesetzten und atmet tief ein. «Es könnte folgendermaßen gewesen sein: Schwester Düster hat versucht, Hartnagel dazu zu bewegen, seinen Job aus den uns bekannten Gründen aufzugeben. Sie hat ihm sogar einen Vorwand auf dem Silbertablett serviert, nämlich sich auf sein Alter zu berufen. Das hat er jedoch abgelehnt. Daraufhin hat sie ihn unter Druck gesetzt, weil sie seine Neigungen nicht dulden und den Träger des Erholungsheims darüber informieren wollte. Es kam zum Streit. Vielleicht hat Schwester Düster Doktor Hartnagel aber auch heimlich geliebt. Schließlich arbeiten sie schon zehn Jahre zusammen, und sie war ein paar Jahre jünger als er. Möglicherweise ist sie sogar seine Geliebte gewesen. Wer weiß.»

Kommissar Onnen nickt nachdenklich mit der Hand am Kinn. Hans fühlt sich bestärkt fortzufahren. «Vielleicht war sie deshalb so entsetzt, als sie merkte, dass er plötzlich Männern zugetan war. Sie hatte Zugang zum Tresor. Obendrein war sie Krankenschwester und hätte sich das Zyankali wahrscheinlich auch irgendwo besorgen können. Sie hat es ihm – wie auch immer – untergejubelt. Und nachdem er tot war, wollte auch sie nicht mehr leben. Entweder, weil sie ein Leben ohne ihn unerträglich fand, oder aber, weil sie befürchtete, doch noch für seinen Tod zur Rechenschaft gezogen zu werden und im Gefängnis zu landen.» Jetzt atmet Hans tief ein. Es ist das erste Mal, dass Onnen ihn so lange hat reden lassen.

Der schaut ihn nun anerkennend an. «Alle Achtung, Sportsfreund. Das war sehr gut dargelegt. Vielleicht kann ich Staatsanwalt Sonnenberg von Ihrer Theorie überzeugen, und wir können den Fall doch zu den Akten legen. Mord aus verletzter Liebe bei Hartnagel, Selbstmord bei der Täterin. Das klingt überzeugend. Beweise liefern wir noch nach.» Onnen reibt sich die Hände. «Also, dann gehen Sie mal rüber ins Schloss, benachrichtigen den Bestatter, dass der die Leiche abholen kann, und ich werde mit dem Staatsanwalt telefonieren, sobald wir wieder im Büro sind.»

«In Ordnung, Chef. Eine Frage noch: Was ist denn jetzt mit Hartnagels Leichnam? Wird der nun zur Bestattung freigegeben oder nicht?»

«Da spricht ja nichts dagegen. Ausreichend untersucht worden ist er ja. Was soll er noch länger die Kühlkammer des Krankenhauses blockieren.»

* * *

Martha und Traudel rätseln noch, ob eine der Personen auf der Liste wirklich für den Tod Hartnagels verantwortlich sein könnte, da betritt Frau Dedersen die Änderungsschneiderei. In der Hand eine Reisetasche. Nanu, was hat die denn vor, denkt Martha.

«Guten Morgen, Frau Maier. Frau Frisch», grüßt die Zahnarztgattin. «Ich habe drei Winterkleider mitgebracht. Die sind vom letzten Jahr, kneifen aber in der Taille. Nicht einmal mit einem strafferen Hüfthalter kann ich das ausgleichen. Können Sie die Nähte etwas auslassen?» Sie öffnet die Tasche und legt die Kleider auf den Tisch neben der Nähmaschine. Traudel dreht sie auf links und wirft einen prüfenden Blick auf die Nähte.

«Da sind jeweils noch etwa drei Zentimeter Spiel. Aber mehr nicht. Ich würde die Nähte auftrennen, und dann müssten Sie zur Anprobe kommen, damit ich alles abstecken kann.»

«Wunderbar. Ich bräuchte das schwarze Kleid als Erstes. Für die Beerdigung von Doktor Hartnagel. Für seine Frau muss die ganze Situation sehr belastend sein.» Frau Dedersen stößt einen tiefen Seufzer aus. «Ach, die Arme hat es wirklich nicht leicht …»

In diesem Moment kommt Gotlind Früchtenicht herein, die Frau des Bestatters. «Moin allerseits», grüßt sie und nimmt eine Zellophantüte aus ihrer Handtasche, in der sich Seidenstrümpfe befinden.

«Hast du schon gehört, nun ist auch die Oberschwester des Kinderheimes tot. Die haben meinen Adolf vorhin angerufen, dass er sie abholt. Man kriegt es ja richtig mit der Angst zu tun, wenn man das hört», sagt Gotlind, die mit Traudel früher im Turnverein gewesen ist, und drückt ihr die Strumpftüte in die Hand. «Also, ich für meinen Teil würde mein Kind sofort aus dieser Einrichtung abholen, wenn da ein Mörder sein Unwesen treibt.»

«Um Gottes willen, was ist denn passiert?», fragt Martha alarmiert.

«Keine Ahnung, ich weiß nur, dass sie mausetot ist.»

Traudel stupst Martha mit dem Ellenbogen unauffällig in die Seite und wirft ihr einen verschwörerischen Blick zu. «Wer weiß, was die Düster und der Hartnagel sich haben zuschulden kommen lassen. Immerhin verbindet die beiden ja einiges.»

«Was meinen Sie denn damit?», fragt Frau Dedersen mit vor Neugierde funkelnden Augen.

Doch bevor Traudel den Mund aufmachen kann, kommt ihr Martha zuvor. «Nichts, das war nur Gerede.» Sie wirft Traudel einen Blick zu, der Schweigen gebietet. Die Neuigkeiten von Hugo von Mühlbach sind für Hans bestimmt, nicht für Frau Dedersen, eine der größten Klatschtanten von Leer.

Die nimmt den Faden allerdings schon auf: «Ach so.» Sie grinst. «Sie vermuten, dass auch Frau Düster Selbstmord begangen haben könnte?» Nachsichtig lächelnd schüttelt sie den Kopf. «Das kann ich mir nicht vorstellen. Die war in den letzten zwei Wochen mehrmals bei meinem Mann. Sie hat sich ein neues Gebiss machen lassen.» Frau Dedersen stemmt ihre Hände in die kräftigen Hüften. «Jetzt mal ehrlich, das macht man doch nicht, wenn man sich umbringen will.»

Guter Punkt, denkt Martha und nippt an ihrem Tee.

* * *

Bestatter Früchtenicht und sein Kollege, beide in schwarzen Anzügen, tragen den Transportsarg aus Zink. Es ist für Hans ein bedrückender Moment, als die beiden in den kleinen Schlafraum gehen.

Onnen dagegen zeigt keinen Funken Empathie. Mit den Worten «Ich warte nebenan, bis Sie fertig sind» geht er in die Küche. Hans bleibt im Türrahmen stehen und nimmt seine Mütze ab, als Früchtenicht ans Bett tritt. Er beugt kurz den Kopf, dann hebt er Alma Düsters Hand.

«Ich nehme ihr die Armbanduhr ab», erklärt er. «Die Tote braucht sie ja nicht mehr, und bei der Obduktion stört sie nur. Ist besser, die bleibt hier, sonst kommt die im Krankenhaus noch weg. Hat die Dame Erben?»

Hans schüttelt den Kopf. «Keine Ahnung. Meines Wissens nach war sie nicht verheiratet.»

Früchtenicht legt die Uhr auf den Nachttisch, der zu dem Bett aus hellem Holz passt. Dann fasst er Alma Düster unter den Kragen ihres Kleides. «Eine Kette trägt sie auch.» Gleich darauf legt er eine dünne Goldkette mit schlichtem Kreuz daneben. «Mehr hat sie nicht. Keine Ohrringe», stellt er fest. «Also Klaus, pack mit an.»

Behutsam und voller Respekt betten die beiden Männer den Leichnam in den Sarg. Das gefällt Hans. Als er die tote Alma Düster so betrachtet, kommt ihm der Gedanke, dass sie sich das richtige Kleid zum Sterben ausgesucht hat. Schwarz. Mit weißem Spitzenkragen. Müsste Doktor Wollenweber sie nicht noch einmal gründlich untersuchen, könnte man sie glatt in diesem Aufzug beerdigen.

Kaum ist der Sarg fort, kommt Onnen aus der Küche. «Ich hab nichts gefunden, was uns weiterbringt», sagt er. «Auch im Badezimmer gibt es keinen Hinweis darauf, dass die Frau Zyankalikapseln besessen hat. Schauen Sie mal in dem Nachtschränkchen nach.»

Hans zieht die Schublade heraus. Darin befindet sich neben einigen gebügelten Stofftaschentüchern und Büchern eine kleine lederne Schatulle. Vorsichtig öffnet er den Schnappverschluss. Ein goldener Ring mit der Gravur *Fritz 1937*, ein ebensolches Armband und eine Kette mit einem kleinen, goldgefassten Edelstein kommen zum Vorschein. «Da liegen keine Kapseln. Nur etwas Schmuck. Ich lege die Uhr und die Kette mit dem Kreuz dazu», sagt Hans. «Sollen wir die Schatulle mitnehmen, damit sie nicht wegkommt?»

«Wozu? Wir schließen die Tür ja ab.»

Mit einem Dietrich kann man sie aber öffnen, denkt Hans, sagt jedoch nichts. Schließlich trägt Onnen die Verantwortung für die Ermittlung, nicht er. Er streicht die Decke auf dem Bett glatt, es käme ihm unangemessen vor, sie so faltig zu lassen. Das würde nicht zu Schwester Düster passen. Die Schatulle legt er zurück, doch bevor er die Schublade schließt, wirft er einen Blick auf die Bücher. Zuoberst liegt ein Leitfaden für die

Erziehung von Kindern. *Pädagogische Perspektiven. Beiträge zu Erziehungsfragen der Gegenwart* von Eduard Spranger aus dem Jahr 1951, darunter *Das schwererziehbare Kind* von Adalbert Czerny.

«Gibt's was Interessantes im Kleiderschrank der Frau?», unterbricht Onnen ihn.

Schnell tritt Hans an den Schrank, dort liegt die bescheidene Wäsche akkurat gefaltet. Ihre Kleidung ist komplett schwarz gehalten, lediglich die Nachthemden sind weiß. Mit wenigen Handbewegungen hat Hans die Sachen auf das Bett gelegt, doch hinter keinem der niedrigen Stapel verbirgt sich eine Überraschung. Er will alles zurück in den Schrank legen, aber Onnen widerspricht. «Lassen Sie das mal. Wir können unsere Zeit sinnvoller einsetzen. Kommen Sie mit hinüber ins Schloss, da gibt es einiges für uns zu tun.»

Im Hinausgehen fällt Hans' Blick auf die gerahmte Schwarz-Weiß-Fotografie eines jungen Mannes in SS-Uniform. Ein schwarzer Trauerflor spannt sich schräg darüber. «Ob das wohl ihr Mann war?», fragt er. «In ihrem Schmuckkästchen befand sich ein goldener Ring.»

«Keine Ahnung. Ist auch nicht weiter wichtig.»

Nein, Empathie ist Onnens Sache nicht.

Auf dem Weg zum Schloss kommt Hans ein Gedanke. «Wir sollten in Hartnagels Büro nachschauen, ob sich noch immer drei Zyankalikapseln im Tresor befinden. Schwester Düster hatte doch Zugang dazu. Wenn es Selbstmord war, könnte sie eine der Kapseln genommen haben.»

Die Kinder sitzen im großen Saal beim Mittagessen. Es ist mucksmäuschenstill, nur das Klappern von Besteck ist zu hören. Schwester Henriette führt die Oberaufsicht, Otto Conradi sitzt an der Stirnseite des Raumes neben ihr. Die anderen Schwestern speisen an einem Tisch in der Nähe der Tür.

Leise nähert Hans sich den Frauen. «Wir müssten mit Ihnen sprechen», raunt er. «Am besten einzeln und in Doktor Hartnagels Büro. Wer von Ihnen hat Schwester Düster gefunden?»

«Ich», sagt eine Schwester, deren dunkelblonde Locken sich hinter der Haube kringeln.

«Wenn Sie mir bitte folgen, wir machen mit Ihnen den Anfang.» Augenblicklich legt die Schwester das Besteck beiseite, schiebt den Stuhl zurück und steht auf.

In Hartnagels Büro sitzt Onnen bereits auf dem Platz des verstorbenen Doktors. Er bietet der Schwester den Stuhl vor dem Schreibtisch an. Hans stellt sich neben ihn.

«Also, Schwester ...»

«Erika», sagt die junge Frau schüchtern.

«Schwester Erika, wann haben Sie Alma Düster das letzte Mal gesehen?», fragt Onnen und zündet sich eine Zigarette an.

«Das war gestern Abend gegen neunzehn Uhr. Da hat sie sich zur Nachtruhe verabschiedet. Sie übernimmt ja keine Nachtwachen.»

«Wer hatte denn Nachtdienst?», fragt Onnen.

«Schwester Helga und ich. Schwester Henriette hatte ihren freien Abend und ist nach dem Essen nach Leer geradelt. Dort wohnt sie zur Untermiete.»

«Kam Ihnen Schwester Düster irgendwie verändert vor? Aufgeregt? Depressiv?»

«Nein. Sie war wie immer, der alte Drachen.» Schnell fliegt Schwester Erikas Hand an ihren Mund. «Oh. Entschuldigung. Das habe ich nicht so gemeint.»

Bei diesem Ausspruch muss sogar Onnen schmunzeln.

141

«Wir haben das schon richtig verstanden. Schließlich haben auch wir Schwester Düsters durchaus forsche Art kennengelernt.»

«Ich fand ihr Verhalten nach Doktor Hartnagels Tod allerdings etwas befremdlich», gesteht Schwester Erika. «Ich meine, Hartnagel und sie haben so lange zusammengearbeitet, er war ja auch in Wehnen ihr Chef, wie ich mitbekommen hab, da hätte ich erwartet, dass sie irgendwie doch mehr um ihn trauert.»

Mist, denkt Hans, das passt nicht so gut zu seiner Theorie.

* * *

Zurück in der Heißmangel ist Martha ordentlich beschäftigt. Trotzdem driften ihre Gedanken immer mal wieder ab. Was hat der Tod von Alma Düster zu bedeuten? Was für ein Mensch ist sie gewesen? Mit den Striemen an Hartnagels Hintern hat sie garantiert nichts zu tun. Aber dass beide rein zufällig so kurz nacheinander gestorben sind, glaubt Martha auch nicht. Immerhin haben sie eine gemeinsame Vergangenheit. Vielleicht liegt da ja das Motiv. Oder bildet sie sich das nur ein? Ach, es ist alles so verzwickt. Martha muss unbedingt mit Hans reden. Noch eine halbe Stunde bis zur Mittagspause. Ob sie einfach im Kommissariat vorbeischaut und ihm den Zettel mit den Namen gibt? Oder reicht auch morgen früh? Die Polizei hat heute bestimmt genug zu tun.

Während im Radio Fred Bertelmann vom lachenden Vagabunden singt und sie für das Restaurant Zur Waage ein quadratisches Tischtuch nach dem anderen durch die Walzen der Mangel schiebt, kommt Traudel herein. «Was sinnierst du denn so vor dich hin?»

«Ich frage mich, was Doktor Hartnagel und Alma Düster wohl für Menschen gewesen sind.»

«Du machst dir aber auch Gedanken.»

Martha zuckt mit den Schultern. «Ich versuche eben, hinter die Fassade zu gucken, um Zusammenhänge zu erkennen.»

Traudel muss lachen. «Das ist ja fast so wie bei Robert Lembke.»

Martha sieht sie verständnislos an.

«Na bei ‹Was bin ich?›, der Quizsendung mit dem heiteren Beruferaten. Da versucht man ja auch hinter die Fassade der Leute zu kommen, um herauszukriegen, was die arbeiten. Die ist ja leider im März eingestellt worden, deswegen kennst du die nicht. Die Fragen waren einfach immer dieselben, hat mir eine Kundin erzählt.»

«Das ist es!» Martha drückt Traudel an sich. «Man muss andere Fragen stellen, um zu Lösungen zu kommen! Wer hat Interesse daran, dass Doktor Hartnagel *und* Alma Düster sterben?»

Verständnislos sieht Traudel Martha an. «Meinst du, dass beide ermordet worden sind?»

«Ich befürchte, es ist nur noch eine Frage der Zeit, bis das offiziell feststeht. Alles andere wäre unlogisch.»

* * *

Schwester Helga weiß auch nicht mehr zu berichten als Schwester Erika, und Schwester Henriette hat direkt nach ihrer Heimkehr mit der anderen Untermieterin eine Partie Halma gespielt.

«Bleibt Conradi», sagt Onnen zu Henriette. «Seien Sie doch so freundlich und schicken ihn her.»

Während Hans und sein Vorgesetzter warten, trommelt Onnen permanent mit den Fingern auf den Schreibtisch. Das macht Hans ganz nervös, aber er hütet sich, Onnen zu bitten, damit aufzuhören. Stattdessen tritt er ans Fenster und schaut hinaus. Drei Mädchen schlendern nebeneinander her, eine hat ihre Puppe im Arm. Ein paar Jungs spielen Fußball, Hans erkennt Holger unter ihnen. Er wirkt fröhlich und ausgelassen. Kein Vergleich zu seinem Verhalten, als er zu Schwester Düster sollte.

Überhaupt geht es heute im Heim lebhafter zu. Als würden die Kinder sich plötzlich trauen, lauter zu sein und unbeschwerter miteinander zu sprechen. Wie heißt es doch: Ist die Katze aus dem Haus, tanzen die Mäuse auf dem Tisch. Das stramme Regiment scheint nach dem Tod von Hartnagel und Düster abrupt weggebrochen zu sein. Nun ja, Hans hat keine Ahnung von Kindererziehung, schon gar nicht von solcher in Erholungsheimen, in denen man Dutzende Kinder beaufsichtigen muss. Aber er kann sich vorstellen, dass man bei einer solch geballten Konzentration kindlicher Energie die Zügel straffer ziehen muss, als wenn man sich als Eltern nur um ein, zwei oder drei Kinder zu kümmern hat.

«Moin. Sie wollten mich sprechen», unterbricht Otto Conradi seine Gedanken.

Hans wendet sich vom Fenster ab, Onnen hört auf, mit den Fingern zu trommeln, und bittet Conradi, auf dem Stuhl vorm Schreibtisch Platz zu nehmen.

«Tja, Herr Conradi, das ist nun für uns alle keine angenehme Situation. Aber Sie haben sicher Verständnis, dass wir wissen müssen, wo Sie gestern von neunzehn Uhr bis heute früh gewesen sind», beginnt Onnen.

Conradi blickt ihn kühl an. «Natürlich kann ich das gern

erklären, aber ich verstehe nicht, warum. Ist Schwester Düster keines natürlichen Todes gestorben?»

Diese Frage hätte er nicht stellen dürfen. So etwas wirkt auf Onnen wie ein rotes Tuch. «Nun machen Sie mal nicht auf dumm! Sie ist *keines* natürlichen Todes gestorben. Auch bei ihr deutet alles auf Zyankali hin – gerade Sie hätten das sehen können.» Onnens Zeigefinger schießt vor. «Und da Sie der Grund dafür sind, dass Schwester Düster den Doktor aufgefordert hat, seinen Posten niederzulegen, liegt der Gedanke nahe, Sie hätten dafür gesorgt, dass ihr keine Möglichkeit blieb, auch Ihnen die ärztliche Karriere zu vermasseln.» Ein breites Grinsen legt sich auf Onnens Gesicht, er lehnt sich zurück und verschränkt die Arme vor der Brust.

Conradi wird blass. «Das stimmt nicht. Das stimmt alles nicht … Ich bin gestern den ganzen Abend auf der Krankenstation gewesen. Holger ging es nicht gut.»

Nun ist es an Hans, überrascht zu schauen. «Holger?»

«Er hatte wieder Bauchkrämpfe und weinte.»

«Kommen Sie mal, Herr Conradi. Schauen Sie raus.»

Conradi tritt neben Hans. Unten im Park spielen Holger und die anderen Jungs fröhlich Ball.

Conradi lächelt. «Wie schön, dass es ihm heute wieder besser geht.» Mit einem glücklichen Gesichtsausdruck dreht er sich zu Onnen. «Das sind die schönsten Momente für einen Kinderarzt, wenn man mit Zuwendung und einfachen Hausmitteln heilen kann.»

Onnen schnaubt, er glaubt Conradi offensichtlich kein Wort. «Gibt es Zeugen dafür, dass Sie im Krankentrakt waren?»

«Sicher. Schwester Helga. Als Holger eingeschlafen war, bin ich hinüber ins Bereitschaftszimmer am Ende des Flurs. Dort habe ich übernachtet.»

«Schwester Düster haben Sie an dem Abend nicht mehr gesehen?»

«Nein, die ist nach dem Abendbrot hinüber in ihre Wohnung. Die Schwestern wussten ja, was für die Nachtruhe zu tun war.»

***

Bevor Martha zum Mittagessen nach Hause radelt, macht sie den Abstecher zum Kommissariat. Besser, Hans erfährt auf schnellstem Wege, was sie herausgefunden hat. Sie tritt kräftig in die Pedale, damit genügend Zeit bleibt, um nach dem Mittagessen noch kurz die Füße hochzulegen. Auf Höhe der Feuerwehr ist sie schon ordentlich ins Schwitzen gekommen. Morgens liegt zwar die Kühle des anklopfenden Herbstes in der Luft, mittags herrschen jedoch noch sommerliche Temperaturen.

Sie stellt ihr Fahrrad neben dem Eingang ab und geht zum diensthabenden Polizisten an der Pforte.

«Moin, ich bin Martha Frisch und möchte zu meinem Neffen, Wachtmeister Frisch.»

Der Mann Ende zwanzig mustert sie, dann schüttelt er den Kopf. «Tut mir leid. Wachtmeister Frisch ist unterwegs.»

«Wann kommt er denn zurück?»

«Keine Ahnung.» Er kräuselt überheblich die Lippen. «Die Kollegen sind im Einsatz.»

Was ist das denn für ein Schnösel, denkt Martha. «Können Sie ihm bitte ausrichten, dass er sich dringend bei mir melden soll. Es ist sehr wichtig.»

Der Polizist nickt. Das Telefon neben ihm läutet durchdringend. Ohne sich weiter um sie zu kümmern, nimmt er das Gespräch an.

Enttäuscht steigt Martha auf ihr Fahrrad. Einen Versuch ist es immerhin wert gewesen. Und: Aufgeschoben ist nicht aufgehoben.

* * *

«Bunt sind schon die Wälder, gelb die Stoppelfelder, und der Herbst beginnt», singt Annemieke lauthals, während sie an den Gärten vorbeiradelt. «Rote Blätter fallen, graue Nebel wallen, kühler weht der Wind.» Heute Mittag haben sie das Lied im Schulchor eingeübt. Annemieke liebt dieses deutsche Volkslied, auch wenn sie sich sonst eher für die Musik des amerikanischen Soldatensenders begeistert. Elvis Presley ist ihr Held, und sie muss langsam in die Puschen kommen, damit es mit der Fahrt nach Bremerhaven klappt. Sonst wird das nichts mit dem Zujubeln, wenn Elvis von Bord des amerikanischen Truppentransporters geht und das erste Mal deutschen Boden betritt. In der dritten Strophe des Volksliedes hat Annemieke einen Hänger, aber das ist egal. Sie hat die Evenburg erreicht, stellt ihr Fahrrad bei den Werkstätten ab und ist erstaunt, dass Polizeiautos im Hof parken. Was ist denn nun schon wieder los? Langsam müssten die doch alle Fragen gestellt haben. Wahrscheinlich haben sie sich auf den jungen Arzt eingeschossen, jedenfalls hat Henriette das gestern vermutet. Es wird Zeit, dass sie den kennenlernt. Zu gern würde sie sich selber ein Bild von ihm machen und ihn genauer unter die Lupe nehmen.

Die Halle des Schlosses ist leer. Da sie spät dran ist, schlüpft sie schnell in die Schwesterntracht und eilt über die große Treppe hinauf in die nächste Etage. Zaghaft öffnet sie die Tür zum Aufenthaltsraum. Es ist so still, man könnte eine Steck-

147

nadel fallen hören. Eng beieinander sitzen alle Kinder an den Tischen und malen mit Buntstiften oder schreiben konzentriert mit dem Füllfederhalter Briefe. Henriette steht an einem der Tische und schaut einem Mädchen über die Schulter, deren Feder nur zaghaft über das Papier streicht. Helga und Erika gehen herum und begutachten, was die Kinder malen oder schreiben. Annemieke kommt es vor, als sei die Stimmung gedrückt. Sie wirft Henriette einen fragenden Blick zu. Die bedeutet Erika, mit Annemieke rauszugehen. Auf dem Flur erklärt Erika: «Es ist ein Albtraum.»

«Wieso? Was ist denn passiert?»

«Heute Morgen habe ich Schwester Düster tot aufgefunden. Es war schrecklich. Sie lag angezogen, aber steif und kalt auf ihrem Bett. Ich hab vorher noch nie eine Tote angefasst.»

«Schwester Düster? Um Gottes willen. Die war doch gestern noch quicklebendig.»

«Das ist es ja. Und jetzt ist sie tot, genau wie Doktor Hartnagel. Nun haben wir alle Angst, dass sie auch durch Zyankali ums Leben gekommen ist. Vielleicht treibt hier ein Mörder sein Unwesen und will uns alle nacheinander abmurksen!»

Erschrocken schaut Annemieke Erika an. «Ein Mörder?»

«Nicht so laut», zischt Erika. «Die Kinder haben ja mitgekriegt, dass Schwester Düster nicht mehr da ist. Einige haben auch den Leichenwagen gesehen. Wir wissen gar nicht, was wir ihnen sagen sollen.» Erika stöhnt auf. «Ich meine, wir haben plötzlich die ganze Verantwortung. Wie sollen wir das nur schaffen?»

In diesem Moment kommt der junge Arzt auf den Flur. Auch er wirkt angespannt.

«Schwester Erika. Was stehen Sie denn hier zu zweit schwatzend herum! Schwester Henriette wird im Saal Ihre Hilfe dringend brauchen. Also gehen Sie wieder hinein.» Er wendet sich an Annemieke. «Sie sind die Aushilfe? Dann unterstützen Sie die Schwestern bitte auch.»

Schwester Erika läuft rot an. «Natürlich, Herr Conradi.» Sie schaut den jungen Arzt an. «Ich habe Annemieke nur eben ins Bild gesetzt. Sie wusste noch nichts von Schwester Düsters Tod.»

«Ach so. Ja, es ist alles ziemlich herausfordernd.» Otto Conradi versucht ein Lächeln, und sofort wirkt er viel sympathischer.

«Ist die Polizei denn noch im Haus?», fragt Annemieke. «Ich habe die Autos gesehen.»

«Ja.» Die Tür zum Saal öffnet sich, Henriette guckt heraus. «Lös mich bitte ab», sagt sie zu Erika, die sofort hineingeht.

Henriette blickt Conradi an. «Haben Sie jemanden vom Stiftungsvorstand erreicht?»

«Ja. Die Herren haben sich bereits angekündigt, um mit uns zu besprechen, wie es weitergeht.» Henriette nimmt das mit Erleichterung zur Kenntnis.

Annemieke kommt es vor, als ob Henriette über Nacht gereift wäre. Der junge Arzt hingegen wirkt angegriffen. Ob das wohl an den Vernehmungen durch Kommissar Onnen liegt?

«Genug getrödelt», sagt Henriette nun resolut und erklärt Annemieke, was sie am Nachmittag zu tun hat. «Die Kinder müssen abgelenkt werden. Du wirst mit Erika und einer größeren Gruppe im Park Blätter sammeln. Die presst ihr anschließend oder klebt sie auf Papier und malt um sie herum. Dir wird schon irgendetwas einfallen. Die Hauptsache ist, sie kommen nicht auf irgendwelche Gedanken.»

Später blickt Annemieke über die Wiese vorm Schloss. Den Jungen und Mädchen ist von der Anspannung im Heim weni-

149

ger anzumerken als ihren Betreuern. Sie toben im Park umher, als wäre nichts geschehen. Nach einer Weile sagt Erika leise zu Annemieke: «Ich bleibe nicht mehr lange hier. Das ist ein Unglückshaus. Hier sterben viel zu viele Menschen.»

* * *

Schade, dass sie Hans nicht im Kommissariat angetroffen hat. Martha spürt, dass die Liste wichtig ist. Allein die Tatsache, dass Alma Düster und Hartnagel sich aus ihrer gemeinsamen Zeit in Wehnen kennen, ist äußerst interessant. Vor allem, wo jetzt beide tot sind. Nicht auszudenken, wenn es sich um eine späte Rache handeln würde. Nachdenklich mangelt Martha die Hotelbettlaken. Sonst hilft ihr Annemieke mittwochnachmittags bei den großen Stücken, aber seit sie auf der Evenburg aushilft, bekommt Martha von ihrer Enkelin nicht viel zu sehen. Die Türglöckchen bimmeln.

«Ilse, wie schön, dich zu sehen», begrüßt Martha ihre Schwester und streicht schnell den Stoff glatt, bevor er weiter zwischen die Walzen gezogen wird. «Musst du nicht arbeiten?»

«Nein, ich hab schon frei, da dachte ich, ich komme eben vorbei. Am Wochenende habe ich es einfach nicht geschafft. Die Jungs waren da.» Ilse greift nach den Stoffzipfeln, und schon falten die beiden das Laken akkurat zusammen.

«Möchtest du eine Tasse Tee?», fragt Martha, während sie weiter die Mangel bedient.

«Nein, danke. Ich helfe dir lieber bei den Laken. Dann sparst du Zeit», antwortet Ilse mit einem verschmitzten Lächeln. «Ich wollte mit dir über die Frauenversammlung morgen Abend sprechen.»

«Was meinst du genau?» Martha greift nach dem nächsten Bettlaken.

«Vor allem würde ich gerne wissen, was da auf einen zukommt, wenn man sich zur Wahl aufstellen lässt. Kennst du dich damit aus?»

Martha klatscht in die Hände. «Ilse, du glaubst gar nicht, wie sehr ich mich über deine Entscheidung freue. Ich ...»

«Stopp! Ich hab nicht gesagt, *dass* ich es mache. Ich will nur mehr Informationen.»

Jetzt muss Martha jedes Wort vorsichtig wählen. Ilse hat zwar schon Feuer gefangen, aber so ganz hat Martha den Fisch noch nicht an der Angel. Doch bevor sie etwas sagen kann, redet ihre Schwester schon weiter.

«Es gibt ja etliche Parteien, die Kandidaten für die Wahl aufstellen. Da habe ich mich schon informiert. Der Bund der Heimatvertriebenen und Entrechteten, die Deutsche Partei, dann noch Zentrum, FDP, SPD und CDU. Weißt du denn im Einzelnen, wofür die stehen?»

«Die Programme der Parteien habe ich nicht gelesen, aber Hermann und ich haben immer schon die SPD gewählt. Deshalb bleibe ich dabei. Da muss ich gar nicht lange nachdenken.»

«Das war bei uns ganz anders. Siegfried hat große Stücke auf die Deutsche Partei gehalten. Er hat immer davon gesprochen, dass es wichtig sei, ein Bollwerk gegen die rote Flut zu errichten. Aber für die würde ich mich schon aus Prinzip nicht aufstellen lassen.»

Martha nickt. Sie kann sich gut an Familienfeiern erinnern, bei denen Hermann und Siegfried sich wegen ihrer unterschiedlichen politischen Einstellungen ordentlich in die Wolle bekommen haben.

«Ja, Kommunisten und Sozialisten waren für Siegfried ein rotes Tuch. Ich hab mich immer gefragt, wie du bei seinen Tiraden einfach den Mund halten konntest. Bestimmt hast du bei den Wahlen brav das Kreuz bei der Deutschen Partei gemacht. Oder?»

«Sicher. Siegfried wollte es so.»

Martha spürt, dass ihre Wangen rot vor Aufregung werden. «Aber wofür haben die Frauen denn nach dem Ersten Weltkrieg das Wahlrecht erkämpft? Doch nicht, um ihren Ehemännern blinden Gehorsam zu leisten.»

Auch Ilse bekommt einen roten Kopf. «Du hast recht. Aber das ändert sich ja jetzt.» Erhobenen Hauptes lacht sie Martha an.

«Und das ist gut so!» Martha lächelt zurück. «Baronin Osternburg kandidiert übrigens für die Deutsche Partei. Das hat mir Traudel erzählt.»

«Die Osternburg?» Ein energischer Ruck geht durch Ilses Körper. Ihre Gesichtszüge verhärten sich. «Muss man sich eigentlich schon morgen aufstellen lassen?»

«Nein, das ist nur eine allgemeine Informationsveranstaltung.»

Ilse entspannt sich sichtlich. «Dann ist ja gut.»

* * *

Kommissar Onnen wirft einen Blick auf die Uhr. «So ein Mist, schon kurz nach eins. Mein Magen knurrt wie verrückt. Dieser ganze Aufwand, und am Ende stellt sich raus, dass Alma Düster erst den Hartnagel und dann sich selbst umgebracht hat. Dafür muss ich nun aufs Mittagessen zu Hause verzichten», ächzt er verärgert. «Meine Frau wollte heute Hackbraten mit Kaisergemüse kochen.» Er macht Hans ein Zeichen. «Lassen Sie uns in die Küche dieser Einrichtung gehen. Da gibt es sicher einen Kaffee, und wir können bei der Gelegenheit auch das Personal befragen.» Sein Blick wandert zu Schwester Henriette, die den Gang entlangkommt. «Wo finden wir die Küche?»

«Ich bringe Sie hin», erwidert sie, und gemeinsam betreten die drei den Speisesaal. An dessen Ende öffnet Henriette eine Tür. «Frau Hagedorn, die Herren von der Polizei möchten mit Ihnen reden. Und einen Kaffee hätten sie auch gern, wo sie schon kein Mittagessen bekommen haben.» Henriette zwinkert Hans zu. «Ich geh dann jetzt. Falls Sie mich noch sprechen wollen, ich bin im Park.» Schon rauscht sie davon.

«Ich weiß nix. Aber 'nen Kaffee könn'n Se haben», sagt die Köchin, die eine Haube auf dem Kopf und eine weiße Kittelschürze trägt. Sie sitzt an dem blank gewienerten Holztisch, eine Tasse vor sich. Die Wände des großen Raums sind gefliest, Kacheln im schwarz-weißen Schachbrettmuster bedecken den Boden. Es gibt gleich zwei Gasherde nebeneinander, am Spülbecken gegenüber stehen zwei Küchenhilfen und waschen ab. Schmutziges Geschirr stapelt sich neben dem Becken, bei so vielen Kindern und dem Betreuungspersonal kommt allerhand zusammen. Zwei ältere Mädchen helfen beim Abtrocknen.

«Hab mir gerade selbst einen aus der Dose von Schwester Düster aufgebrüht. Wär ja schade, wenn der hier umkommt, weil sie nicht mehr da ist.» Sie wendet sich einer Warmhaltekanne zu, die neben dem Milch- und Zuckertöpfchen steht. Auf einer kleinen Glasschale mit Blumenmuster liegen hellbraune Kugeln.

Hans läuft das Wasser im Mund zusammen. «Sind das etwa

Marzipankartoffeln?», fragt er staunend. Bei ihm zu Hause gibt es die höchstens in der Vorweihnachtszeit. Oder wenn Cousine Edda sie ihnen schenkt.

Die Köchin grient. «Nun setzen Se sich man hin und langen Se ruhig zu.» Sie gießt Kaffee in zwei weitere Tassen, die eine der Küchenhelferinnen gebracht hat. Aber sie schenkt nur halb voll. «Hab ich selbst gemacht. Für Erika zum Geburtstag. Die liebt die Dinger.»

Genüsslich schiebt sich Hans eine Kugel in den Mund. «Hmm … das schmeckt …» Er schließt die Augen.

«Schmeckt wie echtes Marzipan, nich?»

Überrascht schaut Hans sie an. Onnen auch, der im Moment in eine Kugel beißt. «Das ist kein Marzipan?», fragt er und verzieht das Gesicht, als habe er etwas Giftiges gegessen.

«Nun stell'n Se sich man nich so an. Is mit Grieß und gezuckerter Kondensmilch. Schmeckt man gar nich, den Unterschied, oder?» Sie setzt ihre Tasse an den Mund. «Wat woll'n Se denn von mir wissen?»

«Ist Ihnen in den letzten Tagen etwas komisch vorgekommen in der Küche?», fragt Onnen.

«Nee. Is alles wie immer. Viel Arbeit, kaum Lob. Dabei geb ich mir solche Mühe, was Schmackhaftes und Gesundes aus den Zutaten zu zaubern, mit denen ich kochen muss. Aber ständig steht Pudding auf dem Plan. Und Eintöpfe mit Speck. Damit die Kinder was auf die Rippen kriegen. Die mögen aber nich jeden Tach Puddingsuppe. Der Doktor und die Düster auch nich. Die wollten gern mal 'ne Extrawurst gebraten kriegen. Saßen ja auch immer 'n Stück von den Kindern entfernt. Na, mir soll's egal sein, ich mach meine Arbeit, und zu Hause koche ich dann ab und an was Ordentliches.»

«Also hat sich kein Unbefugter an den Speisen zu schaffen

gemacht? Oder einen Teller für Doktor Hartnagel rausgetragen und gestern Abend was für Schwester Düster?»

Die Köchin schüttelt den Kopf. «Nee. Warum auch. Hier läuft alles nach Plan. Sonst gäb's ja Kuddelmuddel.» Sie kneift die Augen zusammen und schnappt sich eine Marzipankartoffel. «Ach, jetzt versteh ich. Sie denken, jemand hat das Gift in mein Essen gemischt? Nee!» Beherzt steckt sie die Kugel in den Mund. «Das Essen für die beiden trag ich immer selber zu denen an den Tisch, damit's kein Gemecker von den andern gibt.»

«Nun denn.» Onnen trinkt den letzten Schluck aus seiner Tasse und stellt sie mit einem leichten Klirren auf der Untertasse ab. «Wo finden wir den Hausmeister? Mit dem müssen wir auch noch reden.»

Die Köchin grinst breit. «Der Diekhaus wird im Geräteschuppen sein. Da hält er immer ein Nickerchen nach'm Essen. Der denkt, das merkt keiner, aber wissen tun das alle.»

Der Geräteschuppen in der Vorburg ist schnell gefunden, und tatsächlich sitzt der Hausmeister in seinem grauen Arbeitskittel auf einer Holzkiste. Der Kopf ist nach vorn gesackt, eine Flasche Schnaps steht neben ihm.

Onnen räuspert sich: «Herr Diekhaus?»

Der Mann zuckt zusammen, lässt die Flasche blitzschnell hinter seinem Rücken verschwinden und steht auf. «Jawoll.»

Jetzt erst bemerkt er Hans' Uniform. «Polizei? Was woll'n Sie denn von mir? Ich hab nüscht gemacht. Ich hab nur einen Moment darüber nachgedacht, in welcher Reihenfolge ich die anstehenden Arbeiten am besten erledige.»

Ja, so sah das auch aus, denkt Hans, hält sich aber zurück. Onnen ebenfalls, was Hans erstaunt.

«Herr Diekhaus, ist Ihnen noch etwas eingefallen, was Ihnen am Montag vielleicht noch gar nicht wichtig vorkam?», fragt der Kommissar stattdessen. «Immerhin ist nun auch Schwester Düster tot aufgefunden worden.»

«Aber die ist doch in ihrem Bett gestorben.»

«Das schon, wir können jedoch nicht ausschließen, dass auch sie durch Gift ums Leben kam. Benutzen Sie welches, Herr Diekhaus?» Onnen fischt seine Zigarettenschachtel aus der Manteltasche und zündet sich eine an.

«Nee, na ja … Der Gärtner. Für die Wühlmäuse», gibt er zu. «Die ruinieren ja sonst den ganzen Rasen, wenn man die machen lässt. Und Doktor Hartnagel hat immer gesagt, wie das hinten im Park aussieht, ist ihm schnurz, aber der erste Eindruck rund um das Schloss muss tipptopp sein.»

«Welches Gift verwenden Sie?»

«Strychnin. Sagen Se bloß, das hat den alten Drachen erledigt?» Der Hausmeister wird leichenblass. «Das kann nich sein, das hab ich gut weggeschlossen. Das könnense mir glauben. Ich weiß doch, dass das gefährlich is.»

«Wo verwahren Sie es?» Onnens Ton ist streng.

«Hier hinten.» Diekhaus zieht ein Schlüsselbund aus seiner Kitteltasche und geht zu einem Stahlschrank. Nachdem er aufgeschlossen hat, nimmt er einen Behälter aus dem oberen Regal. Mehrere andere Dosen stehen daneben. «Hier. Das isses.»

«Ist das alles Gift?», will Onnen wissen.

«Der Rest ist Pflanzenschutzmittel. Gegen Läuse bei den Rosen und so. Wie gesacht, der Hartnagel wollte den Eingangsbereich wie aus dem Ei gepellt haben.»

«Gut. Sie können es wieder wegschließen. Aber es kann sein, dass wir noch einmal mit Ihnen reden müssen. Wer hat sonst noch Zugang zu diesem Schrank?»

«Na, der Hartnagel und die Düster.»

«Der Gärtner nicht?», rutscht es Hans heraus.

«Nee, wenn der Gift will, muss der sich bei mir melden. Hartnagel war da ganz streng. Wo viele Leute Zugriff haben, können auch viele Unregelmäßigkeiten entstehen, hat er immer gesacht. Aber mir war das egal. Auch dass der Hartnagel einmal monatlich die Bestände kontrolliert und in sein schwarzes Giftbuch eingetragen hat. Ich hab mir nüscht zuschulden kommen lassen. Und mit dem Gärtner versteh ich mich bestens. Ist für mich auch immer ein guter Grund, raus aus dem Kasten zu kommen, wenn ich hierhermuss.» Er deutet mit dem Kopf auf das Schloss. «Die Kinder werden da ja ganz schön an die Kandare genommen. Aber wahrscheinlich muss das so sein, wenn die parieren sollen. Hab ich ja keine Ahnung von, bin ja kein Doktor.»

***

Zurück im Revier, ruft Onnen auch Fräulein Schneider zu sich ins Büro. Schwerfällig lässt er sich auf seinen Schreibtischstuhl fallen, zieht die große Schublade auf der linken Seite auf und holt eine Flasche Weinbrand und ein Glas heraus. Er gießt sich großzügig ein, entzündet eine Zigarette und lehnt sich zurück; in der einen Hand den Weinbrand, in der anderen die Zigarette. «Das war ja nun nicht besonders ergiebig.» Onnen nippt am Glas. «Fräulein Schneider, bitte stenografieren Sie.» In kurzen Sätzen diktiert er, was sie bei den Befragungen im Erholungsheim erfahren haben. Dann sieht Onnen Hans an. «Hab ich was vergessen?»

«Nein, mehr gab's nicht.»

Wieder trinkt Onnen einen Schluck. «Warten wir also auf

das Ergebnis der Obduktion.» Wie aufs Stichwort klingelt der Telefonapparat auf seinem Schreibtisch. Onnen stellt das Glas ab und greift zum Hörer. «Onnen ... Ah, Friedrich. Das kommt wie gerufen. Hast du die Frau schon untersuchen können?» Offensichtlich ja, denn Onnen hört gebannt zu, was Wollenweber berichtet. Nachdem das Telefonat beendet ist, fasst er zusammen: «Auch in diesem Fall ist der Tod durch Zyankali eingetreten. Und im Magen hat Wollenweber einigermaßen verdautes Essen gefunden, das wohl vom Mittag stammt, aber auch noch recht unverdautes Schwarzbrot und einen Brei aus verschiedenen Brotbelägen. Noch relativ unversehrt war eine Mischung aus Grieß, Zucker und Kakao. Ich vermute Reste von Schwester Erikas Geburtstagskugeln.» Onnen drückt die Zigarette in den Aschenbecher.

Hans erinnert sich an Wollenwebers Analyse. «Im Magen von Hartnagel wurde doch auch Marzipan gefunden.»

«Ja. Aber echtes.»

Ob echtes oder falsches ist für Hans weniger von Belang, ihn beschäftigt etwas ganz anderes. «Können wir denn nun davon ausgehen, dass Alma Düster erst Doktor Hartnagel und dann sich selbst getötet hat?»

Onnen verzieht abwägend den Mund. «Wenn man sich nicht daran stört, dass die Düster für ihr Opfer teures Marzipan gekauft, bei ihrem eigenen Tod aber gespart hat, dann schon. Vielleicht wollte sie uns dadurch in die Irre führen. Aber man kann mich nicht in die Irre führen. Mich nicht.» Er greift zu einem Kugelschreiber und pocht damit auf den Schreibtisch. «Wahrscheinlich hat sie bei Hartnagel das Zyankali in einer echten Marzipankugel versteckt und die restlichen Kugeln genüsslich verputzt. Für ihren eigenen Tod hat sie auf die Grießvariante zurückgegriffen. Schließlich wirkt das

Zyankali so schnell, da hätte sie vom echten Marzipan nichts mehr gehabt.» Onnen greift zum Telefon und dreht die Wählscheibe. «Ich bin's noch mal. Friedrich, was glaubst du, haben wir es mit einem Mord und einem anschließenden Suizid zu tun?» Onnen hält den Hörer so, dass auch Hans das Gespräch versteht.

«Das kann ich nicht sagen», meint Wollenweber. «Möglich ist es. Möglich wären aber auch zwei Selbstmorde. Vielleicht wollte sie nicht mehr leben, nachdem er tot war. Immerhin trug sie ihr Sonntagskleid, als man sie gefunden hat. Es gibt aber noch eine dritte Möglichkeit.» Der Rechtsmediziner macht eine kleine Pause. «Sie könnten beide ermordet worden sein.»

* * *

Schon eine Weile sitzt Martha am Küchentisch, die Balkontür hat sie längst geschlossen, die Luft ist viel zu frisch. An der Wohnungstür klappern Schlüssel. Karl kommt von der Arbeit zurück.

Er steckt den Kopf zur Tür herein. «Moin.» Sein Blick fällt auf den gedeckten Tisch, wandert weiter über den Aufschnitt und die Scheiben der letzten Gurke aus ihrem Kleingarten.

«Hast du mit dem Essen auf mich gewartet?», fragt er freudig. «Das sollst du aber nicht. Ich weiß ja nie, wann ich Feierabend machen kann. Und heute war wieder Holland in Not. Der Weiland fehlt an allen Ecken und Enden. Unser Chefredakteur bedauert schon, dass er ihn rausgeschmissen hat. Aber jetzt kann er nicht einfach so über seinen eigenen Schatten springen und die Kündigung zurücknehmen. Da stünde er ziemlich belämmert da.»

Martha schmunzelt. Dass sie auf jemand anderen als ihn

warten könnte, der Gedanke kommt Karl gar nicht in den Sinn. Aber wenn Hans nicht kommt, kann Karl gern mit ihr zu Abend essen.

«Setz dich, mein Junge.» Sie schiebt den Brotkorb neben das Brettchen. «Wisst ihr schon mehr über den Tod von Alma Düster?»

Karl wäscht sich die Hände am Spülbecken, trocknet sie ab und nimmt Platz. «Ich habe vorhin kurz mit dem Bestatter gesprochen. Der wusste nur, dass sie obduziert werden soll. Ob es auch Zyankali war, wird man erst morgen wissen.» Er bestreicht eine Scheibe Graubrot mit Butter, bevor er die Teewurst von der Rügenwalder Mühle dick draufschmiert, die sich schon ihre Eltern gerne vom Zwischenahner Meer mitgebracht haben. Martha verkneift sich den Kommentar, dass man die Wurst auch dünn streichen kann. Die jungen Leute kennen das Hungern und die Sparsamkeit nicht mehr, die ihr und den anderen ihrer Generation notgedrungen in Fleisch und Blut übergegangen sind.

«Du hast letzte Woche für den Redakteur Weiland recherchiert?», nimmt sie den Faden wieder auf.

«Hab ich dir doch erzählt», sagt er mit vollem Mund. «Ich hab das ganze Zeitungsarchiv wegen Hartnagel durchforstet.»

«Herr von Mühlbach war wegen dessen Entnazifizierungsakte gestern in Oldenburg.»

«Und?» Karl schlingt den Bissen hinunter.

«Er hat Interessantes herausgefunden. Zum einen, dass Hartnagel mit Alma Düster in Wehnen zusammengearbeitet hat und sie sich gegenseitig bei der Spruchkammer entlastet haben.»

«Nicht wahr?» Karl schaut sie mit offenem Mund an und vergisst ganz vom Brot abzubeißen.

«Aber das ist noch nicht alles. Stell dir vor, Hartnagel hat andere denunziert, um sich reinzuwaschen. Herr von Mühlbach durfte deren Namen aus der Akte abschreiben. Er hat mir heute Vormittag die Liste gegeben. Und jetzt überlege ich, was …»

«Kannst du mir die Liste zeigen?» Karls Wangen röten sich vor Aufregung, seine Augen glänzen wie bei einem Jagdhund, der Witterung aufgenommen hat.

«Natürlich.» Martha reicht ihm den Zettel, und seine Augen überfliegen die Namen. Sie scheinen ihm nichts zu sagen. Nicht einmal der des Journalisten, dessen Name ganz am Ende steht und der vor ein paar Jahren während einer Redaktionskonferenz tot zusammengesackt ist, weil sein Herz versagt hat. Aber das ist lange her.

«Kann ich die Liste haben?»

Martha schüttelt den Kopf. «Nein, die bekommt Hans. Vielleicht hilft sie ihm bei den Ermittlungen. Aber du kannst sie abschreiben.» Doppelt hält besser. Denn sie ist keineswegs sicher, ob die Polizei sich wirklich um diese Spur kümmert. Kommissar Onnen ist schon zu Lebzeiten ihres Mannes nur den Spuren nachgegangen, die ihm genehm waren. Hermann hat manches Mal schlucken müssen, wenn Onnen Beweise und Zeugenaussagen zurechtgebogen hat. Seine Beschwerden an höherer Stelle haben Marthas Meinung nach zu seinem plötzlichen Marschbefehl an die russische Front geführt. Onnen würde das zwar garantiert abstreiten, aber Martha könnte schwören, dass es so war.

—— DONNERSTAG ——

Als Martha die Ladentür aufschließt, ärgert sie sich immer noch ein wenig über Hans. Aber vielleicht steckt er tief in den Ermittlungen und hatte keine Zeit. Dass Alma Düster nun auch tot ist, ändert sicher alles.

Gerade hat sie den Kittel angezogen, als ihr Neffe den Laden betritt.

«Moin, Tante Martha.»

«Guten Morgen, du treulose Tomate. Warum hast du dich gestern denn nicht mehr bei mir gemeldet?» Der vorwurfsvolle Unterton schleicht sich ganz von allein in ihre Frage.

Überrascht schaut er sie an. «Wieso hätte ich das denn tun sollen?» Er reicht ihr die gestrige Zeitung.

«Ich hab dem Polizisten an der Pforte Bescheid gegeben, dass ich dich dringend sprechen muss.»

«Hat der mir nichts von gesagt. Ich bin aber auch erst spät wieder zurückgekommen. Die Befragung auf der Evenburg hat so lange gedauert. Was gab es denn so Wichtiges?»

Martha geht zu ihrer Handtasche, zieht den zusammengefalteten Zettel heraus und reicht ihn Hans, während sie ihm davon berichtet, was Hugo von Mühlbach in Oldenburg herausgefunden hat. Hans pfeift durch die Zähne.

«Respekt, Tante Martha. Da tun sich ja ganz neue Zusammenhänge auf. Onnen wird staunen, wenn ich ihm die Liste gebe.»

«Das ist aber noch nicht alles. Du solltest ihm auch berichten, dass ein Selbstmord bei Alma Düster wohl nicht infrage kommt.» Sie erzählt vom neuen Gebiss, das die Düster sich von Zahnarzt Dedersen hat machen lassen. «Man lässt sich doch nicht die Zähne ziehen, wenn man sich umbringen will.»

* * *

Mit einem zufriedenen Pfeifen auf den Lippen betritt Hans das Polizeigebäude. Auf der Treppe nach oben nimmt er immer zwei Stufen auf einmal und steht schließlich im Vorzimmer des Kommissars. «Guten Morgen, wunderschönes gnädiges Fräulein», begrüßt er Fräulein Schneider, auf deren Wangen sich augenblicklich eine zarte Röte bildet.

«Wachtmeister Frisch, Sie sind ja ein Charmeur.»

«Was kann ich denn dafür, dass Sie so schön sind?», gibt er gut gelaunt zurück, um gleich darauf ernster zu fragen: «Ist der Chef drinnen?»

Fräulein Schneider nickt. «Gehen Sie ruhig rein.»

Hans klopft, und gleich darauf ertönt die sonore Stimme seines Vorgesetzten. «Herein.»

Wie üblich sitzt Onnen in einer Qualmwolke am Schreibtisch. «Moin, Wachtmeister Frisch», sagt er jovial lächelnd. «Ich habe gestern noch länger über die Angelegenheiten auf der Evenburg nachgedacht und bin zu folgendem Schluss gekommen: Alma Düster hat erst Doktor Hartnagel und dann sich selbst getötet. Ich fahre gleich zu Staatsanwalt Sonnenberg und bespreche die Sache abschließend mit ihm.»

«Ich habe aber noch neue Hinweise, die wir in die Ermittlungen mit einbeziehen sollten», sagt Hans forscher, als ihm zumute ist.

Onnen runzelt die Stirn. «Was für neue Hinweise?»

Hans reicht ihm die Namensliste. «Das sind die Personen, die Hartnagel damals denunziert hat, um sein Entlastungszeugnis zu erhalten. Und das ist noch nicht alles: Alma Düster hat schon während des Krieges in Wehnen mit Hartnagel zusammengearbeitet. Sie hat in der Spruchkammer für ihn ausgesagt. Vielleicht hat sich jetzt jemand an den beiden gerächt.»

«Unsinn. Das sind alte Kamellen. Vergessen und vorbei. Warum sollte das jemand nach so langer Zeit tun? Nein, nein. Es war so, wie ich es gerade schon dargelegt habe.» Onnen drückt seine Zigarette im Aschenbecher aus und will sich aus seinem Schreibtischstuhl erheben, doch Hans redet einfach weiter.

«Ich glaube außerdem nicht, dass es sich bei Alma Düster um Selbsttötung handelt. Heute früh habe ich erfahren, dass sie sich erst vor Kurzem ein künstliches Gebiss hat machen lassen. Man gibt doch nicht viel Geld für so was aus, wenn man sich umbringen will.»

Wieder runzelt Onnen die Stirn und schnaubt, doch Hans fährt ungerührt fort: «Wir sollten uns die Personen auf der Liste einmal genauer anschauen.»

«Nein.» Onnen schlägt mit der flachen Hand auf den Tisch. «Wir sollten gar nichts, und vor allem Sie sollten mich nicht weiter belehren.» Er steht auf und schiebt seinen Stuhl dabei mit einem Ruck nach hinten. «Die Düster war's. Und wir fahren jetzt zu Sonnenberg.» Onnen schnappt sich Hut und Mantel. «Abmarsch.»

Sie sind schon beim Auto, als Onnen auffällt, dass seine Zigarettenpackung leer ist. «Frisch, Sie sind jünger als ich, laufen Sie schnell hoch, in meinem Schreibtisch habe ich noch eine Schachtel.»

Hans sprintet los. Außer Atem kommt er im Vorzimmer an, Fräulein Schneider ist nicht am Platz. Also öffnet er die Tür zu Onnens Büro, das immer noch in dichtem Zigarettennebel liegt. Er tritt an den Schreibtisch. Von welcher Schublade hat Onnen gesprochen? Egal, sind ja nicht so viele. Er öffnet die unterste auf der linken Seite. Zigaretten entdeckt er nicht, dafür eine grüne Pappmappe. Das gibt's doch nicht. Ist das etwa die Mappe, von der Onnen behauptet hat, sie würde im Mordfall Kaltwasser keine besondere Rolle spielen? Neugierig öffnet er sie. Zuoberst liegt ein Foto. Darauf der Umriss eines auf der Straße liegenden Körpers. Die Silhouette eines Unfalltoten. Das Bild hat er schon einmal gesehen. Kein Zweifel. Doch warum befindet sich diese Mappe immer noch in Onnens Schreibtisch? Schnell schaut er sich das Blatt Papier darunter an. Es ist eine Zeugenaussage. Der Name seines Onkels sticht ihm sofort ins Auge. Das darf doch nicht wahr sein! Es gibt also tatsächlich jemanden, der das Auto gesehen hat, mit dem sein Onkel vor vier Jahren beim Überqueren der Straße überfahren wurde. Hans ist fassungslos, seine Hände beben. Er liest weiter. Der Zeuge hat einen Borgward Hansa mit dem Kennzeichen LER-O gesehen. An die Ziffern dahinter konnte er sich nicht erinnern. Aber das hätte man doch herausbekommen können. So viele cremeweiße Borgwards sind doch gar nicht in Leer herumgefahren. Verdammt, warum ist das damals nicht weiterverfolgt worden?

Wie in Trance legt Hans die Mappe zurück, dann schüttelt er sich. Onnen wird sich bestimmt schon fragen, wo er bleibt. Er öffnet die nächste Schublade und entdeckt die Zigarettenpackung. Nachdenklich eilt er zurück zum Auto.

***

Zum Mittagessen fährt Martha wie üblich nach Hause. Sie hat Appetit auf ein Spiegeleibrot. Gerade schlägt sie zwei Eier in die Pfanne, als die Wohnungstür geöffnet wird. Nanu, Karl bleibt doch mittags sonst immer im Verlag. «Magst du auch ein Spiegelei?», ruft sie in den Flur. Junge Leute haben eigentlich ständig Hunger.

«Gerne.» Karl lässt sich mit einem lauten Stöhnen auf den Küchenstuhl plumpsen. «Das war heute vielleicht ein Scheißtag», platzt es aus ihm heraus.

Martha zieht bei dieser Äußerung die Augenbrauen hoch, greift nach zwei weiteren Eiern und bricht sie mit einem energischen Schlag auf den Pfannenrand. Im nächsten Moment gleiten sie zu den anderen Eiern in das zischende Fett. «Was ist denn passiert?»

«Heute Morgen habe ich im Archiv nach den Namen auf der Liste gesucht. Das war gar nicht so einfach, ich musste in den alten Ausgaben nachschlagen, aber die meisten habe ich gefunden. Die kommen überwiegend aus dem Raum Oldenburg, wie du schon vermutet hast.»

«Hol bitte schon mal Teller und Besteck raus.» Martha öffnet ein Glas mit sauren Gurken.

Karl öffnet das obere Fach der Küchenanrichte, während er weiterredet. «Einer war Chefarzt vom städtischen Krankenhaus, zwei gehörten zum Vorstand des Landesfürsorgeverbands. Über die habe ich nichts weiter im Archiv gefunden. Aber über zwei andere. Doktor Bessner und Doktor Frohsam. Die waren Verwaltungsbeamte der Provinzialgesundheitsbehörde. Und tatsächlich wurde gegen die ab 1948 wegen ‹Euthanasie› ermittelt. Schließlich hat die Oberstaatsanwaltschaft Hannover sogar ein Verfahren eröffnet.» Er legt das Besteck auf den Tisch.

«Und?» Martha schneidet vier Scheiben Brot ab und legt sie in den Brotkorb.

«Das Verfahren endete mit einem Freispruch. Eine Begründung habe ich in dem Zeitungsartikel nicht gefunden.»

«Gab es denn einen Hinweis, was Hartnagel mit denen zu tun hatte?»

«Nur den, dass alle Herren von Hartnagel als stramme Nazis denunziert worden sind.»

Martha nimmt die Pfanne mit den knusprig gebratenen Spiegeleiern vom Herd und setzt sie auf den Fliesenuntersetzer mit der ostfriesischen Rose. «Aber da warst du doch ganz erfolgreich bei deiner Recherche. Worüber beschwerst du dich denn?»

«Weil ich nicht darüber schreiben darf. Als der Chef mitbekommen hat, was ich im Archiv suche, habe ich von ihm einen ordentlichen Einlauf bekommen. Ich musste stattdessen zur Eröffnung der Milchbar gehen und darüber berichten. Das wollen die Leute lesen, hat er gesagt. Nicht dieses ewig gestrige Zeug und die alten Schuldzuweisungen.»

Karl schmiert sich Butter auf das Brot und sieht Martha nachdenklich an. «Ich hab gedacht, ich könnte als Journalist Dinge aufdecken. Dazu beitragen, dass wir in einer lebendigen Demokratie leben. Stattdessen soll ich über Ladeneröffnungen, Kaninchenzüchtertreffen und den Angelverein berichten. Weil das ja auch alles Abonnenten der Zeitung sind.» Er legt das Messer zurück auf den Teller. «Weilands Rauswurf hätte mir die Augen öffnen sollen. Ich muss wirklich überlegen, ob dies der Beruf ist, den ich ausüben möchte, oder ob ich nur bei der falschen Zeitung bin.»

Martha bugsiert mit dem Pfannenwender zwei Spiegeleier auf seine Brotscheiben und schiebt ihm die Gürkchen hin.

«Ja, das solltest du tun. Aber jetzt iss erst mal, dann sieht alles schon ganz anders aus.»

**

Jeden Tag nach der Schule zur Evenburg zu fahren, ist anstrengender, als Annemieke gedacht hat. Aber jetzt kann sie nicht hinschmeißen, sie wird schließlich gebraucht. Heute ist sie extra früher dran. Sie soll die Mittagsruhe der Kinder beaufsichtigen, weil der Stiftungsvorstand dem Kinderheim einen Besuch abstattet.

Erika erwartet sie schon ungeduldig in der Liegehalle. Reglos liegen die Kinder zugedeckt auf den Pritschen in der überdachten, aber nach vorne offenen Remise hinter dem Hauptgebäude. Die Mädchen links, die Jungen rechts. Manche haben die Augen geschlossen, andere starren an die Decke.

«Endlich bist du da. Ich muss dringend nach oben. Die Herren wollen mit uns darüber reden, wie es weitergehen soll», flüstert sie Annemieke zu. «Du musst hier nichts weiter machen, nur darauf achten, dass niemand redet oder aufsteht. Bis halb drei ist absolute Ruhe verordnet.»

«Warum das denn? Mit zehn Jahren macht doch niemand mehr Mittagsschlaf.»

«Das ist aber feste Regel in jeder Kur. Die Kinder sollen zu Kräften kommen und zunehmen.» Schon macht sich Erika auf den Weg.

Annemieke setzt sich auf den Korbsessel und betrachtet die Kinder. Zwei zwinkern ihr zu, einer macht eine Fratze, und ein anderer tuschelt mit seinem Nachbarn. Soll sie jetzt wirklich dazwischengehen? Nein, das macht sie nicht. Sie sieht keinen Sinn in diesen Regeln. Als sie nicht schimpft, fangen die Ersten

168

an, miteinander zu reden. Einer fragt: «Kann ich endlich aufstehen?»

Sie hätte ja nichts dagegen, aber besser, sie hält sich genau an die Vorgaben, wo doch der hohe Besuch da ist.

«Warte noch eine halbe Stunde, dann gehen wir in den Park.»

«Ich muss aber.»

Dagegen kann man ja nun nichts haben. «Also gut, aber beeil dich.»

Schon springt der Junge auf und rennt los. Ein anderer folgt ihm, ohne überhaupt zu fragen.

«Was ist denn hier los?», donnert plötzlich eine tiefe Stimme. Annemieke zuckt erschrocken zusammen. Auch die Kinder bleiben wie erstarrt stehen. Drei Männer kommen herein, alle tragen dunkle Anzüge und haben stattliche Wohlstandsbäuche. Einer trägt eine große Hornbrille, ein anderer hat eine Glatze. Conradi und Henriette folgen ihnen.

«Das ist Hilfsschwester Annemieke, sie arbeitet erst seit kurzer Zeit als Aushilfe bei uns», erklärt Conradi den Herren. «Sie ist noch nicht mit allen Regeln vertraut.»

«Das sollte sie aber sein. Die Kurpläne sind schließlich mit Sinn und Verstand von kompetenten Ärzten aufgestellt worden. Und nur wenn sie exakt eingehalten werden, können die gewünschten Ergebnisse erzielt werden», sagt der Glatzkopf mit schneidend kalter Stimme. «Also, richten Sie sich in Zukunft danach. Es muss schließlich alles weiterlaufen wie bisher. Wir können die Kinder ja nicht nach Hause schicken.»

«Wann bekommen wir denn Ersatz für Doktor Hartnagel und Schwester Düster», fragt Annemieke vorlaut.

Der dickste der drei sieht sie kopfschüttelnd an. «Hat jemand das Wort an Sie gerichtet?»

Annemieke läuft rot an. «Nein, ich dachte nur ...»

«Zum Denken sind Sie nicht hier. Aber ich will nicht so sein. Junge Fräuleins sind ja immer sehr neugierig. Mit einem Nachfolger für Hartnagel wird es noch dauern. Wir sind am Ball, genau wie bei einer neuen leitenden Schwester. So lange übernehmen Herr Conradi und Schwester Henriette die Leitung des Heimes. In Notfällen sind wir telefonisch zu erreichen. Sie müssen jetzt alle die Ärmel aufkrempeln, dann schaffen Sie das schon.»

***

Auf dem Nachhauseweg fühlt Hans sich seltsam benommen. Der Besuch beim Staatsanwalt ist wie ein Film an ihm vorbeigerauscht. Natürlich hat er die Argumentationskette gehört, die Onnen vor Sonnenberg ausgebreitet hat. Aber er ist nicht wie sonst bei der Sache gewesen. Und das liegt vor allem daran, dass er nicht ganz schlau aus seinem Vorgesetzten wird. Dass Hans die grüne Mappe entdeckt hat, lässt ihn Onnen aus einem ganz anderen Blickwinkel sehen. Schwarz auf weiß hat er gelesen, dass es einen Zeugen gibt, der gesehen hat, wie Onkel Hermann überfahren wurde. Doch dieser Zeuge wurde nie offiziell erwähnt, und seinem Hinweis wurde nicht nachgegangen. Stattdessen lebt Tante Martha noch immer in der Ungewissheit, wer ihrem Mann das angetan hat. Warum haben Richter Kaltwasser und Kommissar Onnen dieses Wissen für sich behalten? Es gibt nur einen logischen Grund: Weil sie den Autofahrer, der die Fahrerflucht begangen hat, schützen wollten. Dabei geht Onnen sonst eher nicht fürsorglich mit Straftätern um. Und vor diesem Hintergrund irritiert es Hans enorm, dass Onnen auch die Sache mit Alma Düsters neuem Gebiss und den Hinweis mit der Namensliste nicht ernst nimmt und dem Staatsanwalt gegenüber nicht einmal erwähnt hat. Dabei wäre es doch nicht schwierig, die Namen zu überprüfen. Oder will Onnen auch in diesem Fall jemanden decken? Das Alibi von Johanna Nissen soll ja ebenfalls nicht kontrolliert werden. Hans nimmt sich vor, die Kollegen in Wilhelmshaven trotzdem noch einmal darauf anzusetzen, dann eben hinter Onnens Rücken.

An der Kreuzung biegt er nach rechts ab. Drei Straßen weiter wohnt der Zeuge, Hans hat sich Namen und Adresse eingeprägt. Das Haus Nummer sechzehn steht direkt neben einer Tischlerei, kreischend arbeitet sich eine Fräse durchs Holz.

Hans schaut auf das Klingelschild. Wilhelm Krause wohnt Parterre. Er geht die wenigen Stufen in das dunkle Treppenhaus hinauf und drückt den Klingelknopf. Keine Minute später öffnet eine Frau in Kittelschürze. Um den Kopf trägt sie ein Tuch, das jedoch längst nicht so keck gebunden ist wie bei Tante Martha.

«Moin, Frau Krause», sagt Hans.

«Was will die Polizei von mir?», fragt sie statt einer Begrüßung. «Hat mein Enkel was ausgefressen?»

«Nein, nein», versucht Hans sie zu beruhigen. «Ich würde gerne Ihren Mann sprechen. Wegen einer länger zurückliegenden Zeugenaussage.»

«Geht nicht.»

«Wieso nicht?»

Im Treppenhaus klappert eine Tür, aber niemand kommt herunter.

«Willi ist vor drei Jahren gestorben.»

Schiete. An die Möglichkeit hat er gar nicht gedacht. «Mein Beileid. Wissen Sie, ob sich meine Kollegen wegen seiner Zeugenaussage zu dem Autounfall vor vier Jahren noch mal bei ihm gemeldet haben?»

Sie zuckt mit den Schultern. «Ich glaub nicht. Willi hat sich seinerzeit gewundert, warum er nie wieder was von der Sache gehört hat. Aber vermutlich haben die den Wagen nicht gefunden.»

«Was ist denn los, Trine? Brauchst du Hilfe?», ruft eine Frau von oben.

«Nein, ist alles gut.»

Nichts ist gut, denkt Hans. Aber das braucht er der Witwe nicht auf die Nase zu binden.

***

Pünktlich um sieben Uhr abends stehen Ilse, Traudel und Martha vor der Kogge im Zentrum von Leer. Schwungvoll öffnet Martha die Tür aus dunkelbraunem Holz mit dem runden Messingschild, das einen unter Segeln fahrenden Dreimaster zeigt. Sie schiebt die schweren, mit Leder eingefassten roten Vorhänge beiseite, die im Winter die Kälte und im Sommer die Hitze draußen halten. Über der Theke hängen wie eh und je grüne kleine Lampen mit goldenen Fransen. Der Gastwirt zapft gerade ein Bier.

«Moin. Wir sind wegen der Frauenversammlung hier», sagt Ilse mit einer Selbstsicherheit, die Martha erstaunt.

Der Wirt grient und deutet mit dem Kopf auf den Flur, der in den hinteren Teil der Gastwirtschaft führt. «Bitte durchgehen. Die Damen sind rechts im Saal. Wegen der Getränke komme ich gleich.»

Als sie die Tür öffnen, schlägt ihnen Stimmengewirr und Lachen entgegen. Bestimmt dreißig Frauen sitzen an zwei langen Tischreihen, die zur Bühne ausgerichtet sind, auf der ein Tisch, ein Stuhl und ein Glas Wasser stehen. Ganz vorne entdeckt Martha ihre Tochter Edda und Annemieke, die ihr zuwinkt und ruft: «Ich hab euch einen Platz freigehalten.» Eigentlich hätte Martha sich lieber weiter hinten gesetzt, um alles mit etwas Abstand zu betrachten, aber dazu ist es nun zu spät. Ilse und Traudel laufen schon nach vorn. Martha folgt ihnen durch den Gang zwischen den Tischreihen, grüßt hier und da, man kennt sich eben.

«Omili, ich finde es so gut, dass ihr gekommen seid», freut sich Annemieke und drückt Martha ganz fest, während immer mehr Frauen in den Saal strömen. Eine Viertelstunde später haben sie Getränke vor sich stehen. Eine ältere Dame in einem langärmeligen schwarzen Kleid schreitet aufrechten Gangs durch die Reihen zur Bühne, wo sie sich auf den vorbereiteten Platz setzt.

«Guten Abend, meine Damen!», begrüßt sie die Anwesenden. «Für diejenigen, die mich noch nicht kennen: Mein Name ist Wilhelmine Siefkes. Ich bin in Leer geboren, habe mein ganzes Leben hier verbracht und liebe Ostfriesland, die plattdeutsche Sprache, die Demokratie und Frauen, die ihre Stimme erheben.» Lachen im Saal. «Wie Sie alle wissen, findet im nächsten April die Landtagswahl statt. Ich selbst bin schon 1928 hier ins Leeraner Stadtparlament gewählt worden. Das war – nicht nur für mich, sondern für die Frauen insgesamt – ein wichtiger Schritt, denn damals war es unüblich, eine Frau zu wählen.» Sie lässt ihren Blick durch den Raum schweifen, bis er auf Annemieke ruhen bleibt. «Die heutigen jungen Frauen aber haben die Chance und auch die Verpflichtung, unsere Demokratie mit aufzubauen. Hier auf dem Lande sind wir bislang nur von Männern vertreten worden. Das darf nicht so bleiben.» Eindringlich schwört Wilhelmine Siefkes nun die Frauen darauf ein, dass sie nicht die Hände in den Schoß legen, sondern die politische Zukunft des Landes mitgestalten sollen.

Kaum beendet die Schriftstellerin ihren Appell, reden alle Frauen durcheinander. Ilse hat vor Aufregung rote Wangen. «Wilhelmine Siefkes hat recht», sagt sie zu Martha, Traudel, Edda und Annemieke. «Wir Frauen müssen unsere Rechte und die unserer Kinder vertreten. Wir dürfen unser Leben nicht allein den Männern überlassen. Schließlich haben wir alle gesehen, wo das hingeführt hat.»

«Genau», sagt Edda begeistert. «Es wäre toll, wenn du kandidierst! Meine Stimme bekommst du.»

«Warum eigentlich nicht», sagt Ilse voller Enthusiasmus. «Ich muss nur noch überlegen, für welche Partei. Und wenn ihr mich alle unterstützt, kann ja nichts schiefgehen.» Sie lacht, ein wenig erstaunt über ihren eigenen Mut.

«Bravo!» Annemieke klatscht in die Hände. «Das nenne ich Entschlussfreudigkeit.»

Nach dem Ende der Veranstaltung verlassen sie den Saal der Gastwirtschaft, und Annemieke nimmt Martha zur Seite. «Omili, du musst mir helfen. Meine Eltern sind so stur. Und nächsten Mittwoch ist schon der große Tag. Da kommt Elvis in Bremerhaven an. Ich muss unbedingt dabei sein, wenn er von Bord geht!»

—— FREITAG ——

Martha ist mit der Flurwoche dran. Noch bevor sie in die Heißmangel geht, hat sie die Treppe mit Bohnerwachs eingerieben, nun poliert sie die Stufen schon seit einer Weile mit dem Bohnerbesen, damit das Holz zum Wochenende schön glänzt. Eine schweißtreibende Angelegenheit, wenn man es so gründlich macht wie sie. Oben klappert eine Wohnungstür. Noch bevor Hugo von Mühlbach heruntergekommen ist, eilt ihm der Duft seines Pfeifentabaks voraus.

Als er sie sieht, lüpft er seinen Hut. «Guten Morgen, Frau Martha. Schon so früh am Morgen fleißig.»

«Moin, Herr von Mühlbach. Sie sind aber auch schon früh unterwegs.»

«Ich habe einen Termin bei Gericht», sagt er freundlich, aber seine Augen lassen das ansonsten forsche Leuchten vermissen. Überhaupt sieht er irgendwie betrübt aus. Ganz anders als in den letzten Tagen. Martha will zwar nicht neugierig erscheinen, aber sie fühlt sich ihm näher verbunden als so manch anderem hier im Mietshaus. Also redet sie nicht um den heißen Brei herum, sondern fragt direkt: «Ist was nicht in Ordnung?»

«Ach, Frau Martha, Ihnen entgeht aber auch nichts.» Bedächtig zieht er an seiner Pfeife und bläst kleine Kringel in die Luft. «Sie wissen ja, wie glücklich ich war, als ich meinen Sohn nach all den Jahren wiedergefunden habe.» Ein schwa-

175

ches Lächeln umspielt seinen Mund. «Mittlerweile habe ich das Gefühl, dass es besser gewesen wäre, ich hätte ihn nicht gefunden.»

«Herr von Mühlbach! Das dürfen Sie so nicht sagen!»

«Es stimmt aber doch. Ich störe sein Leben. Bringe es durcheinander. Das habe ich schon bei meinem Besuch in Hannover gemerkt. Da habe ich mir allerdings eingeredet, er müsste sich erst einmal daran gewöhnen, dass sein leiblicher Vater noch lebt, und gedacht, dass er mich mögen wird, wenn wir uns erst besser kennenlernen. Gestern am Telefon bin ich eines Besseren belehrt worden.»

Martha umfasst das obere Ende des Bohnerbesens fest mit beiden Händen und sieht ihm direkt in die Augen. «Nun machen Sie mal einen Punkt, mein Lieber. Das ist für alle Beteiligten eine schwierige Situation. Der Junge muss das erst einmal verdauen. Es ist das eine, zu wissen, dass Sie noch leben. Das andere ist, Sie persönlich getroffen zu haben. Kein Wunder, dass er durcheinandergeraten ist. Er kennt Sie ja gar nicht mehr. Und liebt seine Pflegeeltern, wie Sie selbst sagen. Da befindet er sich plötzlich in einer Zwickmühle und weiß nicht, wie er sich verhalten soll.»

«Sie haben ja recht.» Hugo von Mühlbach zieht erneut an seiner Pfeife. «Aber wie soll es jetzt weitergehen? Ich bin Anwalt, kein Pädagoge. Ich habe keine Ahnung, was ich machen soll.»

«Sie müssen ihm mehr Zeit geben.»

«Meinen Sie?»

«Versuchen Sie, so oft es geht, mit ihm zu telefonieren oder ihn zu besuchen, dann wird er sich bestimmt nach und nach öffnen. Nur bedrängen dürfen Sie ihn nicht.»

«Sie sind eine kluge Frau.» Von Mühlbach nimmt seine Pfeife aus dem Mund. «Aber wie soll ich denn Zeit mit ihm verbringen? Er lebt in Hannover und ich hier. Besuchen will er mich nicht, und fürs Angeln interessiert er sich auch nicht. Das habe ich alles schon am Telefon gefragt. Die einzigen Themen, die ihn interessieren, sind der Laden seiner Eltern und amerikanischer Rock-'n'-Roll.»

Rock-'n'-Roll! Natürlich, das ist es. «Ich hab da eine Idee.» Spitzbübisch schaut sie ihn an.

Hugo von Mühlbach wirft ihr einen skeptischen Blick zu. «Als da wäre?»

«Am nächsten Mittwoch kommt ein amerikanischer Truppentransporter nach Bremerhaven. Einer der Soldaten ist ein bekannter Sänger. Elvis Presley. Meine Enkelin ist ganz verrückt nach seiner Musik. Immer, wenn sie bei mir in der Heißmangelstube ist, stellt sie den amerikanischen Soldatensender an und kreischt auf, wenn ein Lied von ihm gespielt wird. Ihr größter Wunsch ist es, ihm mit ihrer Freundin zuzujubeln, wenn er von Bord geht.»

Hugo von Mühlbachs Blick ist ein einziges Fragezeichen. «Und was hat das mit Maximilian zu tun?»

Martha verschränkt ihre Arme vor der Brust. «Sie sind aber heute schwer von Kapee, Herr Anwalt. Ich denke, Ihr Sohn liebt Rock-'n'-Roll.»

Hugo von Mühlbach nickt.

«Und Elvis ist der größte Star von allen, sagt Annemieke. Sie könnten mit Ihrem Sohn nach Bremerhaven fahren.» Martha zögert einen Moment, dann fährt sie fort: «Er kann ja am Tag vorher mit dem Zug nach Leer kommen, Sie zeigen ihm, wo Sie wohnen, und wenn Annemieke und Lieselotte am nächsten Tag auf der Fahrt nach Bremerhaven dabei sind, hat Maximilian sicher nicht das Gefühl, dass Sie ihn aushorchen oder sonst wie den Vater rauskehren wollen.» Martha ist schier begeistert von ihrer Idee. Sie liebt es, zwei Fliegen mit einer Klappe zu schlagen.

«Von diesem Elvis hat Maximilian tatsächlich gestern am Telefon gesprochen. Vielleicht wäre das wirklich eine Möglichkeit. Aber ...» Er zuckt resigniert mit den Schultern. «Ich besitze nur ein Moped.»

«Mein Schwiegersohn hat ein neues Auto. In seinen Käfer würden alle reinpassen.»

Hugo von Mühlbach ist noch immer nicht überzeugt. «Und warum sollte er mir sein Auto leihen?»

«Erstens, weil ich ihn darum bitte, und zweitens, weil seine Tochter nebst Freundin dann unter der Obhut von zwei seriösen Aufpassern stehen.»

«Und wer wäre der zweite Aufpasser?»

«Ich natürlich.» Martha grinst verschmitzt. «Wenn man sich nicht mehr für die Veränderungen in der Welt und die neuen Idole interessiert, gehört man zum alten Eisen.»

«Das ist ein Argument.» Jetzt erlaubt sich Hugo von Mühlbach sogar ein Lächeln. «Ich rufe Maximilian heute Abend an. Bin gespannt, was er zu dem Vorschlag sagt.»

* * *

Der Staatsanwalt ist Onnens Sichtweise gefolgt. Das Verfahren wird eingestellt. Offiziell heißt es nun: Hartnagel wurde von Alma Düster ermordet, und die hat sich anschließend selbst getötet.

Hans ist immer noch überrascht, wie schnell Sonnenberg Onnens Theorie als Tatsache akzeptiert hat. Aber wahrscheinlich ist es so, dass er einfach nur froh ist, den Fall zu den Akten legen zu können. Gern wäre Hans der Sache mit der Namensliste weiter nachgegangen, aber gut, er ist nur ein einfacher Wachtmeister.

Bei Tante Martha hat er nur kurz die Zeitung hereingereicht, ihrem Versuch, ihn auszuhorchen, hat er widerstanden und die Arbeit vorgeschoben. Dabei hat es ihm auf der Seele gebrannt, ihr von seiner Entdeckung in Onnens Schreibtisch zu erzählen. Andererseits: Was würde es bringen, ihr von dem mittlerweile verstorbenen Zeugen zu erzählen?

Er schließt sein Fahrrad vorm Polizeigebäude an und schüttelt diese Gedanken mit jeder Treppenstufe ein wenig mehr ab.

Fräulein Schneider sieht wieder ganz bezaubernd aus, als Hans ihr einen guten Morgen wünscht. Die Haare hoch am Hinterkopf aufgesteckt, trägt sie ein hellblaues Kostüm aus Tweed, das ihr ausgezeichnet steht.

«Ich wünsche Ihnen auch einen guten Morgen», antwortet Fräulein Schneider. «Und drücke die Daumen, dass Sie heute dazu kommen, all die Berichte zu schreiben, die der Chef Ihnen aufgedrückt hat. Er hat ausgezeichnete Laune und will nachher in die Kogge gehen, hat er gesagt.» Sie zwinkert Hans zu. «Ich könnte Ihnen dann bei den Berichten helfen.»

«Das ist überaus nett», gibt Hans zurück, «aber ich möchte Sie nicht damit belasten, Sie haben sicher selbst genug zu tun, wie ich den Kommissar kenne.» Er grinst sie mit einem jungenhaften Lächeln an. «Und, wenn ich auch nicht ganz so schnell wie Sie an der Schreibmaschine bin, mein Zehn-Finger-System kann sich ebenfalls sehen lassen.»

«Das weiß ich», sagt Fräulein Schneider und spitzt ihre Lippen ebenfalls zu einem neckischen Lächeln. «Aber falls ich Ihnen doch helfen kann, geben Sie mir einfach Bescheid.»

«Das mache ich. Danke noch mal für Ihr Angebot.»

Bei diesen Worten öffnet sich die Tür von Onnens Büro. «Wer hat wem was angeboten?», fragt der Kommissar.

Hans läuft rot an. Doch bevor er etwas sagen kann, erwidert Fräulein Schneider, als sei es das Natürlichste auf der Welt: «Ich habe Wachtmeister Frisch angeboten, ihm bei der Erstellung der Berichte zu helfen. Da ist ja in den letzten Tagen eine Menge zusammengekommen. Aber er sagt, er schafft das allein.»

«Natürlich schafft er das allein, der Fall Hartnagel ist ja nun abgeschlossen», sagt Onnen barsch. «Und Sie können mir einen Kaffee bringen. Um kurz vor elf mache ich mich auf den Weg zum Frühschoppen. Ich muss mich schließlich dort mal wieder blicken lassen. Und mit solch guten Nachrichten ist es doppelt erfreulich. Also, an die Arbeit, Frisch.»

In dem kleinen Büro sitzt heute auch Brettschneider an seinem Platz.

«Moin. Geht's dir wieder besser?» Hans setzt sich seinem Kollegen gegenüber. Er legt den Stenoblock auf den Tisch, nimmt zwei Blatt Schreibmaschinenpapier aus der Schublade, legt Kohlepapier dazwischen und spannt die Blätter in die schwarze Olympia-Schreibmaschine ein.

«Zum Glück», sagt Brettschneider. «Das war vielleicht heftig. Es kam oben und unten gleichzeitig raus. Frag nicht nach Sonnenschein. Ich hab ganz schön abgenommen.» Er tätschelt seinen Bauch. «Siehst du das? Meine Hosen schlackern richtig. Gestern hat mir meine Frau eine Hühnersuppe mit viel Einlage und Eierstich gekocht, damit ich ordentlich zu Kräften komme.»

«Schön, dass es dir wieder gut geht. Nun muss ich mich aber an die Berichte machen.»

Brettschneider deutet auf etliche Formulare, die auf seinem Schreibtisch liegen. «Für mich ist auch einiges liegen geblieben.»

«Na, dann mal ran an den Speck. Dabei ...» Hans kommt ein Gedanke. «Du könntest die Kollegen der Polizei in Wilhelmshaven um Amtshilfe bitten. Die sollen mal überprüfen, ob Johanna Nissen an dem Tag, als Hartnagel ums Leben kam, wirklich im Karl-Hinrichs-Stift war, wie sie es behauptet hat.»

«Mach ich.» Brettschneider greift schon zum Telefonhörer.

«Danke.» Hans legt die Finger in Startposition auf die vierreihige Tastatur der Schreibmaschine und macht sich an die Arbeit. Nachdem Brettschneider mit den Kollegen in Wilhelmshaven telefoniert hat, ist nur das Hämmern der Typenhebel auf das Papier und das «Pling» zu hören, wenn Hans den Wagen mit der Schreibwalze wieder nach links zum Seitenanfang befördert.

Er hat schon ordentlich was geschafft, als das Telefon klingelt. Fräulein Schneider ist dran. «Herr Frisch, ich habe Herrn Conradi in der Leitung. Es geht um einen Toten auf der Evenburg.»

«Der Fall ist abgeschlossen, sagen Sie ihm das bitte.»

«Da haben Sie mich falsch verstanden. Er meldet einen neuen Todesfall.»

«Noch einen?», fragt Hans entsetzt.

«Genau. Darf ich zu Ihnen durchstellen? Der Kommissar ist ja bereits in der Kogge.»

«Natürlich.» Schon knackt es in der Leitung, und Hans hört die aufgeregte Stimme Conradis.

«Wachtmeister Frisch, Conradi hier. Ich habe soeben unseren Hausmeister tot im Geräteschuppen gefunden. Am Hals hat er eine klaffende Wunde, alles ist voller Blut. Neben ihm liegt eine blutverschmierte Hacke.»

«Wir kommen!» Hans spürt die Aufregung in sich hochsteigen. «Fassen Sie nichts an.» Er legt den Hörer auf. «Nun haben wir den Salat», sagt er zu Brettschneider. «Gestern hat Staatsanwalt Sonnenberg den Fall Hartnagel für abgeschlossen erklärt, und heute gibt's eine weitere Leiche im Heim.» Er atmet tief ein. «Dann werde ich den Chef mal aus seiner Frühschoppenrunde reißen. Du hältst hier die Stellung.»

Mit dem Polizei-Käfer rast Hans zur Kogge, das Blaulicht auf dem Kotflügel blinkt, das Martinshorn lässt er jedoch ausgeschaltet. Der Hausmeister ist schließlich nicht mehr zu retten.

Er betritt die Gaststätte durch die schweren Vorhänge im Eingangsbereich. Es ist schummrig. Zigarren- und Zigarettenqualm hängt in der Luft, der Wirt steht hinter der Theke und zapft Bier. Auf dem glänzenden Stammtisch stehen neben Biergläsern auch Cognacschwenker, die Laune der Herren scheint ausgesprochen gut zu sein. Onnen ist in Hochform, wie Hans bemerkt, denn sein Vorgesetzter erzählt gerade, wie schnell er es geschafft hat, die beiden Todesfälle auf der Evenburg aufzuklären.

«Man darf die Weiber nie unterschätzen. Die haben es faustdick hinter den Ohren. Bringen sich sogar selber um, wenn ihr Angebeteter ihre Liebe nicht erwidert. Und die Düster, das war vielleicht ein Dragoner.»

«Ich kenn die», sagt Weinhändler Tewes. «Die hat bei mir häufiger eingekauft. Angeblich für die Besuche des Stiftungsvorstands. Aber ich glaub, die hat den Wein selbst gesüppelt. So oft, wie die bei mir bestellt hat, sind die Herren garantiert nicht da gewesen.» Lautes Gelächter am Tisch.

Hans räuspert sich, um sich bemerkbar zu machen, doch das kriegt keiner mit.

«Ich hab der vor einiger Zeit ein neues Gebiss verpasst. Die war ja so bissig, da halten die eigenen Zähne eben nicht ein Leben lang», scherzt Zahnarzt Dedersen. Wieder ist das Gejohle groß. Immer noch hat keiner Notiz von ihm genommen, deshalb tritt Hans direkt an den Tisch. «Herr Kommissar.»

Onnen dreht sich überrascht um.

«Frisch, was machen Sie denn hier?», fragt er ungehalten. Seine Augen schießen Blitze.

«Wahrscheinlich gibt's wieder eine neue Leiche», unkt der Zahnarzt amüsiert, und prompt brechen die anderen Männer in Lachen aus.

«Das stimmt», sagt Hans trocken. «Es gibt einen weiteren Toten. Diesmal ist es der Hausmeister.»

Augenblicklich ist es totenstill im Raum. Alle Männer schauen peinlich berührt auf den Tisch. Onnen schiebt den Stuhl zurück und steht auf. «Sie entschuldigen mich, meine Herren?» Er wendet sich dem Wirt zu. «Schreiben Sie die Getränke auf meinen Deckel.»

Auf dem Weg zum Auto erzählt Hans, was Conradi ihm berichtet hat. Onnen hört sich alles an, erwidert aber nichts, sondern presst nur die Lippen fest aufeinander. Schweigend fahren sie zur Evenburg. Hans traut sich nicht, Onnen auf den erneuten Todesfall anzusprechen, schließlich stellt der Onnens sämtliche Theorien infrage. Wie soll sein Chef dem Staatsanwalt eine dritte Leiche erklären? Außerdem liegt Hans die grüne Mappe noch quer im Magen. Er wirft dem Kommissar einen Seitenblick zu.

«Was für ein Mist. Das hat mir gerade noch gefehlt», flucht der.

Auf dem weitläufigen Gelände der Burg ist kein Mensch zu sehen, als sie aus dem Wagen steigen. Dafür streift eine Katze auf leisen Pfoten umher, an einem der Bäume hämmert ein Specht. Sie nehmen den Weg zu den Werkstätten. Vor der Tür steht ein sichtlich nervöser Conradi. Unaufgefordert beginnt er zu reden. «Ich wollte Herrn Diekhaus bitten, im Speisesaal eine defekte Neonröhre zu ersetzen. Ich hab ihn im ganzen Haus gesucht und schließlich hier gefunden.» Er öffnet die Tür zur Werkstatt. Diekhaus liegt auf dem Fußboden, rund um seinen Kopf hat sich eine Blutlache ausgebreitet. Daneben eine spitze Gartenhacke, die Schneide ist blutverschmiert. Es riecht penetrant nach Schnaps.

«Machen Sie mal das Licht an, ist ja stockduster», kommandiert Onnen.

Conradi gehorcht. Das grelle Licht offenbart nun das ganze Ausmaß des Grauens. Mit verrenkten Gliedmaßen liegt der Hausmeister in seinem grauen Kittel auf dem Boden. Neben ihm eine zerborstene Schnapsflasche. Staubflusen tanzen im Raum. Der typische metallische Geruch von Blut hängt in der Luft. Hans prüft den Puls. Sicher ist sicher. Aber da gibt es nichts mehr zu fühlen.

«Wann haben Sie Herrn Diekhaus das letzte Mal gesehen?», fragt Onnen den angehenden Arzt.

«Vor dem Frühstück. Er war damit beschäftigt, das Kellergeländer zu reparieren. Während des Frühstücks begann eine Röhre zu flackern, gegen halb elf kam Frau Hagedorn, die Köchin, und hat gesagt, dass die Leuchte nun endgültig ihren Geist aufgegeben hat. Deshalb wollte ich Herrn Diekhaus Bescheid geben, damit er das noch vorm Mittagessen repariert. Auf der Krankenstation ist zum Glück heute kaum etwas los, darum konnte ich mich selbst auf die Suche nach ihm machen.»

«Wissen Sie, ob er Streit mit jemandem aus dem Heim hatte?», fragt Onnen.

«Sie meinen wegen der beiden anderen Todesfälle?»

«Ich meine allgemein.»

Conradi überlegt. «Ich hatte ja weniger mit ihm zu tun, aber die Köchin hat sich bei Doktor Hartnagel kürzlich über ihn beschwert. Sie hat gesagt, dass Diekhaus schon tagsüber saufen würde. Da war ich doch sehr erstaunt.»

«Sie teilten diesen Eindruck nicht?»

Während Conradi redet, nimmt Hans die Werkstatt genauer in Augenschein. Neben der Kiste, auf der der Hausmeister bei ihrem letzten Besuch saß, steht ein schwarzer Maurereimer, darin leere Bier- und Schnapsflaschen.

«Ich hatte nichts mit Herrn Diekhaus zu tun und kann mir deshalb kein Urteil erlauben», sagt Conradi. «Allerdings hat er erst kürzlich seine Frau verloren. Krebs. Das hat ihn ziemlich aus der Bahn geworfen.» Er blickt auf den Toten hinab. «Wir brauchen noch einen Arzt, der den offiziellen Totenschein ausstellt. Ich würde die Leiche gern so schnell wie möglich abholen lassen. Sie verstehen schon, die Kinder ...»

«Frisch, gehen Sie mit Herrn Conradi hinüber und benachrichtigen Sie Doktor Wollenweber und den Bestatter. Ich bleibe hier und warte so lange.»

* * *

Als Annemieke die Evenburg erreicht, stehen Polizeifahrzeuge und der Wagen des Bestatters auf dem Gelände. Um Gottes willen, es ist doch nicht schon wieder etwas passiert? Wie immer will sie ihr Fahrrad bei den Werkstätten abstellen, doch Hans stoppt sie.

«Geh bitte weiter. Hier ist ein Tatort.»

Fassungslos schaut sie ihn an und bekommt gleichzeitig eine Gänsehaut. «Schon wieder?»

Er nickt. «Der Hausmeister ist tot. Mehr darf ich dir nicht sagen.»

Annemieke eilt ins Gebäude. Drei Tote in so kurzer Zeit. Wenn ihre Eltern das mitbekommen, darf sie nie wieder einen Fuß in dieses Haus setzen. Schnell zieht sie sich um und geht in den Speisesaal, um den Kindern beim Abräumen des Geschirrs zu helfen. Beim Öffnen der Tür schlägt ihr eine befremdliche Stille entgegen. Zwei Schwestern beaufsichtigen die Kinder, die schweigend ihr Geschirr auf die Rollwagen aus Metall stellen, um dann mit gesenkten Köpfen den Raum zu verlassen. Nur Holger sitzt noch mit einem Löffel in der Hand vor der Schokoladenpuddingsuppe. Der Verband an seinem Arm ist mittlerweile abgenommen.

Helga steht direkt hinter ihm. «Du isst das jetzt auf», herrscht sie den Jungen an. «Sofort.»

«Ich mag aber nicht.»

«Hier wird gegessen, was auf den Tisch kommt. Du bleibst hier so lange sitzen, bis der Teller leer ist. Hast du mich verstanden?»

«Ja.» Er schiebt sich einen Löffel des braunen Breis in den Mund. Im nächsten Moment würgt er und erbricht sich. Direkt auf den Teller. Erschrocken springt er auf, doch Helga presst ihre Hand auf seine Schulter und drückt ihn auf den Stuhl zurück.

«Keine Fisimatenten», brüllt sie ihn an. «Aufessen. Alles.»

Annemieke glaubt ihren Ohren nicht zu trauen. «Was machst du denn da? Siehst du nicht, dass Holger das Zeug nicht essen will? Und schon gar nicht mit dem Erbrochenen.»

Ein paar der Kinder, die gerade hinausgehen wollen, bleiben stehen. Mit großen Augen verfolgen sie die Szene, werden aber von den beiden anderen Schwestern hinausgescheucht. Ruckartig dreht Helga sich zu Annemieke um. «Du hältst gefälligst den Mund. Härte zeigen. Zähne zusammenbeißen. Das sind hier die Regeln.»

«Was sind das denn für dämliche Regeln?», regt sich Annemieke auf, doch Helga ignoriert sie.

«Aufessen», herrscht sie Holger stattdessen an.

Annemieke stürmt aus dem Saal. Am Treppenaufgang trifft sie Henriette, die ist ganz blass.

«Was ist denn los?», fragt Annemieke.

Henriette presst die Lippen aufeinander.

«Ist es wegen Diekhaus? Hans hat es mir eben erzählt. Das ist wirklich schrecklich. Überhaupt ist hier heute alles ganz fürchterlich. Ich war gerade im Speisesaal und hab mitgekriegt, wie Helga mit den Kindern umgeht.» Aufgewühlt berichtet Annemieke von dem Vorfall.

Henriettes Blick zeigt Verständnis. «Mir blutet auch jedes Mal das Herz, wenn ich das sehe. Aber ich konnte bislang nichts dagegen machen. Und Helga und die anderen Kinderpflegerinnen sind durch die harte Schule von Schwester Düster gegangen. Helga tut, was ihr gesagt wird, ohne irgendetwas infrage zu stellen. Ich werde mit ihr reden, dass wir nicht mehr so streng sind. Jedenfalls so lange, wie es in meiner Macht steht. Aber das ist wahrscheinlich nur, bis der Ersatz für Schwester Düster kommt. Dann müssen wir sehen, wie es weitergeht. Komm mit in die Küche. Frau Hagedorn hat Tee gekocht. Wir sind ja alle ganz durcheinander wegen Diekhaus.»

Erika und drei andere Schwestern sitzen wie ein Häuflein

Elend am großen Küchentisch, selbst bei der zweiten Tasse Tee sind alle noch ganz in sich gekehrt.

Bis auf Frau Hagedorn. «Ständig stank Diekhaus nach Fusel. Ab dem Frühstück hat er den in sich reingeschüttet.» Sie schüttelt sich. «Das wurde in letzter Zeit immer schlimmer bei ihm.»

«Inwiefern?» Annemieke nippt an ihrer Teetasse, die sie fest umklammert hält und die ihr Wärme und Halt gibt.

«Seine Frau ist im März gestorben. An Krebs. Das ging ganz schnell», weiß Frau Hagedorn. «Seitdem war er nicht mehr der Alte. Finden Sie nicht auch?» Fragend blickt sie Henriette an.

Die zuckt mit den Schultern. «Ich hab doch erst Ostern hier angefangen. Da war seine Frau schon tot. Deshalb ist mir das nicht weiter aufgefallen.»

«Wenn du noch gar nicht so lange hier arbeitest, warum haben sie dir und Conradi dann die Heimleitung provisorisch übertragen und nicht zum Beispiel Erika?», will Annemieke wissen.

«Weil Conradi es so gewollt hat», entgegnet Henriette.

«Ich hätte das sowieso nicht gemacht», bricht es aus Erika heraus. «Außerdem bleib ich hier nicht länger. Jetzt gibt es schon drei Tote.»

«Beruhige dich mal wieder», sagt Henriette. «Morgen reist die Hälfte der Kinder ab, und neue kommen erst mal nicht. Dann sollte alles zu schaffen sein.»

«Darum geht es doch gar nicht. Ich habe Angst, die Nächste zu sein. Du etwa nicht?»

* * *

Inzwischen hat Wollenweber den Totenschein ausgestellt, ist zurück in die Klinik gefahren, und Früchtenicht hat den Toten abgeholt. Der Gärtner war ihnen auch keine Hilfe, mit ihm haben sie gesprochen, als Arzt und Bestatter in der Werkstatt beschäftigt waren. Doch außer der Tatsache, dass Diekhaus in den letzten Wochen wortkarger gewesen ist und mehr trank, als gut für ihn war, wusste der Gärtner nichts. Diekhaus sei nur ein Kollege, kein Freund gewesen. Die Antworten klangen beinahe desinteressiert, und Onnen geriet mit jedem Wort mehr in Rage. Nun eilt er im Stechschritt auf die Burg zu, um mit dem anderen Personal zu reden. Hans hat das Gefühl, als empfände Onnen den Mord am Hausmeister als persönlichen Angriff auf sich.

In der geräumigen Küche ist es heute richtig voll. Alle schauen auf, als sie eintreten. An der Spüle stehen die beiden Küchenhilfen und wieder zwei größere Mädchen, die abtrocknen.

Eine ältere Frau erhebt sich. «Herr Kommissar, wir haben uns noch nicht kennengelernt. Ich bin Selma Meiberg, die Hauswirtschafterin. Ich war vergangene Woche nicht hier. Möchten die Herren auch einen Tee?»

Hans hätte gern eine Tasse getrunken, doch Onnen wiegelt ab und bleibt neben der Tür stehen. «Dazu haben wir keine Zeit. Das ist alles mehr als unangenehm, aber um es gleich im Vorfeld klarzustellen, der Mord an Herrn Diekhaus muss nicht zwingend im Zusammenhang mit dem Tod von Doktor Hartnagel und Alma Düster stehen.»

Nicht? Überrascht schaut Hans seinen Vorgesetzten an.

«Das soll nicht zusammenhängen?», fragt Frau Meiberg verwundert. «Aber die sind doch alle drei ... innerhalb von wenigen Tagen ...»

Onnen zieht die Zigarettenschachtel aus der Manteltasche und zündet sich eine an. «Die beiden anderen sind durch Zyankali ums Leben gekommen. Bei Herrn Diekhaus haben wir es mit einer ganz anderen Art von Gewaltverbrechen zu tun. Mit einem tätlichen Angriff. Während der Giftmord an sich überwiegend von Frauen ausgeübt wird, ist brutale Gewalt wie beim Hausmeister eindeutig ein Hinweis auf einen männlichen Täter. Womit wir bei den Männern sind, die hier arbeiten. Nennen Sie mir deren Namen und Tätigkeiten.» Onnen blickt von Frau Meiberg zu den anwesenden Schwestern und dann zu Frau Hagedorn.

Die Köchin ergreift das Wort. «Da hamwer jetz nich mehr viele von. Nur den Herrn Conradi und den Gärtner. Die andern beiden sind ja tot.»

«Die Arbeit mit Kindern wird überwiegend von Frauen ausgeführt», erklärt Henriette. «Ist in den Familien ja auch so, dass die Mütter sich um den Nachwuchs kümmern.»

Da ist was dran, findet Hans.

Onnen zieht an seiner Zigarette und bläst den blauen Dunst in die Luft. «Wie war der Kontakt zwischen Diekhaus und den anderen Männern?» Er schaut jede einzelne der Frauen an. Schwester Erika rutscht unruhig auf ihrem Allerwertesten hin und her, Frau Hagedorn hebt kampflustig den Kopf, Henriette hält seinem Blick stand, Frau Meiberg ebenso.

«Diekhaus und der Gärtner haben gern zusammen im Schuppen auf'n Bier gesessen», sagt Frau Hagedorn schließlich.

Interessiert guckt Onnen die Köchin an. «Ach. Uns hat er erzählt, Diekhaus und er seien nicht befreundet gewesen.»

Frau Hagedorn grinst. «Man muss nich befreundet sein, um zusammen ein Bier zu trinken.»

Onnen schnaubt. «Allgemeinplätze helfen uns nicht weiter. Weiß eine von Ihnen, wo der Gärtner sich heute am späten Vormittag aufgehalten hat?»

Ihnen gegenüber hat er behauptet, er habe im Gemüsegarten die letzten Bohnen geerntet, doch das behält Onnen für sich.

Diesmal ergreift Henriette das Wort. «Woher sollen wir das wissen? Wir haben alle unsere Pflichten zu erfüllen, und durch den Tod von Doktor Hartnagel und Schwester Düster fallen für jede von uns weitere Aufgaben an. Ganz zu schweigen davon, dass wir die Kinder beruhigen müssen. Auch sie sehen, dass die Polizei ständig hier aufkreuzt und Fragen stellt. Es sind schließlich auch schon ein paar Ältere dabei, die haben längst gemerkt, dass hier etwas nicht stimmt.» Sie wendet sich ihren Kolleginnen zu. «Und nun: Auf, auf. An die Arbeit. Genug der Verschnaufpause. Annemieke und Erika, ihr geht zu Schwester Helga in die Liegehalle, ihr beiden anderen kommt mit mir.» Sofort erheben sich die Frauen und verlassen eilig den Raum. Annemieke wirft Hans noch einen Blick zu, den er nicht interpretieren kann.

Kaum hat sich die Küche geleert, setzt Onnen sich auf einen der frei gewordenen Stühle neben die Hauswirtschafterin. «Wenn Sie mir nun einen Kaffee machen würden, Frau Hagedorn, wäre ich Ihnen überaus verbunden.» Die Köchin erhebt sich wortlos und setzt den Wasserkessel auf den Gasherd. «Für Sie auch einen?», fragt sie Hans.

«Sehr gerne.»

Kurz darauf gießt Frau Hagedorn das kochende Wasser über das Kaffeepulver in der Filtertüte. Für den Moment sind der in die Kanne tröpfelnde Kaffee und das leise Klappern am Spültisch die einzigen Geräusche im Raum. Als der Kaffee durchgelaufen ist, schenkt Frau Hagedorn ihnen ein und stellt das Tablett mit Tassen, Zucker und Milch vor sie auf den Tisch. Dann setzt sie sich ebenfalls. «Also, wat woll'n Se noch von uns wissen?»

Onnen gibt großzügig Zucker in seine Tasse und rührt um. «Wo wir nun fast unter uns sind», sagt er mit einem kleinen Augenzwinkern, «erzählen Sie mir doch, mit wem Herr Diekhaus Streit hatte.»

Frau Hagedorn wird rot, und Hans kommt aus dem Staunen nicht raus. Woher weiß der Chef das?

«Wie kommse drauf, dass ich das wissen soll?», versucht sie sich rauszureden. Auch Frau Meiberg schaut Onnen verblüfft an.

«Na hören Sie, wenn hier eine etwas weiß, dann doch Sie. Sie haben ein gutes Herz, für jeden eine Tasse Kaffee, und ich kann mir vorstellen, dass man Ihnen gern sein Herz ausschüttet, wenn einen etwas belastet.»

Frau Hagedorn senkt den Kopf. «Wat soll ich denn jetzt davon halten?»

«Nehmen Sie es als Kompliment. Ich hatte den Eindruck, dass Sie Herrn Diekhaus ganz gut kennen, vor allem, dass Sie ihm nach dem Tod seiner Frau helfen wollten.» Onnen trinkt einen Schluck. «Ausgezeichnet, der Kaffee», lobt er.

«Das stimmt. Der tat mir leid. Und nee, der hat nüscht von 'nem Streit gesacht. Aber ich hab ihn mal mit der Düster streiten hören. Das wollt ich nur nich vor versammelter Mannschaft sagen. Könnse sicher verstehen. Is außerdem wurscht, denn die is ja auch schon tot. Die kann's also nich gewesen sein.»

«Herr Diekhaus hatte Streit mit Alma Düster? Wissen Sie, weshalb?»

«Nee. Ich hab die nur streiten hören. Ich konnt ja schlecht mein Ohr anne Tür legen und lauschen.»

«Warum haben Sie uns das nicht schon nach dem Tod von Frau Düster gesagt?»

«Die is doch in ihrem Bett gestorben. Und, mal ehrlich, der Diekhaus ein Mörder? Nee. Der nich. Ganz bestimmt nich.»

* * *

Nach der Mittagspause will Martha ihren Laden aufschließen, doch Traudel macht ihr durchs Fenster Zeichen, dass sie zu ihr hereinkommen soll. «Was gibt es denn?», fragt Martha und schließt die Tür hinter sich.

«Morgen Abend gibt es die erste Folge über die Fliegerin Elly Beinhorn. Da sollen sogar Archivaufnahmen gezeigt werden, steht in der *Hör Zu*.» Seit Traudel sich die Fernsehzeitung kauft, ist sie über das Programm immer auf dem Laufenden. «Die Fliegerin erzählt Geschichten, teils im Studio, teils im Freien. Kommst du zum Schauen?»

Martha zuckt mit den Schultern. «Ich weiß nicht. Mich beschäftigen im Moment ganz andere Dinge.» In die letzten Worte platzt eine schlanke Frau Ende vierzig im modisch eng tailliert geschnittenen Mantel mit passendem Hut.

«Guten Morgen, Frau Bessner», grüßt Traudel. «Ihre Strümpfe sind fertig.» Traudel nimmt einen Stoffbeutel aus dem Fach mit den erledigten Arbeiten und reicht ihn ihr. «Wollen Sie die Reparatur kontrollieren?»

«Nicht nötig, Sie machen das perfekt. Da gibt es keinen Grund zur Klage.»

Bessner. Martha zuckt zusammen. Den Namen hat sie doch auf der Liste von Hugo von Mühlbach gesehen. Ob die etwas

mit dem Doktor aus Oldenburg zu tun hat? Kaum hat Traudels Kundin den Laden verlassen, ist Martha nicht mehr zu
halten. «Wer war das? Ich hab die noch nie gesehen, bei dir ist
sie aber anscheinend Stammkundin.»

«Das ist Frau Bessner, sie wohnt in Loga. Da gibt's auch 'ne
Mangel. Nur keine so gute Änderungsschneiderin wie mich.
Ich hab ihr etliche Kleider und Röcke enger gemacht. Sie hat
gerade eine Diät hinter sich. Mit den *minus*-Schlankheits-Dra-
gees.» Traudel grinst. «Sollte man der Dedersen vielleicht auch
mal empfehlen.»

In diesem Moment betritt Dora Lürssen den Laden. «Moin
allerseits!» Die Haushälterin der Pickerings wirkt bestens
gelaunt.

«Moin», grüßen Traudel und Martha zurück, und Martha
sagt entschuldigend: «Ich bin gleich weg, hab nur noch eine
kurze Frage an Frau Maier. Was weißt du sonst noch über die
Bessner?»

«Die sind vor vier Monaten aus Oldenburg hierhergezogen.
Er stammt wohl gebürtig aus Leer. Mehr weiß ich nicht.»

«Aber ich», sagt die Haushälterin der Pickerings.

Überrascht dreht sich Martha zu ihr um.

«Doktor Bessner war Verwaltungsbeamter bei der Provinzialgesundheitsbehörde. Meine Schwester hat der Familie
in Oldenburg den Haushalt geführt. Die ganzen Kriegsjahre
hindurch, auch noch danach, als ihm der Prozess gemacht
wurde.»

«Was denn für ein Prozess?» Martha spitzt die Ohren.

«Na, wegen seiner Nazivergangenheit.»

«Hatte der verstorbene Doktor Hartnagel auch was mit dem
zu tun?», fragt Martha, obwohl sie die Antwort weiß.

Dora Lürssen hebt die Augenbrauen. «Hartnagel war nicht

unmaßgeblich daran beteiligt, dass Bessner angeklagt wurde, hat meine Schwester gesagt. Der hat den ordentlich in die Pfanne gehauen, damit er selbst den Persilschein bekommt. Die Bessners haben jedenfalls immer noch einen wahnsinnigen Rochus auf Hartnagel. Meine Schwester sagt, im Haus Bessner wurde der Name Hartnagel nicht einmal mehr in den Mund genommen. Stattdessen haben die nur noch vom Verräter gesprochen.» Sie reicht Traudel einen schwarzen Perlonstrumpf und zeigt auf die dicke Laufmasche. «Wie schnell können Sie das für Frau Pickering reparieren?»

* * *

Zurück im Kommissariat, ruft Onnen Hans, Brettschneider und Fräulein Schneider zu sich ins Büro. Der Chef setzt sich an seinen Schreibtisch, holt die Flasche Weinbrand und ein Glas aus der Schublade und gießt sich einen Fingerbreit ein. «Was machen wir nun mit dem toten Hausmeister?» Die Frage ist mehr in den Raum gesprochen als an die drei gerichtet, die vor seinem Schreibtisch sitzen. «Warum hat man den nun auch noch umgebracht?» Er streicht sich über das Kinn und greift zum Glas.

«Hat das Ganze vielleicht doch mit den beiden anderen Toten zu tun?», fragt Brettschneider vorsichtig.

«Unsinn», schnaubt Onnen prompt.

«Ich finde den Gedanken einleuchtend», meint Hans und fährt fort: «Die Düster kann's jedenfalls nicht gewesen sein.»

«Aber wer dann? Und vor allem, warum?», fragt Brettschneider. «Die Nissen war's jedenfalls auch nicht, ihr Alibi hat sich bestätigt.»

Eine Zeit lang schweigen alle vier.

«Um mit der Hacke zuzuschlagen, muss man ganz schön kräftig sein und gute Nerven haben», meldet sich Fräulein Schneider zu Wort. «Also, ich könnte das nicht.»

«Womit wir wieder bei Conradi wären», sagt Onnen und zündet sich eine Zigarette an. «Der hätte sogar die Gelegenheit dazu gehabt, immerhin hat er den Hausmeister wegen der defekten Neonröhre gesucht. Da hätte er sich die Hacke schnappen und zuschlagen können. Aber aus welchem Grund hätte er das machen sollen?»

«Vielleicht hat Conradi uns die ganze Zeit hinters Licht geführt», überlegt Hans laut. «Vielleicht hat er Doktor Hartnagel und Frau Düster mit Gift getötet, um den Eindruck zu erwecken, es handele sich beim Täter um eine Frau. Vielleicht geht es tatsächlich um diese Sache mit dem Paragrafen 175. Vielleicht ist da doch was dran. Vielleicht war Conradi ja sogar derjenige, der Hartnagel Avancen gemacht hat, und der hat sich davon einwickeln lassen. Das hat die Düster gemerkt, sie hat Hartnagel unter Druck gesetzt, der wollte die Sache beenden, das wiederum wollte Conradi nicht. Er hat Hartnagel umgebracht und anschließend die Düster, weil die ihn ans Messer liefern wollte. Und Diekhaus hat gesehen, dass Conradi aus dem Wohntrakt kam, in dem die Düster lebt, und hat den jungen Arzt heute Morgen drauf angesprochen. Der sah nun alle seine Felle davonschwimmen und hat in seiner Not zur Hacke gegriffen.» Erschöpft schweigt Hans.

«Das sind ganz schön viele ‹Vielleicht›.» Onnen nippt erneut an seinem Weinbrand, und Hans rechnet schon mit einem Donnerwetter, doch zu seiner Überraschung sieht Onnen ihn überaus wohlwollend an. «Aber ich muss zugeben, das hört sich gar nicht so falsch an», sagt er schließlich.

«Werden Sie den Staatsanwalt bitten, die Akten Hartnagel

und Düster wieder zu öffnen?», fragt Hans in einem Anflug von Mut.

Entrüstet blickt Onnen ihn an. «Wo denken Sie hin? Die bleiben schön geschlossen, bis wir hieb- und stichfest belegen können, was wirklich auf der Evenburg vorgefallen ist. Ich mache mich doch nicht zum Gespött der Leute.»

Hans fühlt sich durch Onnens Worte beflügelt, und seine Gedanken schlagen sofort neue Wege ein. «Diekhaus hat doch in einer Blutlache gelegen. Die Hacke befand sich neben ihm. Es muss also Blut aus seinem Hals gespritzt sein. Ich könnte mir vorstellen, dass der Täter ebenfalls Blutflecke an seinen Händen oder seiner Kleidung hatte.»

Anerkennend nickt Onnen. «Das stimmt. Außerdem müsste es Fingerabdrücke am Stiel der Hacke geben. Haben Sie die eigentlich mitgenommen?»

«Ja», bestätigt Hans eifrig. «Ich habe sie in einen alten Lappen aus der Werkstatt gewickelt und in den Kofferraum gelegt. Ich kann sie gleich holen.»

«Worauf warten Sie noch?» Onnen reibt sich zufrieden die Hände. «Da werden die Kollegen mit ihrem schwarzen Pulver garantiert fündig. Wir benötigen nur noch Vergleichsabdrücke.» Er wirft einen Blick zur Uhr. «Gleich Feierabend. Egal. Nachdem Sie die Hacke abgegeben und die Angehörigen informiert haben, fahren Sie noch einmal raus zur Evenburg und nehmen von Conradi und den anderen Mitarbeitern des Heims die Fingerabdrücke. Ach ja, bringen Sie auch die Kleidung mit, die Conradi heute Vormittag getragen hat. Wir lassen sie auf Blutflecke untersuchen. Wäre doch gelacht, wenn wir diese Tat nicht schnellstens aufklären.»

* * *

«Wenn der Frühling kommt, dann schick ich dir Tulpen aus Amsterdam, wenn der Frühling kommt, dann pflück ich dir Tulpen aus Amsterdam», trällert Martha den Schlager aus dem Radio mit, während die Mangel läuft. Ein sehnsuchtsvolles Lächeln schleicht sich auf ihr Gesicht, und in ihrer Erinnerung schwappen die riesigen Tulpenfelder in Holland hoch, die sie auf ihrer Hochzeitsreise so bewundert hat.

«Tausend rote, tausend gelbe, alle wünschen dir dasselbe. Was mein Mund nicht sagen kann, sagen Tulpen aus Amsterdam», fällt die Bäckersfrau beim Betreten des Ladens in den Gesang mit ein und stellt den vollgepackten Wäschekorb auf den Tisch neben der Mangel. Als das Lied zu Ende ist, seufzt Ursula Wissmann laut. «Was für ein schönes Lied. Das ist ein richtiger Ohrwurm.»

Martha nickt, das verträumte Lächeln liegt noch immer auf ihren Lippen. Wie jung und verliebt sie damals zwischen den Tulpenfeldern gewesen sind. Glaubten, die Welt liege ihnen zu Füßen, ahnten nicht, welche schrecklichen Wendungen und Schicksalsschläge das Leben für sie bereithielt.

«Na, dann woll'n wir mal.» Energisch greift Martha in den Wäschekorb, während Hans Albers nun seine Liebe zu St. Pauli besingt. Mitten im Lied stürmt Frau Dedersen mit hochrotem Kopf in den Laden. «Haben Sie schon gehört? Es ist kaum zu glauben und richtig unheimlich!»

Sofort dreht sich Ursula Wissmann um. «Was ist unheimlich?»

«Es gibt schon wieder einen Toten auf der Evenburg. Jetzt hat es den Hausmeister erwischt.»

«Is nicht wahr!?» Statt nach dem Kopfkissenbezug zu greifen, lässt die Wissmann die Hände sinken.

«Achtung», ruft Martha, «der Bezug fällt auf den Boden.»

Hektisch bückt sich die Bäckersfrau und hebt ihn auf. «Was ist denn passiert?», fragt sie, während sie das Wäschestück zusammenlegt.

«Ich weiß es nicht. Jedenfalls hat Ihr Neffe das zu Kommissar Onnen gesagt, als er den heute Vormittag holterdiepolter vom Stammtisch in der Kogge abgeholt hat.»

Auch Martha ist wie elektrisiert und vergisst ganz, das nächste Wäschestück zwischen die Walzen zu führen. «Noch ein Toter auf der Evenburg. Das ist ja nicht zu fassen.»

«Genau», pflichtet ihr Frau Dedersen bei. «In was für einer Zeit leben wir eigentlich? Mord und Totschlag. *Ich* würde jedenfalls keinen Fuß mehr in die Evenburg setzen. Und wenn eins *meiner* Kinder dort zur Kur wäre, würde ich es sofort abholen. Auf der Stelle. Man weiß ja nie, wer als Nächstes dran glauben muss. Ich sage Ihnen, die Düster hat den Hartnagel nicht umgebracht, wie Kommissar Onnen es heute Morgen noch beim Frühschoppen berichtet hat. Damit liegt er völlig falsch, wie man jetzt sieht, sagt mein Mann. Da geht ein Massenmörder um.» Mittlerweile hat Frau Dedersen rote Flecken auf Wangen und Hals. «Aber ich muss weiter. Haben Sie den Rest meiner Bettwäsche fertig?»

«Sicher.» Martha geht zum Regal an der Wand und nimmt den Korb, in dem die gemangelte Wäsche der Dedersens liegt. «Bitte schön.»

Frau Dedersen zückt ihr Portemonnaie und ist kurz darauf wieder verschwunden. Mit einem flauen Gefühl im Magen sieht Martha ihr nach. Immerhin arbeitet Annemieke jetzt auch in dem Heim. Marthas Herz zieht sich bei diesem Gedanken zusammen. Wer steckt nur hinter diesen Taten?

* * *

Es ist das erste Mal, dass Hans die Nachricht vom Tod eines Angehörigen allein überbringen muss. Herr Diekhaus hatte eine erwachsene Tochter, die auch in Leer lebt. Sie ist verheiratet, heißt mittlerweile Kaiser mit Nachnamen und wohnt mit Mann und Tochter hinter dem Bahnhof. Hans parkt den Polizei-Käfer vor dem Mehrfamilienhaus. Er klingelt. Die Haustür ist nur angelehnt, und er drückt sie auf. Unterhalb der Briefkästen, die links an der Wand hängen, steht ein Kinderwagen. Daneben ein Kinderfahrrad. Zügig, aber mit vor Unbehagen pochendem Herzen, geht er die Treppen hinauf. Kaum hat er geklingelt, wird die Tür geöffnet. Eine Frau in fröhlich gemusterter Kittelschürze mit einem Kleinkind auf dem Arm schaut ihn erschrocken an. «Polizei?»

«Wachtmeister Frisch.» Hans nimmt die Dienstmütze ab und hält sie vor seine Brust. «Darf ich hereinkommen?»

Sie nickt und tritt einen Schritt beiseite. Nachdem sie die Tür hinter sich geschlossen hat, sagt er: «Frau Kaiser, ich muss Ihnen die traurige Nachricht überbringen, dass Ihr Vater tot ist.»

Wieder nickt die Frau. «Kommen Sie bitte mit in die Küche.»

Das Kind auf ihrem Arm sieht Hans neugierig an. Er schätzt es auf drei Jahre.

«Nehmen Sie Platz.» Frau Kaiser deutet auf die Eckbank, sie selbst setzt sich auf den Stuhl gegenüber, das Kind auf dem Schoß. Sie zieht einen Teller mit Apfelspalten dichter heran.

«Wie hat er es getan?», fragt sie schließlich. «Und wo?»

Hans stutzt. «Ich verstehe nicht: Wie hat er was getan?»

«Sie sagten doch, dass mein Vater sich das Leben genommen hat.» Frau Kaiser greift beiläufig zu einem Stück Apfel und beißt ab.

«Das ist ein Missverständnis. Ihr Vater hat sich nicht selbst umgebracht. Er ist getötet worden.»

«Wie bitte?» Vor Schreck ringt die Frau nach Luft, verschluckt sich und beginnt hektisch zu husten.

Hans sieht sich um. Neben der Spüle steht ein Glas mit Wasser, das er wie selbstverständlich holt. Dankbar trinkt sie einen Schluck.

«Er ist getötet worden?» Das Kind erkennt die Veränderung in ihrem Tonfall und fängt an zu weinen. «Pscht, Mariechen, pscht.» Frau Kaiser streichelt dem Mädchen über den Kopf.

«Man hat ihn in der Werkstatt der Evenburg gefunden. Offensichtlich wurde er mit einer Gartenhacke erschlagen.»

Frau Kaiser trinkt einen weiteren Schluck Wasser. Schließlich blickt sie Hans an. «Wieso wurde er getötet? Ich meine, ich habe befürchtet, dass er sich selbst ... aber, dass ...» Ungläubig bewegt sie den Kopf hin und her.

«Warum haben Sie befürchtet, er könnte sich das Leben nehmen?», fragt Hans einfühlsam.

«Er hatte seit knapp zwei Jahren Phasen, in denen er zutiefst traurig war. In denen weder meine Mutter noch ich an ihn herankamen. Es seien seine schwarzen Tage, hat er dann gesagt. Und dass er sie verdient hätte. Weder meine Mutter noch ich wussten, was er damit meinte.» Wieder streicht sie über den Kopf ihres Kindes. «Hier, Mariechen, nimm doch ein Stück vom Apfel. Das ist gesund.» Sie hält dem Mädchen einen Spalt hin. «Nach dem Tod meiner Mutter wurde es noch schlimmer. Die schwarzen Tage häuften sich. Und er begann auch tagsüber zu trinken. Ich habe ihn bekniet, damit aufzuhören. Ich wollte nach meiner Mutter nicht auch noch meinen Vater verlieren, doch es war, als spräche ich gegen eine Wand. Er könne nicht darüber reden, was passiert sei, sagte er einmal und hat meine

Tochter dabei mit solcher Liebe angeschaut, dass es mir fast das Herz gebrochen hat.»

«Haben Sie eine Ahnung, was er gemeint haben könnte?»

«Nein. Aber es kann nichts mit unserer Familie zu tun haben. Mein Mann ist wie ein eigener Sohn für meinen Vater gewesen, und die Ehe meiner Eltern war sehr liebevoll. Er hat immer gesagt, sie bräuchten keine Burg und kein Schloss, um glücklich zu sein. Sie hätten einander und uns drei.» Sie küsst Marie auf den Scheitel.

***

Den Nachmittag verbringt Annemieke mit zwei anderen Schwestern und den Kindern im Park. Erstaunlich, wie schnell Kinder den Alltag vergessen und wieder fröhlich Verstecken und Fangen spielen. Nun ja, sie sind noch recht jung. Alles Erst- oder Zweitklässler, die morgen wieder nach Hause fahren. Vielleicht liegt es daran.

«Tante, da ist schon wieder die Polizei», sagt ein Junge und zeigt zur Evenburg.

Annemieke dreht sich um. Tatsächlich. Hans steigt aus und geht ins Gebäude.

Was das wohl zu bedeuten hat? Sie hat aber keine Zeit, darüber nachzudenken, weil ein Mädchen aufs Knie gefallen ist und laut schreit.

Nach einer halben Stunde kommt Schwester Erika zu ihnen hinaus.

«Ihr sollt in die Küche kommen, der Wachtmeister braucht eure Fingerabdrücke. Annemieke, du gehst als Erste, ihr beiden anderen anschließend. Schließlich können wir die Kinder hier nicht ohne Aufsicht lassen.»

Annemieke staunt nicht schlecht, als sie Hans am Arbeitstisch stehen sieht, auf dem normalerweise Gemüse geputzt, Kartoffeln geschält oder Brotteig geknetet wird.

Stattdessen liegen dort jetzt ein Stempelkissen und einige lose DIN-A4-Blätter. Hans hält Henriettes rechte Hand, nimmt gerade ihren Zeigefinger, drückt ihn aufs Stempelkissen und dann auf eines der Blätter. Das sieht komisch aus. Henriette scheint das allerdings nicht zu amüsieren, was Annemieke ihr ansieht.

«Wieso brauchst du unsere Fingerabdrücke?», fragt sie ihren Großcousin.

«Die brauche ich, um sie mit den Spuren auf der Hacke abzugleichen.»

«Ihr verdächtigt doch wohl nicht einen von uns?», braust Annemieke auf. Dann jedoch fällt ihr ein, wie Helga heute Mittag mit Holger umgegangen ist. Das war richtig gemein. Aber einen Mord würde sie ihr trotzdem nicht zutrauen. Sie schweigt, auch sonst sagt weder Henriette etwas noch Frau Meiberg oder Frau Hagedorn. Letztere ist damit beschäftigt, die Puddingsuppe fürs Abendessen zu kochen. Warum gibt es eigentlich ständig Puddingsuppe, wenn die Kinder sie gar nicht mögen und sich vor der dicken Haut ekeln, die sich darauf bildet? Annemieke nimmt sich vor, Henriette danach zu fragen. Vielleicht kann man den Essensplan ändern.

Inzwischen drückt Hans Henriettes letzten Finger auf das Blatt. «Ich brauche jetzt noch den Namen», sagt er. «Also den Nachnamen. Den Vornamen kenne ich ja schon.» Er wird ein wenig rot, wie Annemieke bemerkt. Ob er sich in Henriette verguckt hat?

«Janssen. Henriette Janssen.»

Sorgfältig schreibt Hans den Namen über die Abdrücke.

Jetzt ist sie dran. «Annemieke Behrens», sagt sie keck und hält Hans die linke Hand hin.

«Pass bloß auf», warnt Hans, «und veräppel mich nicht. Ich mach das hier nicht zum Spaß, das kannst du mir glauben.»

«Tu ich doch auch gar nicht», beschwichtigt Annemieke ihn. «Ich weiß doch, dass du ein guter Polizist bist. Es ist nur: Glaubt ihr im Ernst, dass einer aus dem Heim den Hausmeister getötet hat?» Sie senkt ihre Stimme. «Was ist denn genau passiert? Man erfährt ja nichts. Also jedenfalls keine Einzelheiten. Conradi hält sich total bedeckt und hat nur gesagt, dass Diekhaus brutal ermordet wurde.»

«Sei nicht so neugierig. Ich darf dir nichts sagen», erklärt Hans in normaler Lautstärke, weil die Hauswirtschafterin ihnen schon einen schiefen Blick rübergeschickt hat. «Fertig.» Er schreibt ihren Namen auf das Blatt.

Annemieke betrachtet ratlos ihre Finger. «Wie soll ich das denn wieder abkriegen?»

«Komm man her, ich habe eine prima Handwaschpaste.» Frau Hagedorn reicht ihr eine Tube. «Nimm die, damit werden auch Rote-Bete-Finger sauber, selbst das Klebrige der geschälten Schwarzwurzeln geht ab.»

Trotzdem muss Annemieke eine ganze Weile schrubben, bis die schwarze Farbe wieder runter ist.

* * *

Nachdem Hans alle Fingerabdrücke genommen hat, bittet er Frau Meiberg um ein Gespräch unter vier Augen.

«Was wollen Sie denn noch?», fragt sie unwirsch.

«Ich war bei Frau Kaiser, der Tochter von Herrn Diekhaus», sagt Hans, als sie in der kleinen Kammer sind, die Frau Meiberg als Büro dient. Der Raum hat nur ein kleines Fenster. Ein Regal, das bis oben hin mit Aktenordnern gefüllt ist, nimmt eine Wand ein.

«Ach Gott, die arme Lotte. Nun hat sie in kurzer Zeit beide Eltern verloren.» Frau Meiberg lehnt sich an den Schreibtisch, auf dem sich ein Stifthalter und ein leerer Ablagekorb befinden. Daneben steht eine schwarze Schreibtischlampe.

«Für Frau Kaiser kam der Tod ihres Vaters nicht überraschend. Sie dachte allerdings, er hätte sich das Leben genommen.» Hans beobachtet die Hauswirtschafterin, während er spricht. Betroffenheit breitet sich auf ihrem Gesicht aus. «Sie sagte, er habe schwarze Tage gehabt, so jedenfalls hätte er es bezeichnet. Sie müssten das doch auch mitbekommen haben.»

Frau Meiberg sieht Hans direkt in die Augen. «Natürlich. Nach dem Tod seiner Frau hatte er fast gar keinen guten Tag mehr. Deswegen hat er wahrscheinlich auch so viel getrunken. Es war ein Jammer. Dieser eigentlich so stattliche Mann lief nur noch mit einer Leichenbittermiene herum.»

«Haben Sie eine Ahnung, was dahintersteckt?»

«Na hören Sie mal, dem ist die Frau gestorben. Da soll ein Mann wohl traurig sein. Immerhin hat sie ihn versorgt, seine Wäsche gemacht, sein Essen gekocht, das musste er nun alles allein machen.»

«Das will ich nicht in Abrede stellen», meint Hans, «aber er hatte diese Depressionen ja offensichtlich schon seit zwei Jahren. Seine Tochter sprach davon, dass er sagte, er hätte es verdient, traurig zu sein. Daher dachte ich, dass vielleicht auf der Arbeit etwas vorgefallen ist, das Herrn Diekhaus nachhaltig belastet hat.»

«Ach so meinen Sie das.» Frau Meiberg verschränkt die Arme vor ihrer beeindruckend großen Brust und überlegt. «Tief im

Inneren war er sehr empfindsam. Auch wenn man ihm das nicht auf den ersten Blick angesehen hat. Er nahm es sich zum Beispiel immer sehr zu Herzen, wenn mal was mit den Kindern war. Dabei hatte er da ja eigentlich nichts mit zu tun.»

Hans wirft ihr einen fragenden Blick zu.

«Na, Kinder rennen und stolpern nun mal. Das waren Unfälle, wie sie Kindern nun mal zustoßen. Und wo viele Kinder sind, gibt es viele Unfälle.»

«Unfälle?»

Die Hauswirtschafterin nickt. «Na ja, so kleinere. Vom Baum gesprungen und den Fuß verknackst oder gebrochen, aus dem Etagenbett gefallen, das Knie aufgeschlagen oder den Arm ausgekugelt beim Fangenspielen. Arm- und Beinbrüche, Gehirnerschütterungen, so was eben. Nur einmal ist ein Junge während der Kur gestorben. Das war vor ein, zwei Jahren.»

«Durch einen Unfall? Wurde das bei der Polizei gemeldet?»

«Nein, wieso? Das hängt man ja nicht an die große Glocke. Aber wir müssen eine Liste darüber führen, wem wann was zugestoßen ist. Und Herr Diekhaus war eben sehr sensibel, dieser Bär von einem Mann. Dem ist jeder Unfall zu Herzen gegangen. Aber, wie gesagt, er konnte ja nichts dafür, wenn die Kinder so wild toben.»

«Darf ich die Liste mal sehen?», fragt Hans.

«Natürlich, wir haben nichts zu verbergen. Warten Sie kurz, ich hole sie.»

Frau Meiberg verlässt den Raum und ist gleich darauf mit einem schmalen Ordner zurück. Sie nimmt zwei DIN-A4-Bögen heraus.

«Bitte schön. Das sind die bisherigen Unfälle in diesem Jahr.»

Hans blickt überrascht auf die Liste. «So viele?» Es sind bestimmt über zwanzig.

«Na, hören Sie mal. Wir haben Ende September. Da kommt schon was zusammen.»

«Es ist gar nicht notiert, warum die Unfälle passiert sind. Nur die Verletzungen», stellt Hans fest.

«Das müssen wir nicht melden. Interessiert ja auch keinen. Aber fragen Sie mich nicht warum, mehr weiß ich dazu nicht.»

«Kann ich die Liste mitnehmen?»

Frau Meiberg guckt ihn argwöhnisch an. «Warum?»

«Macht es Ihnen etwas aus?», fragt Hans trocken. «Sie haben doch nichts zu verbergen.»

* * *

Pünktlich zum Abendbrot sitzen alle im Speisesaal. Neben Graubrot und Streichkäse gibt es auch jetzt Schokoladenpuddingsuppe, wieder mit einer festen Haut obendrauf. Nicht gerade verlockend, findet Annemieke. Kannen mit Wasser und Hagebuttentee stehen auf dem Tisch.

Holger will nach der Kanne mit dem Tee greifen, doch Schwester Helga stoppt ihn.

«Nein», zischt sie. «Du trinkst nichts mehr. Letzte Nacht hast du wieder ins Bett gemacht.»

«Bettnässer, Hosenscheißer», ruft daraufhin der Junge, der Holger gegenüber sitzt, und zeigt mit dem Finger auf ihn. Zwei andere fallen in den Chor mit ein. Zu Annemiekes Verwunderung werden sie nicht von Helga zur Ordnung gerufen.

«Aufhören», fährt sie selbst nun die Jungs an. «Das gehört sich nicht. Das macht Holger bestimmt nicht absichtlich.» Dafür erntet Annemieke einen bitterbösen Blick von Helga.

«Halt dich da raus», faucht sie. «Du bist hier nur die Aushilfskraft.»

Nach dem Abendessen, als die Tische im Speisesaal abgewischt sind und das Geschirr gespült ist, bietet sich die Gelegenheit, mit Erika im Stehen eine Tasse Hagebuttentee zu trinken, während sich die Kinder die Zähne putzen. «Warum durfte Holger heute Abend nichts trinken?», fragt Annemieke. «Er hatte doch Durst.»

«Wir wollen keine Bettnässer. Kinder, die in der Nacht ins Bett machen, dürfen nur morgens und mittags trinken, aber nicht am Abend. Sonst halten sie nicht die ganze Nacht durch.»

«Warum gehen sie nicht einfach auf Toilette, was ist so schlimm daran?»

«Sie müssen lernen, die Nacht durchzuschlafen. Schlaf ist gesund. Unterbrochener Schlaf macht krank. Außerdem geht das nicht. Die Türen zum Schlafsaal sind abgeschlossen.»

«Wieso das denn?» Annemieke kann ihr Entsetzen nur schwer verbergen. Langsam fragt sie sich, ob sie hier in einem Gefängnis oder in einem Erholungsheim ist.

«Du stellst Fragen. Wie sollen wir denn nachts zu zweit auf die ganzen Kinder aufpassen, wenn die sich frei bewegen dürfen?»

«Aber dann ist es doch kein Wunder, wenn ein Kind ins Bett macht.»

«Deshalb dürfen sie eben abends nichts trinken. Sie wissen, was sie erwartet, wenn sie einnässen.»

* * *

Wenn sie ehrlich ist, hat Martha heute überhaupt keine Lust auf einen Fernsehabend, andererseits möchte sie gern mit jemandem reden. Zu viel geht ihr durch den Kopf, seit die Dedersen am Nachmittag mit der Nachricht hereingeplatzt ist, dass auch der Hausmeister des Heims getötet wurde. Also isst Martha schnell zwei Scheiben Schwarzbrot mit Butter und Petersilie, bevor sie zu Traudel hinuntergeht, damit sie noch ein wenig reden können, bevor der Film beginnt.

Als Traudel die Tür öffnet, stutzt Martha. Die Haare ihrer Nachbarin sind kürzer und frisch frisiert. Außerdem trägt sie über dem roten Kleid eine weiße Cocktailschürze mit roten Punkten, die Martha noch nie an ihr gesehen hat. Sonst trägt sie meist geblümte Kittelschürzen.

«Warst du beim Friseur?»

Traudel zwinkert ihr zu. «Ich hab den Laden heute früher zugemacht. Wie findest du den neuen Haarschnitt?» Sie fasst sich mit der Hand kokett hinters Ohr, als wolle sie die Außenwelle anheben. Das hat sie sich wohl von einer der Vorführdamen bei der letzten Modenschau im Salon Kesselbrink abgeguckt.

«Dreh dich mal um.» Martha inspiziert den Hinterkopf. «Sieht wirklich gut aus. Vor allem die gelockte Strähne vorne. Musst du die jetzt jeden Tag auf Lockenwickler rollen?»

«Nein, nur nach der Haarwäsche. Aber nun komm endlich rein. Soll ja nicht das ganze Treppenhaus zuhören.» Schnell schließt sie die Tür hinter Martha. Die beiden gehen in die Küche, wo Traudel Käsescheiben auf Pumpernickel legt.

«Hast du schon mitbekommen, dass es noch einen Toten auf der Evenburg gab?», fragt Martha und stibitzt sich ein Häppchen.

«Ist nicht dein Ernst! Schon wieder eine Leiche? Wie schrecklich!» Traudel spießt eine Weintraube mit einem Cocktailpikser auf das runde Brotstück. «Ich kann mir überhaupt keinen Reim auf das alles machen», sagt Martha. «Ob der Diekhaus früher auch in Wehnen gearbeitet hat?»

«Nee, der war schon immer auf der Evenburg. Das weiß ich ganz genau. Der hat da jeden Stein gekannt.»

Bald ist die silberne Platte dicht an dicht mit den Häppchen belegt.

«Das sieht toll aus», sagt Martha anerkennend. «Erwartest du noch mehr Leute zum Fernsehgucken?»

Traudel wird rot, und Martha schaut sie schräg von der Seite an.

«Ja, tatsächlich habe ich Hugo von Mühlbach vorhin im Treppenhaus getroffen und ihn eingeladen, auch zu kommen. Es wird ja schließlich eine interessante Dokumentation gezeigt. Er wusste nicht, ob er es schafft, da er noch ein wichtiges Telefongespräch führen muss.» Traudel trägt die Häppchenplatte ins Wohnzimmer. Auf dem Tisch stehen bereits drei Weingläser.

«Aber warum dann drei Gläser?», fragt Martha belustigt.

«Ich hab gesagt, er kann doch nach dem Telefonat kommen. So was dauert ja nicht ewig. Wir beide würden uns jedenfalls über seine Gesellschaft freuen.»

Martha kann sich ein Schmunzeln über das *wir* nicht verkneifen.

Bevor sie allerdings dazu kommt, ihre Gedanken über die Ermordung des Hausmeisters ausführlich mit Traudel zu besprechen, klingelt es, und ihre Freundin eilt wie ein aufgescheuchtes Huhn zur Tür.

«Herr von Mühlbach, wie schön, dass Sie doch Zeit gefunden haben. Treten Sie ein, Martha ist auch schon da. Ich öffne uns schnell die Flasche Wein», gurrt sie und verschwindet in der Küche, während Hugo von Mühlbach sich zu Martha gesellt.

«Guten Abend, Frau Martha. Ich habe gerade mit meinem Sohn telefoniert.» Sein Gesicht leuchtet, als hätte jemand ein

Licht angeknipst. Kein Vergleich zu heute Morgen. «Maximilian ist von der Idee, nach Bremerhaven zu fahren, begeistert. Bei der Ankunft seines Idols dabei zu sein, ist für ihn das Größte. Stellen Sie sich vor, er will am Dienstag mit dem Zug nach Leer kommen, genau wie Sie es vorgeschlagen haben.»

«Um was geht es denn?» Traudel hat die letzten Sätze aufgeschnappt.

«Frau Martha und ich machen zusammen mit meinem Sohn, ihrer Enkelin und deren Freundin einen Ausflug nach Bremerhaven, um Elvis Presley in Deutschland willkommen zu heißen.»

Für einen Moment entgleiten Traudel die Gesichtszüge, schnell hat sie sich aber wieder gefangen. «Das ist ja eine wundervolle Idee! Ich schließe mich gerne an. Ich liebe Ausflüge.»

Leider muss Martha Traudels Enthusiasmus dämpfen. «Das wär schön, aber Peters Wagen hat nur Platz für fünf Personen und selbst dann ist es schon eng.» Überhaupt muss sie ihren Schwiegersohn erst noch davon überzeugen, dass er ihr den Käfer leiht. Und das wird gar nicht so einfach. Peter hütet die taubenblaue Neuanschaffung wie seinen Augapfel. Jeden Samstagnachmittag wäscht und wachst er das Auto. Kein Dreckspritzer darf auf den Weißwandfelgen sein und kein Fliegendreck auf der Frontscheibe.

***

Als Annemieke gegen zehn Uhr noch einmal den Schlafsaal der Jungen aufschließt, hört sie ein Kind weinen. Sie geht durch die Reihen der eng nebeneinanderstehenden Stockbetten und bleibt bei dem schluchzenden Knaben stehen. Sofort ist er still.

«Was ist denn?», flüstert Annemieke.

«Tante, ich muss mal.»

«Psst, ganz leise, wir gehen zusammen in den Toilettentrakt.»

Schnell schlüpft der Kleine aus dem Bett und folgt ihr barfuß. Auf dem hell erleuchteten Flur greift er nach Annemiekes Hand und zieht sie in Richtung der Toilettenräume.

«Danke», flüstert er. Als sie anschließend zum Saal zurückgehen, treffen sie auf Schwester Helga, die aus dem Mädchentrakt kommt. Sofort erstarrt der Junge und bleibt wie versteinert stehen.

«Was wird denn hier veranstaltet?», zischt Helga bitterböse.

«Der Junge musste mal. Deshalb bin ich mit ihm zur Toilette gegangen. Wir wollen ja nicht, dass er ins Bett macht.» Sie blickt Helga lächelnd in die Augen. «Oder?»

«Nein», presst diese heraus und eilt zur Treppe. Augenblicke später hört Annemieke ihre Schritte eine Etage tiefer.

«Bei Tante Helga dürfen wir nie raus. Und wenn ich ins Bett mache, und die merkt das, duscht die mich und die Bettsachen eiskalt ab, und ich muss die ganze Nacht nackig auf dem Boden im Keller hocken.» Der Junge schaut sie mit großen Augen an. «Zu Hause mache ich nie ins Bett. Großes Indianerehrenwort.»

Oh Gott, was sind das für Zustände! Annemieke streicht dem Knaben über den Kopf. «Ich glaube dir. Wie heißt du denn?»

«Wolfgang. Meine Mutti nennt mich Wolfi.»

«Dann komm, Wolfi, marsch wieder ins warme Bettchen.» Annemieke fasst ihn an die Hand und begleitet ihn zurück in den Schlafsaal. Ob die Eltern wissen, wie ihre Kinder hier behandelt werden? Garantiert nicht. Sonst würden sie die Kleinen nicht herschicken.

—— SAMSTAG ——

Guten Morgen, Tante Martha.» Hans betritt die Heißmangel und zieht schnell die Tür hinter sich zu. Heute herrscht ein frischer Wind. Man kann es nicht leugnen: Der Herbst nähert sich mit Riesenschritten. «Hier, die Zeitung.» Er öffnet seine Ledermappe und nimmt die *Ostfriesische Rundschau* heraus. «Ich hab auch gar keine Zeit, Onnen hat für gleich eine Besprechung angesetzt.» Er will sich schon umdrehen, doch seine Tante hält ihn am Mantel fest.

«Nicht so schnell mit den jungen Pferden. Die ganze Stadt spricht über den toten Hausmeister. Siehst du da einen Zusammenhang mit den beiden anderen Todesfällen?»

Tante Martha nun wieder. Sie fragt absichtlich nach *seiner* Meinung und nicht nach der seines Chefs. Von dem hält sie nicht viel, er ist ihr noch zu sehr in den alten Strukturen verhaftet. Damit hat sie ja nicht unrecht, wenn Hans an die Mappe in Onnens Schreibtisch denkt. Noch immer will er seiner Tante nichts davon sagen, lieber ermittelt er weiter auf eigene Faust, was dahintersteckt. «Wir können nichts ausschließen und denken noch einmal ganz neu», sagt er diplomatisch.

«Es muss doch Blutspritzer gegeben haben, wenn der mit einem Gartenwerkzeug erschlagen wurde.» Tante Martha schaut ihn mit hochgezogenen Augenbrauen an.

«Das stimmt», gibt er zu. «Es gab jede Menge in der Werkstatt.»

«Auf der Kleidung des Täters wird es auch welche geben.»

«Tante Martha, du weißt, ich darf dir nichts sagen.»

«Das ist doch auch kein ‹Sagen›, das sind ganz logische Überlegungen», insistiert Tante Martha. «Schließlich mache ich mir Sorgen um Annemieke, wenn da ein Mörder frei rumläuft.»

«Vielleicht beruhigt es dich, dass ich gestern Fingerabdrücke von allen Beschäftigten genommen habe.»

«Und die Kleidung?»

Jetzt muss Hans sich rausreden. «Ich kann doch nicht von jedem die Klamotten einkassieren. So, nun muss ich weiter. Sonst riskiere ich einen Anranzer von Onnen. Schönen Tag noch.»

Schnell verschwindet er und legt die Strecke zur Polizei auf dem Fahrrad im Eiltempo zurück.

Auch Onnen fragt ihn sofort nach den Kleidungsstücken, als er das Zimmer des Kommissars betritt.

«Die konnte ich nicht mitnehmen», erklärt Hans. «Herr Conradi sagte, er hätte sie sofort ausgezogen und in die Wäscherei gegeben, nachdem er uns benachrichtigt hat. Die Schuhe hat er mit einem Schlauch in der Waschküche abgespritzt. Er wollte schon allein wegen der Kinder nicht mit blutbefleckter Kleidung herumlaufen.»

«Verdammt.» Onnen schlägt mit der flachen Hand auf seinen Schreibtisch. «Wir hätten daran denken müssen, dass er die Gelegenheit genutzt hat, um Beweisstücke verschwinden zu lassen.» Er schaut zu Hans hoch, der vor seinem Schreibtisch steht. «Sie sind doch hoffentlich in der Waschküche gewesen und haben nach seinem Kittel und der Hose gesucht?»

«Selbstverständlich! Aber die Hauswirtschafterin sagte, sie

hätte die Sachen direkt gestern Mittag in die Waschmaschine gesteckt. Eingetrocknete Blutflecken auf weißen Kleidungsstücken seien recht hartnäckig.»

«Nun gut, das ist jetzt nicht zu ändern.» Onnen seufzt vernehmlich. «Dann schauen wir mal, was die Untersuchung der Fingerabdrücke ergibt. Die haben Sie doch mitgebracht?»

«Natürlich. Für jede Person ein extra Blatt mit Namen. Die Kollegen sagten aber, es könne dauern, bis sie die Abdrücke auf der Hacke mit den Proben verglichen haben.»

«Üben wir uns also in Geduld.»

«Die Tochter des Toten hat übrigens mit dem Tod ihres Vaters gerechnet, beziehungsweise befürchtet, er würde sich das Leben nehmen.»

«Is nich wahr.» Verblüfft guckt Onnen Hans an.

«Er sei seit ungefähr zwei Jahren trübsinnig gewesen», sagt sie. «Und die Traurigkeit hätte nach dem Tod ihrer Mutter weiter zugenommen. Ich habe deswegen auch mit der Hauswirtschafterin gesprochen», fährt Hans fort, bevor Onnen ihn unterbrechen kann. «Sie meint, er sei sehr sensibel gewesen und hätte sich jeden kleinen Unfall zu Herzen genommen, der im Erholungsheim passierte.»

«Na, so viele werden es schon nicht gewesen sein.»

«Doch, es sind eine ganze Menge.» Hans zieht die Blätter aus seiner Ledermappe und legt sie vor Onnen auf den Schreibtisch. «Das sind allein die aus diesem Jahr.»

Onnen überfliegt die Liste. «Das ist ja wirklich eine beträchtliche Anzahl.»

«Siebenundzwanzig, um genau zu sein.»

Nachdenklich bewegt Onnen seine Hände, als würde er etwas zwischen den Fingern zerkrümeln. Dann hebt er entschlossen den Kopf. «Nun denn, das erklärt vielleicht, weshalb der Mann depressiv war, aber es war nun mal Mord und kein Freitod. Dementsprechend hat das eine nichts mit dem anderen zu tun.» Schwerfällig erhebt er sich von seinem Schreibtischstuhl, greift zu seiner Zigarettenschachtel und steckt sie in seine Anzugtasche. «Ich bin dann mal weg. Sie haben ja noch genug zu tun.» Er nimmt Hut und Mantel und öffnet die Tür. «Schönen Tag noch.»

* * *

Endlich Wochenende! Zufrieden schließt Martha die Tür des Ladens zur Mittagszeit ab. Es war wieder eine Menge los, und die Wogen schlugen hoch in der Heißmangelstube. Ein dritter Toter auf der Evenburg. Manche sprachen von einem Serienmörder, eine vermutete sogar, es läge ein Fluch auf der Burg.

So verging der Vormittag wie im Flug, auch wenn Traudel heute sehr schmallippig gewesen ist und nicht zur Teepause rübergekommen ist. Was soll's, die kriegt sich schon wieder ein. Martha steigt auf ihr Fahrrad, um zu Edda zu radeln. Sie muss dringend mit ihrem Schwiegersohn reden. Kraftvoll tritt sie in die Pedale und denkt an den Film von gestern Abend. Diese Elly Beinhorn hat wirklich Pfeffer im Hintern. Was die sich als junge Frau alles getraut hat, ist schon unerhört. Bei den Filmaufnahmen mit den Kunstflügen ist Martha ganz schwindelig geworden. Und mit gerade dreiundzwanzig Jahren ganz alleine mit einem Sperrholzflugzeug nach Afrika zu fliegen! Die armen Eltern. Was müssen die um ihr einziges Kind gezittert haben. Aber es ist wunderbar, dass die jungen Frauen immer häufiger die Dinge selbst in die Hand nehmen und ihre Träume verwirklichen. Bei Annemiekes Traum muss

Martha allerdings noch ein klein wenig helfen, das Mädchen hat ja noch keinen Führerschein.

Als Martha den Kolonialwarenladen erreicht, wuchtet ihr Schwiegersohn gerade die Holzkisten mit dem Gemüse in den Laden, die während der Öffnungszeiten vor dem Schaufenster stehen. Genau wie ihre Tochter und Annemieke trägt Peter einen weißen Kittelmantel mit langen Ärmeln. Edda steht hinter der Kasse und zählt die Tageseinnahmen, Annemieke deckt Wurst und Käse in der Kühltheke mit einem Tuch ab. Es duftet nach frisch geröstetem Kaffee und reifen Äpfeln.

«Moin», ruft Martha durch die geöffnete Ladentür, nachdem sie ihr Fahrrad in den Ständer geschoben hat.

Annemieke kommt hinter der Theke vor und nimmt Martha zur Begrüßung in den Arm.

«Das ist ja eine Überraschung», sagt Edda. «Ich bin gleich fertig, will nur eben die letzten Summen notieren, sonst vergess ich die und muss noch mal von vorne mit dem Zählen anfangen.»

«Nur keine Hektik», sagt Martha und wendet sich an Peter. «Ich wollte vor allem mit dir sprechen.» Dabei zwinkert sie Annemieke zu. Ihren Schwiegersohn vor Frau und Tochter zu überrumpeln, erscheint ihr die beste Taktik, um ans Ziel zu kommen.

«Mit mir?» Er stellt den Korb an die Wand. «Nur zu.»

«Du weißt ja, dass ich dich selten um etwas bitte. Und jetzt habe ich gleich zwei Wünsche.»

«Als da wären?» Abwartend blickt Peter sie an.

«Ich würde mir gerne dein Auto für einen Tag leihen.»

«Mein Auto?» Ungläubig sieht er sie an. «Wo willst du denn damit hin?»

«Peter, nun lass meine Mutter doch mal ausreden», fährt

Edda ihm in die Parade. «Außerdem hat sie schon seit Jahren ihren Führerschein. Und ist im Krieg sogar Lastwagen gefahren.»

Peter zuckt ergeben mit den Schultern. «Wann möchtest du den Wagen denn haben?»

«Am Mittwoch.»

In diesem Moment fällt bei Annemieke der Groschen, und ein breites Grinsen zieht über ihr Gesicht.

Peter wirft seiner Tochter einen fragenden Blick zu.

«Was habt ihr zwei denn da zusammen ausgeheckt?»

Annemieke eilt blitzschnell an Marthas Seite. «Heißt das ‹Ja›, Papi?»

«Zunächst einmal möchte ich wissen, was ihr vorhabt.»

In wenigen Worten erzählt Martha von dem geplanten Ausflug nach Bremerhaven. Annemieke zappelt dabei vor Aufregung herum.

Peter schüttelt den Kopf. «Nein, das geht nicht. Du hast am Mittwoch Schule. Du kannst im letzten Schuljahr nicht einfach einen Tag schwänzen.»

«Ach Peter.» Edda schließt geräuschvoll die Kassenschublade. «Das ist nun wirklich etwas ganz Außergewöhnliches. Ich kann verstehen, dass Annemieke dabei sein möchte. Und sie ist ja eine gute Schülerin. Denk doch mal an die Zeit, als wir uns kennengelernt haben. Da war es für dich auch kein Problem, die Schule zu schwänzen, damit wir beide heimlich nach Norddeich fahren konnten.»

Nun ist Martha überrascht. «Da hör ich ja zum ersten Mal von.»

«Eltern müssen nicht immer alles wissen. Und du, Peter, gibst dir jetzt einen Ruck und erlaubst deiner Tochter mitzufahren.»

Einen Moment ringt Peter noch mit sich, dann gibt er nach. «Also gut. Wenn es denn sooo wichtig für euch ist und Herr von Mühlbach euch begleitet, will ich mal nicht so sein. Ihr könnt den Wagen haben.»

«Juhu», juchzt Annemieke, aber ihr Vater hebt den Zeigefinger. «Natürlich müssen wir zunächst eine Probefahrt machen, liebe Schwiegermutter, damit ich dir das Auto erklären kann.»

So schwierig wird ein VW Käfer schon nicht sein, denkt Martha, hält aber den Mund. Nicht, dass Peter es sich noch anders überlegt. «Sehr gern. Von mir aus gleich heute Nachmittag.»

«So machen wir es. Und wenn ich sehe, dass du mit Schaltung, Licht und Scheibenwischern klarkommst, kannst du das Auto am Mittwoch haben.»

«Dann wäre das ja geklärt», sagt Edda pragmatisch. «Mutti, kommst du mit uns nach oben zum Essen? Es gibt Schnippelbohneneintopf.»

«Das hört sich gut an», sagt Martha, und ihr fällt ein Stein vom Herzen. Siehste, klappt doch, sagt sie zu sich selbst.

In der Küche nimmt Annemieke Martha in den Arm und drückt sie ganz fest. «Omili, das hast du ganz schön schlau eingefädelt. Alle Achtung.»

«Für irgendetwas im Leben muss Erfahrung ja gut sein. Und die Reaktionen deines Vaters sind berechenbar. Wie bei den meisten Männern. Wenn man schlau ist, nutzt man das aus, um seinen Willen durchzusetzen.»

Annemieke grient. «Den direkten Weg fände ich aber besser.»

«Vielleicht schafft es ja eure Generation, die Männer zu verändern. Emanzipation ist eine langwierige Sache, das sehen wir am Frauenwahlrecht.» Martha hängt ihre Jacke an die Stuhllehne, Edda zündet die Flamme des Gasherds unter dem Emailletopf an.

Annemieke legt das Besteck auf den Tisch, stellt Gläser und die Wasserkaraffe hin, während Martha auf die Eckbank rutscht. «Und jetzt erzähl mal von gestern auf der Evenburg. Da muss ja wieder jede Menge los gewesen sein. Noch ein Toter ...»

«Ja, das ist furchtbar.» Annemieke setzt sich neben sie. «Wir sind alle ganz schockiert.»

Aufmerksam hört Martha ihrer Enkelin zu und ist hinterher auch nicht schlauer als vorher. «Mir macht das alles Sorgen», sagt sie. «Drei Tote innerhalb so kurzer Zeit. Du solltest nicht weiter auf der Evenburg arbeiten. Nicht, dass dir auch noch was passiert. Edda, was meinst du?»

«Annemieke und ich haben schon darüber gesprochen, dass sie dort aufhört», sagt Edda, während sie den Eintopf umrührt, damit der nicht anbrennt.

«Ach, deswegen habe ich keine Angst. Aber ich werde wirklich nicht mehr dort aushelfen. Die haben Methoden, mit den Kindern umzugehen, die sind einfach furchtbar. Ich habe versucht, Dinge anders zu machen, aber das ist nicht erwünscht. Schwester Erika findet das genauso schlimm wie ich. Sie will auch gehen.»

Aus dem Topf steigt ein verlockender Duft. «Ich hätte nie vermutet, dass man in einem Erholungsheim derartig mit Kindern umgeht», sagt Edda. «So wie Annemieke davon berichtet hat, grenzt das an ein Gefängnis mit frischer Luft beim Ausgang.»

«Das verstehe ich nicht», sagt Martha. «Was machen die denn mit den Kleinen?»

Annemieke beginnt zu erzählen. Vor allem von dem Umgang mit Bettnässern. Mit wachsendem Entsetzen hört Martha zu.

* * *

Auch nach der Mittagspause ist die Arbeit für Hans noch nicht beendet. In den letzten Tagen ist einfach zu viel liegengeblieben. Dabei hat er gehofft, er könnte seinen Eltern heute schon eher auf der Baustelle helfen. Es dauert nicht mehr lang, dann können sie in das neue Häuschen einziehen. Auch Hans zieht mit um, trotzdem spart er schon für eine eigene Wohnung. Aber das hat keine Eile, eine passende Frau hat er ja auch noch nicht. Es ist ja nicht einmal eine Verlobte in Sicht. Vielleicht ist er einfach zu anspruchsvoll. So eine eigenwillige junge Person wie Annemiekes Freundin Lieselotte kommt nicht infrage, obwohl die ihn anhimmelt, das hat Hans durchaus gemerkt. Eher jemand wie Henriette, die weiß, dass man im Leben anpacken muss. Oder wie Fräulein Schneider. Für einen Moment nimmt er die Hände von der Tastatur seiner Schreibmaschine. Fräulein Schneider ist so bescheiden, dabei sanft und nett, hat stets ein offenes Ohr und ist hilfsbereit, sie hat einen Liebreiz, der sein Herz wärmt. Dennoch steht sie auf eigenen Beinen und sucht keinen Mann, der ihr ein Luxusleben finanziert. Was geht ihm heute bloß durch den Kopf! Er schüttelt sich, um sich wieder auf seine Berichte zu konzentrieren. Nur noch den von gestern bei der Fingerabdruck-Abnahme in der Evenburg, dann ist es geschafft.

Auf dem Flur hört er laute Schritte, dann die Stimmen von Onnen und Wollenweber. Sein Vorgesetzter steckt fast im gleichen Moment den Kopf zur Tür herein.

«Wachtmeister Frisch, schnappen Sie sich Ihren Stenoblock und kommen Sie in mein Büro. Doktor Wollenweber hat das Ergebnis der Obduktion für uns.»

So schnell? Da ist Hans aber gespannt. Er nimmt Block und Bleistift und folgt den beiden Herren. Fräulein Schneider ist schon ins Wochenende gegangen, das Vorzimmer ist verwaist. In Onnens Büro sitzt der Arzt am Besprechungstisch. Der schwere Rauch seiner Zigarre hängt in der Luft. Onnen holt zwei Cognacschwenker, schenkt Wollenweber und sich den üblichen Fingerbreit Weinbrand ein und stellt die Gläser auf den Tisch, bevor er sich aus dem Zigarettenkarussell eine Zigarette nimmt und ansteckt.

Hans setzt sich ebenfalls an den runden Tisch.

«Also», beginnt Wollenweber, nachdem er einen Schluck getrunken hat. «Die Angelegenheit lässt mir keine Ruhe. Wenn dieser Todesfall nicht schleunigst aufgeklärt wird, gerät das Kindererholungsheim in Verruf. Das darf nicht passieren, ich sitze schließlich im Aufsichtsrat. Heute hätten eigentlich die neuen Kinder zur Kur ankommen sollen, aber die werden jetzt in den Heimen auf Norderney und Borkum untergebracht. Wir müssen aufpassen, dass die Stiftung das Heim nicht ganz schließt.» Wollenweber stößt einen tiefen Seufzer aus. «Nun zu unserer Leiche: Wie ich ja schon bei der Vor-Ort-Begehung vermutet habe, hatte der Tote Alkohol im Blut, und zwar reichlich. Das nur nebenbei. Der Tod wurde durch einen Schlag mit der Hacke herbeigeführt, wobei die Halsschlagader getroffen wurde. Anhand der Wunde gehe ich davon aus, dass das Werkzeug noch in seinem Hals steckte, als er hinfiel. Erst als er auf dem Boden lag, wurde die Hacke herausgezogen. Diekhaus hatte keine Chance.»

Fleißig stenografiert Hans alles mit. Jetzt jedoch hält er inne.

«Ich frage mich, warum der Täter die Hacke nicht einfach mitgenommen und entsorgt hat.»

«Gute Frage», sagt Onnen, «doch diese Hacke ist nicht gerade klein. Die kann man nicht eben so in der Kitteltasche verschwinden lassen.»

Da hat der Kommissar recht.

«Vielleicht musste der Täter schnell verschwinden, bevor er die Gelegenheit hatte, die Hacke zu beseitigen», meint Hans. «Das spricht allerdings gegen Herrn Conradi als Täter. Er hätte die Tatwaffe verschwinden lassen können, bevor er uns verständigt hat.»

Nachdenkliches Schweigen hängt zusammen mit dem Zigarren- und Zigarettenqualm über dem Tisch.

Es klopft an der Tür.

«Herein», ruft Onnen, sichtlich froh über die Unterbrechung.

Die gepolsterte Tür wird geöffnet, herein tritt ein Kollege.

«Moin zusammen. Darf ich kurz stören?»

«Wir sind in einer Besprechung, wie Sie sehen können», versetzt Onnen. «Was ist denn so wichtig?»

«Also, wir haben uns die Hacke vorgenommen», fängt der Kollege leicht eingeschüchtert an, «und ich wollte einen kurzen Zwischenstand geben. Auf dem Stiel sind mehrere überlappende Fingerabdrücke. Wir sind dabei, sie abzugleichen, aber das ist nicht so leicht. Was wir allerdings schon jetzt sagen können, ist, dass es nicht nur Abdrücke von Erwachsenen gibt. Wir konnten eindeutig welche von einem Kind sicherstellen.»

* * *

Der letzte Bericht ist geschrieben, und Hans kann endlich ins Wochenende gehen.

Bevor er aber nach Hause radelt, um sich für die Arbeit auf der Baustelle umzuziehen, will er etwas anderes erledigen. Heute Nacht hatte er nämlich eine zündende Idee. Die hilft zwar nicht bei der aktuellen Mordermittlung, aber Hans beschäftigt ja auch ein anderer offener Fall, über den er im Moment noch mit niemandem reden kann. Erst will er schauen, ob er mehr herausfindet. Ganz stiekum. Da der einzige Zeuge des tödlichen Unfalls von Onkel Hermann nicht mehr reden kann, muss Hans sich eben um den cremeweißen Borgward kümmern, der den Unfall vor vier Jahren verursacht hat. Das ist ein auffälliges Fahrzeug. Garantiert wird sich jemand daran erinnern. Hans hat lange überlegt, wer ihm in der Sache weiterhelfen könnte. Und da ist ihm die Tankstelle eingefallen. Schließlich befüllt sich ein Auto nicht von allein mit Benzin. Also stattet er der Tankstelle in der Friesenstraße einen Besuch ab. In Uniform macht er schließlich mehr her als in Freizeitkleidung.

Er stellt sein Fahrrad vor dem verglasten Anbau am Wohnhaus ab und sucht den Besitzer. Ein junger Mann tritt aus dem Gebäude.

«Moin. Ich würde gerne Herrn Onken sprechen», sagt Hans forsch.

«Der ist nicht da. Worum geht es denn?»

Einen Versuch ist es zumindest wert. «Es geht um einen Borgward, der vor vier Jahren in einen Unfall verwickelt war.»

«Tut mir leid. Da kann ich Ihnen nicht helfen. Ich arbeite erst seit zwei Jahren hier.»

«Wann kann ich Ihren Chef denn wieder hier erreichen?»

«Montag. Der lässt mich malochen und macht sich ein schönes Wochenende. Aber ich hab auch nicht mehr lang. Um vier kann ich den Laden zumachen.»

Schade. «Na, dann muss ich eben bis Montag warten.» Hans will schon gehen, als dem jungen Mann noch eine Idee kommt.

«Warten Sie, wenden Sie sich doch an Herrn Groenewald. Der ist Borgward-Vertragshändler.»

Hans fasst sich mit der Hand an die Stirn. «Stimmt. Da hätte ich auch von alleine drauf kommen können. Danke für den Tipp.» Schon schnappt er sich sein Fahrrad und radelt los. Vielleicht hat er Glück und trifft noch jemanden an.

* * *

Obwohl Edda Marthas Fahrtüchtigkeit in höchsten Tönen gelobt hat, sitzt Annemieke nun doch mit bangem Herzen am Wohnzimmertisch und macht ihre Mathematikaufgaben. Hoffentlich geht alles gut auf der Probefahrt.

Die Zeit dehnt sich wie Kaugummi, immer wieder steht Annemieke auf und schaut aus dem Fenster. Endlich sieht sie den taubenblauen Käfer um die Ecke biegen. Martha parkt direkt vor dem Geschäft und steigt aus. Schnell rennt Annemieke hinunter.

«Und, hat alles geklappt, Omili?», ruft sie außer Atem.

«Fahrprüfung bestanden», antwortet ihr Vater lachend, und Annemieke könnte Sonne und Mond auf einmal umarmen. Als Erstes ist ihr Vater dran und dann ihre Oma.

Bald darauf sind die Hausaufgaben erledigt und Annemieke macht sich mit dem Fahrrad auf den Weg zu Lieselotte. Die wird staunen. Es dauert nicht lange und sie erreicht die imposante Villa am Rand des Julianenparks. Annemieke bedient die Glocke neben der mit Schnitzereien verzierten Eichentür.

«Guten Tag», grüßt sie, als Dora Lürssen die Tür öffnet, und macht wie immer einen Knicks, um sich keinen missbilligenden Blick einzufangen.

«Guten Tag. Sie kennen ja den Weg.» Frau Lürssen ist heute kurz angebunden.

Annemieke eilt zur Treppe, die in leicht geschwungenem Bogen nach oben führt. Hinter der letzten Treppenstufe liegt der weiße Königspudel, streckt alle viere von sich und versperrt ihr den Weg.

«King, geh mal zur Seite», sagt Annemieke, doch der Hund dreht sich nur auf den Rücken und reckt Vorder- und Hinterläufe in die Luft.

«Platz, King!» Das Kommando kommt von Lieselotte, die in der geöffneten Zimmertür steht. Sofort springt der Königspudel auf, schüttelt sich und trottet zu Lieselotte, die ihm den Kopf krault. «Braver Hund.»

«Ich habe tolle Neuigkeiten!» Annemieke strahlt übers ganze Gesicht.

«Sag nicht, wir können nach Bremerhaven fahren!»

«Doch!» Annemieke folgt Lieselotte in das geräumige Zimmer, lässt sich in einen der beiden Cocktailsessel fallen und gibt mit den Füßen Anschwung für eine schnelle Drehung.

Ihre Freundin klatscht in die Hände und juchzt auf. «Das wird ein Festtag, sag ich dir. Da werden wir noch unseren Enkelkindern von erzählen.» Sie schmeißt sich auf den anderen Cocktailsessel, gibt Schwung und dreht sich einmal im Kreis. «Jetzt müssen wir nur noch überlegen, wie wir hinkommen.»

«Das hat Omili geklärt», sagt Annemieke mit Stolz und erzählt, wie ihre Oma ihren Vater um den Finger gewickelt hat.

«Das ist ja klasse! Ich hab nämlich auch schon überlegt, wie wir das deichseln sollen. Nur dass wir jetzt noch den Nachbarn deiner Oma und diesen Milchbubi mit an den Hacken haben ...»

«Vielleicht ist der ja ganz nett. Er ist genauso alt wie wir und wohnt immerhin in einer Großstadt.»

«Deswegen sag ich ja Milchbubi. Guck dir doch die Jungs an, mit denen wir konfirmiert worden sind. Picklige Gesichter und eine große Klappe.»

Annemieke kann sich ein Lachen nicht verkneifen. «Na, wir werden die Fahrt mit ihm schon überstehen. Hauptsache, wir kommen nach Bremerhaven.» Sie deutet auf das *Bravo*-Poster von Elvis über Lieselottes Bett. «Das könnten wir auf Pappe kleben und daraus ein Schild basteln. Was meinst du?»

«Nee, das bleibt da hängen. Ich geb Elvis jeden Abend einen Gutenachtkuss.» Lieselotte springt auf und stellt den Koffer-Plattenspieler an, auf dem eine Single liegt. Kaum sitzt die Nadel auf dem schwarzen Vinyl, fluten die ersten Takte von «Tutti Frutti» das Zimmer. Lieselotte greift nach Annemiekes Händen und startet mit ihr einen wilden Tanz. «Wir fahren zu Elvis, wir fahren zu Elvis», kreischt sie, und King bellt dazu.

«Was soll denn der Radau?», donnert eine tiefe Männerstimme vom Flur. «Hat man in diesem Haus nie seine Ruhe?»

«King, aus!», ruft Lieselotte, dreht die Lautstärke runter, und auch der Hund ist still. «Ist ja schon gut», sagt sie leise und verzieht das Gesicht. «Mein Stiefvater hat zurzeit ständig schlechte Laune. Das ist nicht auszuhalten mit dem. Wenn es nach ihm ginge, müssten wir barfuß und auf Zehenspitzen durchs Haus gehen.»

«Wieso das denn?», fragt Annemieke und lässt sich auf den Sessel plumpsen.

«Meine Mutter und er liegen im Dauerstreit, seit sie mit Sybille Kesselbrink die Modefirma gegründet hat. Jetzt wollen sie auch noch die Stückzahl ihrer Kollektion vergrößern. Das passt ihm überhaupt nicht. Letzte Woche war Mutti mit Sybille in Hamburg und hat dort Werner Otto getroffen. Du weißt schon: Otto Versand Hamburg.» Lieselotte trällert die bekannte Werbemelodie. «Sie sind in Verhandlungen, ihre Kleiderkollektion in den Katalog aufzunehmen. Seitdem ist mein Stiefvater ungenießbar. Gut, dass ich bald mit der Schule fertig bin. Dann gehe ich nach München zur Modeschule, und der kann mich mal.»

Annemieke bewundert ihre Freundin für deren klare Berufsvorstellungen. Mit der neuen Modelinie ihrer Mutter, deren Freundin im Rücken und dem finanziellen Hintergrund der Familie ist das natürlich leicht umsetzbar. Dagegen stoßen Annemiekes Vorstellungen eines Jurastudiums bei ihrem Vater auf gehörigen Widerstand, will er doch, dass sie später den Kolonialwarenladen übernimmt. Aber über dieses Thema möchte sie gerade nicht nachdenken. Heute ist ein Tag zum Feiern und Freuen.

«Was ziehen wir uns eigentlich an? Das ist doch die entscheidende Frage. Stell dir vor, wir kommen ganz dicht an ihn ran und können mit ihm reden.» Wieder dreht sich Lieselotte im Sessel. «Ich glaub, ich kann heute Nacht nicht schlafen.»

* * *

Nach der Probefahrt mit Peter radelt Martha zu ihrem Kleingarten, um nach dem Rechten zu sehen. Der Geruch von Warsings Honigkuchen liegt in der Luft. Sie sollte sich mal wieder eine Tüte Bruchkekse aus der Fabrik holen, so wie früher, als Edda noch klein gewesen ist, denkt sie, während sie die Bohnen erntet. Und später hatte Edda es faustdick hinter den Ohren. Vom Schuleschwänzen hat Martha damals gar nichts mitbekommen. Da kann man mal sehen ... Auf jeden Fall hat sie das vorhin schlau eingefädelt. Peter konnte gar nicht anders, als Annemieke die Erlaubnis zu geben, nach Bremerhaven zu fahren.

Ja, im Umgang mit Menschen macht ihr so leicht niemand etwas vor. Deshalb gehen ihr auch die Todesfälle auf der Evenburg nicht aus dem Kopf. Sie hat Zweifel, ob Kommissar Onnen mit seinen Theorien tatsächlich richtig liegt. Eine Frau lässt sich kein neues Gebiss machen und bringt sich dann um. Onnen hat einfach keine Ahnung von Frauen. Und er gibt sich bestimmt keine Mühe, herauszufinden, ob alle drei Todesfälle miteinander in Verbindung stehen. Zum Glück lässt sich Hans nicht so schnell von ihm einwickeln. Er wird die Augen offen halten und seine eigenen Schlüsse ziehen. Und er wird seinen Vorgesetzten mit seinen Schlussfolgerungen konfrontieren. Das ist ein schönes und auch beruhigendes Gefühl. Hermann wäre sehr stolz auf seinen Neffen.

Zu Hause angekommen, stellt sie die Bohnen auf dem Balkon ab und macht sich wie versprochen mit Kartoffelsalat und Frikadellen auf dem Gepäckträger in Richtung Neubaugebiet auf. Sie hat dem jüngeren Bruder ihres verstorbenen Mannes schon länger keinen Besuch mehr abgestattet und ist neugierig, wie weit der Bau fortgeschritten ist.

Am Schotterweg mit den Schlaglöchern steigt sie ab und schiebt die letzten hundert Meter. Überall hört man Hämmern und Sägen. Mörtel wird auf Ziegelsteine gestrichen, während sich anderswo der Betonmischer dreht. Dazu Gelächter und das Gedudel von Radiomusik.

Schon von Weitem entdeckt sie Hans, der gerade einen Wassereimer zum Haus trägt.

«Tante Martha! Du kommst gerade richtig. Ich hab ordentlich Kohldampf.»

«Na, dann stell den Eimer ab. Ich bin richtig gespannt, wie weit ihr mittlerweile seid.»

«Am besten, du überzeugst dich selbst davon. Letzte Woche wurden die Türen und Fenster eingesetzt. Und in der oberen Etage und im Wohnzimmer können wir heute tapezieren.» Zusammen gehen sie hinein. Es riecht nach Tapetenkleister. Ihre Schwägerin streicht gerade eine Tapetenbahn mit Kleister ein, ihr Neffe Helmut steht auf der Leiter und klebt eine Bahn an die Wand. Der älteste Sohn von Josefine und Ernst hat nach dem Krieg eine Lehre auf der Jansen-Werft absolviert und ist dort mittlerweile zum Vorarbeiter bei den Schiffsreparaturen aufgestiegen. Er wohnt mit seiner Frau in einer Zweizimmerwohnung unweit des Marktplatzes.

Martha umarmt Josefine zur Begrüßung. «Moin. Wie versprochen bringe ich die Pausenverpflegung. Wo soll ich das hinstellen?»

«Am besten in die Küche.» Josefine streicht sich mit der Hand über ihr Kopftuch, an der Kittelschürze klebt Tapetenkleister. «Du kommst grad richtig. Wir können die Pause gut gebrauchen.»

Hans führt Martha in den hellen Raum, das Fenster der künftigen Küche geht zur Straße raus. An der Wand steht ein Campingtisch, darauf befinden sich Flaschen mit Wasser, Saft und einige Gläser. Martha stellt die Schüsseln mit Kartoffelsalat und Frikadellen neben die Pappteller. Auch eine Tube Senf legt sie dazu.

«Komm doch noch eben mit ins Obergeschoss, Tante Martha», sagt Hans. «Dann kannst du sehen, wie weit wir schon sind. Ich helfe Papa, die zugeschnittenen Bahnen an die Wand zu kleben, Helmut hilft Mama ja unten.»

Sie folgt ihm über die Betontreppe nach oben. Ihr Schwager Ernst steht vor dem Tapeziertisch und verteilt den Kleister mit dem Wischer auf der Tapetenbahn. Gekonnt sieht das noch nicht aus, aber Übung macht den Meister. Ernst hat vor dem Krieg in der Tabakfabrik gearbeitet und war froh, danach bei der Bundesbahn als Rangierer unterzukommen, auch wenn er im Staatsdienst nicht so viel Geld verdient wie in der Fabrik. Dafür hat er aber die Freifahrten und einen sicheren Arbeitsplatz.

«Wer will fleißige Handwerker sehn», trällert Martha zur Begrüßung, und Ernst grient.

«Nun mach dich mal nicht lustig über uns», sagt er. «Wir geben unser Bestes.»

Martha lacht. «Ist eben noch kein Meister vom Himmel gefallen. Ich hab Kartoffelsalat und Frikadellen mitgebracht. Bestimmt hast du ordentlich Hunger.»

«Und wie.» Ernst legt die Tapetenbahn so zusammen, dass er sie nachher einfach an der Wand befestigen und «ausrollen» kann, dann hängt er den Wischer an den Kleisterkübel.

«Ich zeig Tante Martha noch eben die beiden anderen Räume und das Bad», sagt Hans, während sein Vater schon hinunter geht. «Fünfzig Quadratmeter gibt es auf jeder Etage», erklärt Hans nicht zum ersten Mal, und Martha merkt, wie stolz er auf das Neubauprojekt ist.

Wenig später sitzen alle auf Flaschenkisten oder Klappstühlen, jeder einen Teller mit Kartoffelsalat und Frikadelle vor sich. Martha hat sich neben Hans gesetzt. «Sag mal», sie tunkt die

Frikadelle in den Senf, «gibt es was Neues bei euren Ermittlungen? Der dritte Tote wirft ja nun alles über den Haufen, was Onnen sich zurechtgelegt hat.»

«So ist es.» Hans nimmt sich noch einen Schlag Kartoffelsalat. «Ich frage mich die ganze Zeit, ob der Hausmeister vielleicht früher auch in Wehnen gearbeitet hat und ob das verbindende Glied der Todesfälle in der Vergangenheit liegt.»

«Das ist unwahrscheinlich. Der Diekhaus hat schon Anfang der Dreißigerjahre in der Evenburg als Hausmeister gearbeitet, im Krieg ist er Soldat gewesen, und nach der Gefangenschaft kam er wieder zurück auf die Evenburg.»

«Bist du sicher?»

«Traudel ist sich jedenfalls ganz sicher. Ich habe übrigens bei ihr im Laden die Frau von dem Bessner getroffen, der auf der Liste stand. Du weißt schon, welche ich meine.» Sie wirft Hans einen verschwörerischen Blick zu. «Sie und ihr Mann sind vor vier Monaten nach Leer gezogen und haben immer noch eine Mordswut auf Hartnagel. Vielleicht solltest du die mal genauer unter die Lupe nehmen.»

Hans schüttelt den Kopf. «Da wird nichts draus. Onnen will davon nichts wissen. Er hat mir strikt untersagt, weiter in dieser Richtung zu ermitteln.»

«Und daran hältst du dich natürlich», sagt Martha provozierend.

«Was soll ich denn machen. Er ist nun mal mein Vorgesetzter.»

«Dein Onkel hätte sich das nicht sagen lassen», rutscht es Martha heraus und bedauert es im gleichen Moment.

«Jetzt hört aber mal auf, über Mord und Totschlag zu reden.» Josefine reicht den Männern Bierflaschen, während sie Martha und sich eine Tasse Tee einschenkt. «Lasst uns lie ber über was anderes reden. Gibt es denn sonst keine Neuigkeiten?»

«Doch», sagt Helmut. «Habt ihr schon das neue Auto vom Direktor der Schreibmaschinenfabrik gesehen? Ein Borgward Isabella mit 75 PS. Ein Traum in Rot.» Er schwärmt geradezu. Martha weiß, dass Helmut jeden Groschen zur Seite legt, um sich möglichst bald ein eigenes Auto kaufen zu können. Er liebäugelt mit einer Isetta.

«Sag mal», fragt Hans seinen älteren Bruder, «wenn du diese Autos so bewunderst, kannst du mir bestimmt sagen, wer vor vier Jahren einen cremeweißen Borgward Hansa fuhr.»

«Wie kommst du denn jetzt darauf? Aber lass mich mal kurz überlegen.» Helmut nimmt einen ordentlichen Schluck aus der Bierflasche. «Es gab zwei davon. Einer gehörte dem Direktor von Libby's Milch und der andere der Baronin Osternburg.»

«Stimmt», sagt Martha nachdenklich. «Die Baronin ist immer mit diesem hellen Coupé durch die Gegend gegondelt, als wäre sie die Kaiserin von Persien.» Sie wirft Hans einen fragenden Blick zu, und er fühlt sich ertappt.

***

Endlich ist auch auf der Baustelle Feierabend. Bevor Hans jedoch nach Hause fährt und sich für den Abend im Tanzschuppen frisch macht, radelt er zu seiner Tante. Ihr Blick heute Mittag lässt ihm keine Ruhe. Wahrscheinlich hat sie ihn längst durchschaut. Warum sonst sollte er sich für einen Wagen interessieren, den jemand vor vier Jahren gefahren hat, genau zu der Zeit, als Onkel Hermann den tödlichen Unfall hatte. Besser, er bringt das Gespräch mit Tante Martha jetzt hinter sich, als wenn sie ihm Montagmorgen auf den Zahn fühlt.

Sie ist zu Hause, der Abendbrottisch gedeckt, auch wenn sie keinen Besuch erwartet und Karl übers Wochenende zu seinen Eltern gefahren ist.

«Trinkst du eine Tasse Tee mit?»

«Gerne.»

«Magst du auch eine Scheibe Brot? Ist genügend da.»

«Danke, nein. Ich hab vorhin noch einen Schlag von deinem leckeren Kartoffelsalat verputzt.» Hans setzt sich auf die Eckbank und legt seine Schiebermütze neben sich. Durch die offen stehende Balkontür hört man das Zwitschern von Vögeln und das Lachen der Kinder, die auf dem Hof Ball spielen.

«Schieß schon los», sagt Tante Martha, während sie ihm Tee einschenkt. «Weshalb hast du nach dem Borgward gefragt? Das hängt doch mit Hermanns Tod zusammen. Stimmt's?»

«Du hast mich ertappt.» In knappen Worten erzählt er ihr, wie er auf die Akte von Hermanns Unfall gestoßen ist. «Es gab damals tatsächlich einen Zeugen. Aber der lebt nicht mehr. Vielleicht ist der Wagen ja ein Anhaltspunkt. Was meinst du: Soll ich die Angelegenheit weiterverfolgen, oder die Sache lieber ruhen lassen?»

Tante Martha blickt auf den Tisch, dann massiert sie mit der einen Hand den Daumen der anderen. Hans hört sie laut ein- und ausatmen. Endlich hebt sie den Kopf. «Ich denke, es wäre für mich gut zu wissen, wer das damals gewesen ist. Wer Hermann überfahren und liegen gelassen hat. Ich gebe ganz offen zu, deine Frage heute Mittag hat alles in mir wieder nach oben gespült. Vor allem, weil ich nun weiß, was für ein Auto es gewesen ist. Bis gestern war es einfach nur irgendeines. Eines der vielen, die durch die Gegend fahren. Nicht greifbar. Unsichtbar in der Menge. Irgendein feiges Schwein – entschuldige diesen Ausdruck –, das sich vor der Verantwortung gedrückt hat. Damit habe ich mich irgendwann abgefunden. Abfinden müssen. Nun aber sehe ich das Gesicht von Baronin Osternburg vor mir.»

Hans schluckt. So ein Mist. Da hat er durch diese hingeworfene Frage Tante Marthas Leid wieder entfacht, mehr noch, sie glaubt sogar zu wissen, wer am Steuer gesessen hat. «Wir wissen nicht zweifelsfrei, wem das Auto gehörte, Tante Martha. Das ist nur eine Vermutung. Und es gab bestimmt mehr als die beiden, die Helmut erwähnt hat.»

«Sicher. Aber ich kann nichts dagegen machen. Ich hab die Baronin schließlich oft genug mit dem Wagen herumjuckeln sehen. Jedes Mal, wenn Heinz und Joachim Geburtstag hatten oder eine andere Festivität bei meiner Schwester und meinem Schwager stattfand, kam sie, ganz die große Dame, mit ihrem cremefarbenen Coupé angerauscht. Sie ist ja die Patentante der beiden.»

«Ich weiß. Trotzdem können wir nicht beweisen, dass sie es war», sagt Hans unbehaglich, fügt aber schnell hinzu: «Zumindest noch nicht.»

«Und dann? Was ist, wenn du herausfindest, dass sie es wirklich war? Einfach weitergefahren ist, nachdem sie Hermann umgefahren hat? Wird sie dann angeklagt nach all diesen Jahren? Oder kommt sie einfach so davon? Verjährt Unfallflucht eigentlich?»

«Ich weiß es nicht», gesteht Hans und fühlt sich sehr unwohl. Hätte er seinen Bruder bloß nicht nach den Autos gefragt. Er hätte damit warten sollen, bis Tante Martha weg war. «Aber ich werde es herausfinden. Und wo du gerade Unfall sagst, weißt du etwas über die Unfälle im Kindererholungsheim?»

Verblüfft blickt Tante Martha ihn an. «Was denn für Unfälle?»

«Es gab da wohl etliche Vorfälle. Meist kleinere Verletzungen. Brüche, Beulen und so. Aber vor anderthalb Jahren ist ein Kind auf der Evenburg gestorben.»

Mit offenem Mund schaut seine Tante ihn an. «Ein Kind ist zu Tode gekommen? Nein, davon hab ich nichts gewusst.»

— SONNTAG —

In der Nacht hat Martha schlecht geschlafen. Sie war zu aufgewühlt. Auch wenn Hans es nicht explizit gesagt hat, ahnt sie, dass Onnen derjenige ist, der die Zeugenaussage zu Hermanns Unfall unter den Teppich gekehrt hat. Und sie glaubt auch zu wissen, weshalb. Der Kommissar hat doch so danach gegiert, in den erlauchten Kreis um die Baronin aufgenommen zu werden. Und dann hat er es geschafft. Ihr ist immer noch ganz schlecht bei dem Gedanken daran, dass Hermanns ehemaliger Kollege die Gerechtigkeit zu seinem eigenen Vorteil ausgehebelt hat. Die Wut, die sie empfindet, wächst und drückt auf ihren Magen. Besser, sie steht auf, vielleicht wird sie dann ruhiger. Also schlägt sie die schwere Federbettdecke zurück, lässt das dunkle Rollo hochschnellen und öffnet das Fenster. Tief atmet sie die frische Luft ein. Über den Eichen am Ende des Grundstücks jagen zwei Krähen einen Sperber.

Unentschlossen stützt Martha sich auf der Fensterbank ab, was sonst gar nicht ihre Art ist. Schließlich gibt sie sich einen Ruck, geht in die Küche und setzt Teewasser auf. Schade, dass Karl nicht da ist, um ihr beim Frühstück Gesellschaft zu leisten. Gern hätte sie mit ihm über die Dinge gesprochen, die ihr durch den Kopf gehen.

Nach der zweiten Tasse Tee spürt Martha wieder frische Energie. Sie zieht ihr dunkelblaues Sonntagskleid an und bindet einen farbenfrohen Schal um. Vielleicht bringt der Gottesdienst sie auf andere Gedanken, sie war schon lange nicht mehr dort. Als sie das Haus verlässt, hört sie das Bimmeln der Großen Kirche in der Altstadt und sputet sich. Hermann hat nicht mehr erlebt, dass die beiden im Krieg für Rüstungsgüter eingeschmolzenen Glocken ersetzt worden sind und ihr dreistimmiges Geläut nun wieder zum Kirchgang ruft.

Sie nimmt die Abkürzung durch den Wilhelminengang. Eng an eng stehen die Ziegelhäuser nebeneinander. Martha hält sich die Nase zu und atmet so flach wie möglich. Aus dem Haus der Flaschenwäscherei strömt auch am Sonntag der säuerliche Geruch der Reinigungsmittel, fast so, als wäre er fester Bestandteil des Gemäuers. Erst vorm Rathaus atmet sie wieder tief ein und beschleunigt ihren Schritt.

Als sie den barocken Kirchenbau betritt, entdeckt sie Traudel in einer der mittleren Reihen. Neben ihr ist noch Platz. Traudel nickt ihr zu, als sie sich setzt, schaut dann aber wieder stur geradeaus zum Altar.

«Bist du immer noch sauer, weil ich mit von Mühlbach und den Kindern nach Bremerhaven fahre?»

«Ich bin überhaupt nicht sauer. Wie kommst du denn darauf?», sagt Traudel schnippisch, um dann in gedämpftem Tonfall hinzuzufügen: «Ich hab mich vorgestern nur sehr ausgegrenzt gefühlt.»

Martha legt ihre Hand auf Traudels Arm. «Das tut mir leid. Ich habe versucht, Annemieke und Herrn von Mühlbach zu helfen. Und war eigentlich ganz stolz auf mich, dass ich das so prima eingefädelt hab. Außerdem habe ich nicht einen Moment vermutet, dass dich dieser Elvis Presley interessieren könnte.»

«Tut er auch nicht.» Traudels Mundwinkel zucken. «Mich interessiert jemand ganz anderes.»

Martha grient. «Ich weiß. Aber im Auto ist nur Platz für fünf. Und wir hätten Annemieke ja schlecht ohne ihre Freundin mitnehmen können. Das wäre Herrn von Mühlbach sicher aufgefallen.»

«Hast du auch wieder recht. Außerdem hätte *er* mich ja auch fragen können, ob ich mitmöchte.» Sie seufzt. «Aber wenn es sowieso keinen Platz für mich gibt ...»

Martha drückt Traudels Hand. «Dann ist alles wieder gut zwischen uns?»

Traudel nickt, und in diesem Moment erklingen die ersten Töne der Orgel. Martha ist erleichtert. Ihre Nachbarin ist schließlich auch ihre beste Freundin. Misstöne zwischen ihnen erträgt sie nicht. Es gibt schon genug andere Probleme.

Als wüsste der Pastor, was sie beschäftigt, sagt er mit ernster, volltönender Stimme: «Ich möchte euch heute an die Bergpredigt erinnern. Dort mahnt Jesus Matthäus: Ihr habt gehört, dass den Alten gesagt ist: ‹Auge um Auge, Zahn um Zahn.› Ich aber sage euch: Leistet dem, der euch etwas Böses antut, keinen Widerstand, sondern wenn dich einer auf die rechte Wange schlägt, dann halt ihm auch die andere hin.»

Ha. Wenn das so einfach wäre. Nein, man darf sich nicht alles gefallen lassen. Man muss sich auch wehren. Sonst geht man unter. Martha versucht, sich auf den Gottesdienst zu konzentrieren, aber erst beim Vaterunser ist sie wieder voll und ganz dabei. Allerdings bleibt sie wie stets bei der Zeile hängen: «... und vergib uns unsere Schuld, wie auch wir vergeben unseren Schuldigern.» Könnte sie Baronin Osternburg tatsächlich verzeihen, wenn sich herausstellt, dass sie es gewesen ist, die damals die Fahrerflucht begangen hat? Und welche Rolle spielte dabei ihr Schwager, der Richter? Und welche Onnen? Kaum stellt sie sich eine Frage, taucht schon die nächste auf.

Sie ist immer noch ganz in ihre Gedanken versunken, als die Orgel zum Abschluss spielt und sich das Kirchenportal öffnet. Gemeinsam mit Traudel reiht sie sich in den Strom der Gläubigen ein und geht durch den Mittelgang des Kirchenschiffs hinaus.

«Kommst du noch mit ins Gemeindehaus auf einen Tee?», fragt Traudel.

«Warum nicht. Das Unkraut im Schrebergarten läuft mir nicht weg, und ein paar Kekse kann ich gut vertragen, ich habe heute Morgen nicht gefrühstückt.»

«Kein Frühstück?», fragt Traudel. «Was ist dir denn auf den Magen geschlagen?»

«Ach, da möchte ich jetzt nicht drüber reden. Lass uns man reingehen und hören, was getratscht wird.» Martha hakt Traudel unter, und gemeinsam betreten sie das Gemeindehaus.

Hinter aneinandergereihten Tischen, die als Ausgabestelle dienen, stehen Annemieke und Lieselotte und füllen Tee und Kaffee in die Tassen. Teller mit Keksen stehen bereits auf den Tischen, die nett mit Servietten und kleinen Vasen mit lila Zwergastern dekoriert sind.

Martha stellt sich mit Traudel an.

«Moin, Martha.» Eine kräftige Frau mit Doppelkinn tippt ihr von hinten auf die Schulter. «Lang nicht gesehen und trotzdem wiedererkannt.»

Martha dreht sich um. «Elsje? Das ist ja wirklich eine Ewigkeit her. Wie geht es dir? Was machst du so? Wohnst du wieder in Leer?»

«Jo. War zwischendurch in Emden, bin aber wieder zurückgekommen, als meine Eltern nicht mehr alleine klarkamen. Arbeite als Köchin auf der Evenburg. Da kommste aber zu nüscht. Die Tage sind lang. Da is nich mal Zeit, regelmäßig inne Kirche zu gehen. Aber jetzt ist bloß noch die Hälfte der Kinder da. Kommen keine neuen, weil ja die Düster und der Hartnagel nich mehr da sind. Fehlt Personal. Da kann ich auch mal raus.»

Als das Wort Evenburg fällt, schaltet Martha sofort. «Ja, das ist schrecklich, was bei euch in den letzten Tagen passiert ist.»

«Das sach ich dir. Dauernd ist die Polizei da.»

«Hoffentlich wissen die bald, wer dahintersteckt», meldet sich nun auch Traudel zu Wort.

«Das wissense doch schon. Die Düster hat den Hartnagel abgemurkst, nur wer den armen Diekhaus erschlagen hat, das müssense noch rausfinden. Armer Kerl. Und die Lotte, seine Tochter, die tut mir besonders leid. Nu hatse gar keine Eltern mehr.»

Jetzt sind sie an der Reihe. Annemieke reicht ihnen zwei Tassen mit Kaffee. «Milch und Zucker steht auf den Tischen», sagt sie und fragt Elsje Hagedorn nach ihrem Getränkewunsch. Die setzt sich mit ihrer Tasse Kaffee zu Traudel und Martha.

«Tut gut, sich mal bedienen zu lassen. Sonst muss ich ja immer Kaffee und Tee kochen.»

«Und Puddingsuppe, hat meine Enkelin gesagt. Mit 'ner dicken Haut drauf.»

«Da kann ich nüscht für», verteidigt sich die Köchin. «Wenn die so lange steht, bildet sich eben Haut. Ich koch auch andere Sachen. Soll aber alles nahrhaft sein und nich viel kosten. Kann ich nich entscheiden, ich muss tun, was mir gesacht wird. Kannst glauben, das is nich schön, wennde mitkriegst, dass die Kinder sich dein Essen runterwürgen müssen. Aber wat soll ich machen, irgendwo von muss ich meine Miete bezahlen.»

«Sag mal, stimmt das eigentlich mit den vielen Unfällen bei euch im Heim?»

Überrascht sieht Elsje Hagedorn sie an. «Woher weißt du davon? Das hält die Heimleitung doch schön unterm Teppich.»

«Also hab ich recht?»

«Ganz so isses nich. Das sind nich alles Unfälle. Die Heimleitung schreibt das nur immer. Manchmal hat eins der Mädels die Kinder auch zu hart angefasst. Da kugelt sich schon mal der Arm aus, oder ein Kind fällt ungünstig. Das machen die nich absichtlich, die sind völlig überlastet. Dabei kriegen die nur einen Hungerlohn. Gibt viele, die nich lang bleiben, etliche machen bald die Biege.»

«Und stimmt es auch, dass vor anderthalb Jahren sogar ein Kind bei euch gestorben ist?»

Elsje nickt betrübt. «Jo. Der kleine Peter. War 'ne tragische Sache.»

«Inwiefern tragisch?», fragt Martha.

«Na, der Kleine ist die Kellertreppe runtergefallen. Ganz unglücklich. Ich hab das selbst nich mitgekriegt, da war ich schon zu Hause, ich muss ja nicht im Heim übernachten, aber der Walter hat mir mal davon erzählt, als er ordentlich bedüdelt war. Schwester Düster hat den Jungen zur Strafe in den Keller kommandiert. Da müssen ja alle Bettnässer hin, wennse erwischt werden. Find ich ganz schön hart. Das machen die doch nich absichtlich, die haben Heimweh und sind nicht gewohnt, mit so vielen Kindern in einem Saal zu schlafen. Und die sind ja auch noch klein. Aber die Düster kannte keine Gnade, weil das ja Arbeit macht. Betten beziehen, Matratzenschoner neu, all das eben. Der Peter, der war noch neu bei uns und kannte sich mit den Gepflogenheiten nich aus. Der wollte nich nackig in den Keller und hat sich gewehrt. Da hat sie ihm wohl einen Schubs gegeben. Und er is ganz unglücklich die Treppe runtergefallen.»

«Und dann?», fragt Martha.

«Die Düster hat den Walter gerufen, damit der den Jungen hochträgt. Erst wolltense den innen Saal zurückpacken, aber der hat irgendwie nich mehr gesprochen, und da hat die Düster zu Walter gesacht, er soll ihn ins Krankenzimmer bringen. Am nächsten Tach habense gesacht, der Junge wär anner Lungenentzündung gestorben. Dabei hatte der gar keinen Husten. Die Mutter von dem Jungen is dann gekommen, um ihr totes Kind abzuholen. Die wollte das mit der Lungenentzündung nich glauben. Aber wat sollte die machen, wenn die Ärzte sagen, es war 'ne Lungenentzündung, dann waret eine. Herrschte ein paar Tage 'ne gedrückte Stimmung bei uns, das glaub man. Aber wir durften ja nich drüber reden. Und gewusst ham wir das natürlich auch nich wirklich. Ich hab erst viel später von Walter gehört, wie das wirklich gewesen is.» Elsje seufzt und trinkt ihren Kaffee. «Bin gespannt, wie's nun weitergeht mit'm Heim. Ob ich mir 'ne neue Arbeit suchen muss, wennse keinen finden, der da die Leitung übernimmt. Drück mal die Daumen, dass das da alles weiterläuft.»

***

«Ich fahr zu Omili», verkündet Annemieke nach dem Mittagessen. «Es gibt ja so viel wegen Mittwoch zu besprechen, und heute nach der Kirche hatte ich keine Zeit. Außerdem hat Omili sich mit der Köchin des Heims unterhalten. Die sind wohl früher zusammen zur Schule gegangen.»

«Ja, deine Oma kennt wirklich Gott und die Welt in Leer», sagt ihre Mutter und schüttet die Schüssel mit dem Spülwasser aus, während Annemieke den letzten Teller abtrocknet. «Und nimm ihr noch was vom Apfelkuchen mit.»

«Klar, da freut sie sich bestimmt.» Annemieke stellt den Teller weg, hängt das Geschirrtuch auf und drückt ihrer Mutter einen Kuss auf die Wange. «Packst du mir den Kuchen ein?»

Wenig später radelt sie los. Bei diesem herrlichen Sonnenschein ist ihre Oma bestimmt im Garten.

Und richtig, Annemieke hat ihr Fahrrad erst ein paar Meter entlang der ordentlich gestutzten Ligusterhecke geschoben – dem Markenzeichen der Kleingartenkolonie –, da entdeckt sie sie im Apfelbaum. Ein Eimer baumelt an der Spitze der Leiter.

Schnell stellt Annemieke ihr Fahrrad ab und schlüpft durch das Gartentor. «Nicht erschrecken, Omili, ich bin's!»

«Du kommst gerade richtig.» Ihre Oma steigt eine Sprosse tiefer. «Kannst du den Eimer annehmen?» Schon lässt sie ihn am Seil langsam herunter und steigt dann selbst hinab, während Annemieke bereits den Knoten löst.

«Ich hab dir von Mutti Apfelkuchen mitgebracht», sagt Annemieke und trägt den Eimer zur Laube. «Den isst du doch so gerne.»

«Das ist lieb. Ich hab auch Tee in der Thermoskanne dabei.»

Wenig später sitzen die beiden auf der alten, noch von Opa Hermann zu dessen Jungmännerzeiten selbst gezimmerten Gartenbank und sind mitten in der Planung für ihre Fahrt nach Bremerhaven.

«Um sechs Uhr morgens holen Papa und ich Lieselotte ab, und danach fahren wir zu dir, und du übernimmst das Auto. Dein Nachbar und sein Sohn sollten abfahrbereit sein, hat Papa gesagt, er meint, wir müssen mit zwei bis drei Stunden Fahrtzeit rechnen, wenn wir rechtzeitig da sein wollen.»

«Wann soll der Truppentransporter eigentlich im Hafen eintreffen?» Oma Martha teilt mit der kleinen Gabel ein Stück Apfelkuchen ab und schiebt es sich genüsslich in den Mund.

«So genau weiß ich das nicht. Beim Soldatensender hieß es, wahrscheinlich zwischen zehn oder elf Uhr. Ich finde aber, wir sollten lieber eher da sein, damit wir Elvis auf keinen Fall verpassen. Außerdem fahren da bestimmt auch viele andere hin. Und wir wollen doch einen guten Platz ergattern. Es wäre ja zu blöd, wenn wir ankommen und nichts sehen oder, schlimmer noch, Elvis schon längst im Zug zu seiner Kaserne sitzt. Und wir können ja schlecht am Abend vorher hinfahren und ein Zelt auf dem Hafengelände aufschlagen.» Sie schaut ihre Oma schräg von der Seite her an. «Oder?»

«Nein, mein Kind, das schlag dir aus dem Kopf. Sei froh, dass es überhaupt klappt und dein Vater dir eine Entschuldigung für die Schule schreibt. Das würde auch nicht jeder Vater tun.»

«Du hast recht, Omili. Ich bin ja auch dankbar, dass wir zusammen fahren.» Nun drückt sie ihrer Oma einen Kuss auf die Wange.

Die wischt sich mit der Hand darüber. «Ich mache uns einen ordentlichen Stapel Butterbrote und eine Kanne Tee. Wer weiß, ob es da was zu essen gibt.»

«Lieselotte bringt ebenfalls einen Picknickkorb mit. Verhungern werden wir also nicht», sagt Annemieke lachend. «Von deinen Äpfeln können wir sicher welche einpacken.»

«Natürlich.» Martha zeigt auf den Eimer. «Sind ja reichlich da.»

Als der Kuchen vertilgt ist, fragt Annemieke, ob sie noch etwas im Garten helfen kann.

«Zwischen der Petersilie und dem Dill wuchert das Franzosenkraut. Sei doch so lieb und zieh es mit der Wurzel raus. Das wäre mir eine große Hilfe.»

«Ach Omili, natürlich, mache ich gerne.» Annemieke schnappt sich den verbeulten Blecheimer, hockt sich ins

Kräuterbeet und reißt entschlossen die erste Pflanze mit einer schnellen Drehung heraus. «Im Biologieunterricht hat mein Lehrer neulich erzählt, dass das Kraut so heißt, weil Napoleon angeblich bei seinen Feldzügen dafür gesorgt hat, dass es sich über ganz Europa ausgebreitet hat. Deswegen der Name. Und man kann daraus ein Gemüsegericht kochen.»

Ihre Oma kniet sich auf eine ausrangierte Decke und zupft mit. «Das musst du mir nicht erzählen. Haben wir nach dem Krieg reichlich gekocht. Aber freiwillig esse ich das jetzt nicht mehr.»

Schnell füllt sich der Blecheimer, und zwischen den Reihen von Petersilie und Dill lichtet es sich.

«Sag mal, Annemieke, ich hab gehört, es gab im Heim etliche Unfälle. Weißt du etwas darüber?»

Annemieke zieht das letzte Franzosenkraut heraus und schaut ihre Oma nachdenklich an. «Ich weiß natürlich nicht, was früher war, aber am Freitag ist ein Mädchen beim Spielen hingefallen und hat sich das Knie aufgeschlagen, und der kleine Holger hat sich dieser Tage die Hand verstaucht, aber sonst war nichts weiter. Aber jetzt, wo du es sagst: Wundern würde es mich nicht, wenn auch mal mehr passiert. Einigen der Schwestern scheint es regelrecht Spaß zu machen, ihre Macht an den Kindern auszulassen. Ich bin froh, dass ich nie zu so einer Kur musste. Warum fragst du?» Annemieke steht auf, kippt den Blecheimer über dem Komposthaufen aus, und auch ihre Oma streift die Gartenhandschuhe ab und setzt sich auf die Bank.

«Ich hab doch heute zufällig Elsje Hagedorn beim Tee im Gemeindehaus getroffen. Und die hat mir einiges erzählt, das ich gar nicht glauben kann.»

Aufmerksam hört Annemieke zu, was Oma Martha von

Hans und der Köchin erfahren hat. «Du meinst, das könnte etwas mit den Todesfällen zu tun haben?»

«Ich weiß es nicht. Aber ich finde, man sollte das nicht außer Acht lassen. Halt mich für schrullig, aber ich hab da einfach so ein komisches Gefühl.»

«Das verstehe ich. Aber ich geh da nicht mehr hin, deswegen kann ich nicht mehr darüber herausbekommen.» Annemieke blickt sie ernst an. «Warte, ich hab eine Idee. Henriette hat heute keinen Nachtdienst. Sie will am Abend in die neue Milchbar gehen. Vielleicht treffe ich sie. Dann frage ich nach. Die weiß bestimmt etwas.»

«Kindchen, das ist prima.» Oma Marthas Augen blitzen erfreut. «Und sprich sie bitte auch darauf an, ob sie was von dem Todesfall eines kleinen Jungen weiß. Das muss so vor anderthalb Jahren gewesen sein.»

* * *

Mit Muskelkater in den Beinen tritt Hans in die Pedale und radelt Richtung Heisfelde. Es ist gestern im Tanzschuppen doch später geworden, obwohl leider weder Fräulein Schneider noch Henriette dort waren. Aber andere Mütter haben auch schöne Töchter, und so ist es ein ganz vergnüglicher Abend mit drei Mädels aus Loga geworden, die er abwechselnd über die Tanzfläche gewirbelt hat. Während der vergangenen Woche hat er sich ja nur mit den Todesfällen auf der Evenburg beschäftigt, da tat ein bisschen Ablenkung gut. Man ist schließlich nur einmal jung.

Er schließt sein Rad ab und steuert den Fußballplatz an. Der Geruch frisch gemähten Grases liegt in der Luft. Der Platzwart hat extra für das heutige Spiel akkurate Reihen gemäht. Genau wie früher. Schon als kleiner Junge hat Hans hier trainiert, war erst im Mittelfeld und später im Tor. Er hat viele Erinnerungen an diese Zeit, schöne, aber auch schmerzhafte. Zu den Heimspielen vom VfR Heisfelde geht Hans immer noch ab und an, um die ehemaligen Mannschaftskollegen anzufeuern. Wegen des Hausbaus bleibt am Wochenende einfach keine Zeit, selbst Fußball zu spielen, schon gar nicht für Auswärtsspiele.

Eine halbe Stunde vor Anpfiff füllt sich der Spielfeldrand mit Zuschauern, die Spieler laufen sich hinter dem Tor warm.

«Moin, Hans», grüßt Cord Feddersen, der normalerweise links außen spielt. «Was macht der Hausbau?»

«Wird langsam. Heute habe ich mir freigenommen, um zu sehen, was unsere Jungs so machen.» Hans schaut Cord fragend an. «Und was ist mit dir? Warum spielst du heut nicht?»

«Mir ist letzte Woche der Hammer ganz blöd auf den Fuß gefallen. Mit dem gebrochenen Zeh kann ich zwar in der Werkstatt noch Autos reparieren, aber nicht über den Platz rennen.»

Über einen Lautsprecher macht der Stadionsprecher eine Ansage. Augenblicklich kehrt Ruhe auf dem Platz ein. Beide Mannschaften formieren sich und laufen zur Platzmitte. Die Kapitäne schütteln sich die Hände, der Schiedsrichter wirft eine Münze. Dann bläst er in seine Trillerpfeife und gibt den Ball frei. Die Spieler rennen los. Hans und Cord verfolgen das Spiel gebannt und brechen beim frühen 1:0 für ihre Mannschaft in Jubel aus.

«Benno hat's einfach drauf. Das ist ein Stürmer mit Instinkt», schreit Cord und klopft Hans auf die Schulter.

Zur Halbzeit steht es 3:0, und die beiden jungen Männer holen sich an der Bude eine Flasche Bier.

«Das ist vielleicht ein Spiel. Die Jungen können's», sagt Cord mit stolzgeschwellter Brust. «Sogar ohne mich.»

Hans muss lachen, wird aber gleich wieder ernst. «Sag mal, arbeitest du eigentlich immer noch in der Borgward-Vertretung?»

Cord nickt. «Ich bin grad dabei, meinen Meister zu machen.»

«Respekt», sagt Hans beeindruckt. «So viel Ehrgeiz hätte ich dir gar nicht zugetraut.»

«Na hör mal.» Cord knufft ihn in die Seite. «Ich könnte dir einen langen Vortrag über die einzelnen Modelle und die technischen Feinheiten halten. Also, das Isabella-Coupé hat eine seitliche Nockenwelle, und der Vergaser ist auf dem Ventildeckel ...»

«Stopp!» Hans lacht auf. «So eins kann ich mir noch lange nicht leisten. Was mich aber interessieren würde, ist ein Borgward Hansa.»

«Der ist natürlich auch ...»

«Ich meine weniger die Technik», unterbricht ihn Hans. «Es geht um einen ganz bestimmten Borgward Hansa. Kannst du dich daran erinnern, ob ihr vor vier Jahren einen hellen mit Unfallschaden vorne an den Kotflügeln bei euch in der Werkstatt hattet?»

«Vor vier Jahren? Du stellst Fragen.» Cord überlegt. «Da war die Fußballweltmeisterschaft in Bern. Das Tor von Helmut Rahn wird wohl niemand vergessen. 3:2 gegen Ungarn. Mann, war das spitze.»

«Und ob! Das Geschrei des Reporters hab ich auch immer noch im Ohr. Tor! Tor! Tor!»

«Ja, als wär es gestern gewesen. Wir haben tagelang über nichts anderes gesprochen.» Cord nimmt einen Schluck aus der Bierflasche. «Auch Monate später war der WM-Sieg noch Thema. Ich erinnere mich nämlich tatsächlich noch genau daran, wie die Baronin Osternburg Anfang Dezember mit ihrem cremefarbenen Borgward kam. Der Chef hatte den Zeitungsartikel über den WM-Sieg in der Werkstatt an die Wand geklebt, und als sie den sah, fing sie gleich davon an, dass Deutschland es der Welt mal wieder gezeigt habe. Mein Chef hat die Augen verdreht, aber was soll man machen. Kunde ist Kunde, ist seine Devise, egal, welche politische Gesinnung er hat.»

«Erzähl weiter», bittet Hans seinen Kumpel und ist wie elektrisiert.

«Jedenfalls stimmt es. Der Wagen der Baronin hatte vorne 'ne Beule. War keine große Sache, das wieder in Ordnung zu bringen. Aber sie hat das Auto kurz darauf verkauft und sich ein Mercedes-Coupé angeschafft. Das Geschäft hat sie in Bremen abgewickelt. Darüber hat sich mein Chef tüchtig geärgert. Schließlich bleibt bei so einem Verkauf immer ein ordentliches Sümmchen hängen. Zum Ausbeulen sind wir gut genug, hat er gesagt. Aber nicht für den Handel.»

Die Spieler laufen wieder auf den Platz, der Anpfiff folgt, und schon richtet sich Cords Blick auf das Spielgeschehen, während Hans versucht, seine Gedanken zu ordnen.

***

Die Milchbar ist *der* neue Treffpunkt für die Jugend. In der Schule ist sie *das* Gesprächsthema. Doch Annemieke ist bislang noch nicht da gewesen.

Der Pavillon mit den abgerundeten Fensterscheiben befindet sich ganz in der Nähe des Kriegerdenkmals. Der Fahrradständer ist brechend voll. Annemieke stellt ihr Rad daneben ab und betritt das Lokal. Die Einrichtung ist der Wahnsinn. Rote Cocktailstühle aus Kunstleder stehen an den niedrigen

Tischen. Es gibt einen Kühltresen mit vielen Eissorten. Und eine Jukebox! Einer der Jungen, den sie aus dem Schwimmbad kennt, drückt daran herum. Annemieke erkennt das Stück nach den ersten Takten. «Sugar Baby» von Peter Kraus. Sofort wippt sie mit den Füßen wie gestern mit Lieselotte. Bei dieser Musik kann man einfach nicht stillstehen.

«Guck mal, was es da für Eissorten gibt. Grünes Eis. So was Irres», juchzt ein Mädchen aus der Klasse unter ihr, das mit einer Freundin am Tresen steht.

«Das ist mit Pistazie. Kenne ich von Norderney, da gibt es auch eine Milchbar», erwidert die andere.

Neugierig wirft Annemieke einen Blick in die Eistheke. Beim Anblick der vielen Sorten läuft ihr das Wasser im Mund zusammen. Vor allem das Eis mit den Schokoladensplittern reizt sie.

«Hallo, Annemieke.» Henriette ist unbemerkt neben sie getreten und bestaunt nun ebenfalls die Auswahl. Sie hat die Haare zu einem Pferdeschwanz gebunden und trägt zur engen schwarzen Caprihose eine gepunktete Bluse, die sie vorm Bauchnabel geknotet hat. «Das sieht ja toll aus», sagt Henriette. Sie lächelt, wirkt gleichzeitig aber bedrückt. Ganz anders als bei ihrem ersten Treffen im Tanzschuppen. Da sprühte sie geradezu vor Lebensfreude und Energie.

«Lass uns mal testen, ob das Eis so gut schmeckt, wie es aussieht», sagt Annemieke.

«Ich glaube, ich nehme lieber einen Milchshake.»

Der junge Mann mit der Schiffchen-Mütze nimmt die Bestellung auf und bringt die Becher kurz darauf an ihren Tisch. Henriette saugt am Strohhalm und verdreht dabei genießerisch die Augen. «Da ist Sanddorn drin. Das schmeckt unglaublich gut.»

«Das Eis aber auch.» Annemieke gräbt ihren Löffel in das cremige Eis, zähflüssiger roter Erdbeer-Sirup bedeckt die obere Kugel, alles ist mit geraspelter dunkler Schokolade bestreut. «Gibt es schon was Neues in Sachen Ersatz für die Düster und den Hartnagel?», fragt sie und lutscht den Löffel ab.

«Wie man's nimmt. Mittwoch soll der neue Arzt seinen Dienst antreten. Obwohl wir eigentlich ganz gut allein zurechtkommen. Otto Conradi ist ein fähiger Arzt. Nur eben noch nicht ganz fertig. Ich persönlich weine Schwester Düster und dem Hartnagel keine Träne nach. Die Art, wie sie das Heim geführt haben, ist viel zu rabiat gewesen.» Wieder saugt Henriette am Strohhalm. «Uns fehlt allerdings wirklich dringend eine Aushilfe. Willst du morgen nicht doch wieder kommen? Damit würdest du uns sehr helfen.» Sie blickt Annemieke an. Ihr Gesichtsausdruck ist eine einzige Bitte.

Mit dieser Frage hat Annemieke nicht gerechnet. Sie ringt mit sich. «Also, ich würde ja, aber am Mittwoch bin ich den ganzen Tag nicht da.» Von Elvis erzählt sie lieber nichts. Das passt so gar nicht zu den Problemen, mit denen sich Henriette rumschlagen muss.

«Und wenn du nicht jeden Tag kommst, sondern dann, wenn es bei dir geht? Wir brauchen im Moment wirklich jede Hand.»

«Ich werde schauen, was ich machen kann. Über Nacht darf ich nicht bleiben, ich hab ja Schule. Aber vielleicht bis zehn Uhr abends. Du hast ja recht, eine Aufsicht für so viele Kinder ist einfach zu wenig. Trotzdem finde ich es nicht gut, dass der Schlafsaal abgeschlossen wird. Da muss man sich nicht wundern, wenn so viele Kinder ins Bett machen.»

«Aber das sind leider die Vorschriften.» Ein geistesabwesender Zug schleicht sich auf Henriettes Gesicht.

«Diese blöden Vorschriften. Die sind viel zu streng. Ich hab gehört, dass es etliche Unfälle gibt, nur weil man die Kinder zu hart anfasst. Vor anderthalb Jahren soll sogar ein kleiner Junge zu Tode gekommen sein.»

«Da war ich noch nicht da.» Henriette schiebt den Milchshake in die Mitte des Tisches. Ihr Blick ist starr auf die Jukebox gerichtet. Ihre Hände zittern. Unvermittelt schiebt sie den Stuhl zurück und rennt aus der Milchbar.

«Hallo, Fräulein! Sie müssen noch bezahlen!», ruft ihr der junge Mann mit der Schiffchenmütze hinterher, aber da schlägt die Tür schon hinter Henriette zu.

«Ich übernehme das», sagt Annemieke und wundert sich über Henriettes Abgang. Sie scheint wirklich völlig überfordert zu sein. Vielleicht sollte sie morgen doch zur Evenburg fahren.

— MONTAG —

Hans ist heute früh nicht bei Tante Martha vorbeigegangen. Die Zeitung von Samstag hat sie ja schon, und ehrlich gesagt ist es ihm lieber, ihr vorläufig nicht sagen zu müssen, dass es wohl tatsächlich die Baronin gewesen ist, die Onkel Hermann überfahren hat. Er sitzt bereits an der Schreibmaschine, als Fräulein Schneider den hübsch frisierten Kopf zur Tür hereinsteckt.

«Kommissar Onnen bittet Sie herüberzukommen.»

Sofort nimmt Hans die Finger von den Tasten und folgt ihr. Wie elegant sie auf den Pfennigabsätzen läuft. Der kurze, enge hellgraue Rock hat einen Schlitz über den Kniekehlen, sonst müsste sie wahrscheinlich trippeln. Er grient, reißt sich aber zusammen, als er an die Tür seines Vorgesetzten klopft.

Onnen sitzt gut gelaunt hinter seinem Schreibtisch und reibt sich die Hände. «Moin, Wachtmeister Frisch. Die Ergebnisse der Fingerabdruck-Vergleiche liegen vor. Auf der Hacke waren die des Gärtners, die von Otto Conradi, Henriette Janssen und einem Kind. Beim Gärtner ist es plausibel, ist ja sein Werkzeug. Von Conradi haben wir mehrere Abdrücke, das muss er uns erklären, und wieso da welche von der Kinderschwester und einem Kind drauf sind, müssen Sie ebenfalls herausfinden. Die des Kindes konnten wir natürlich nicht zuordnen, aber Sie werden sicher herausfinden, wer das war. Ist allerdings nicht wirklich wichtig, denn es wird nie und nimmer ein Kind gewe-

254

sen sein, das die Hacke gegen den Hausmeister geschwungen hat. Da ich noch andere Dinge zu erledigen habe, werden Sie sich darum kümmern. Fahren Sie zur Evenburg.»

«In Ordnung. Soll ich Brettschneider mitnehmen?»

Onnen nickt. «Natürlich. Vier Ohren hören mehr als zwei.»

Zwanzig Minuten später parkt Hans den Polizei-Käfer beim Wasserschloss. Die Luft ist frisch, über den verblühenden Köpfen der Hortensien ziehen Spinnen ihre Netze. Otto Conradi läuft ihnen in der Halle des Gebäudes mit wehendem weißem Kittel über den Weg. Hektische rote Flecke ziehen sich über sein Gesicht. «Wachtmeister Frisch, haben Sie Holger irgendwo gesehen? Ist er Ihnen draußen entgegengekommen?»

Hans schüttelt den Kopf. «Nein. Was ist denn geschehen?»

«Ich muss ihn abhören. Seine Lunge pfeift beim Atmen, doch er wollte den Oberkörper nicht freimachen, sondern riss sich los und rannte fort. Ich bin sofort hinterher, aber er ist zu flink. Dabei darf er sich doch nicht anstrengen. Ich befürchte, er hat eine Lungenentzündung.»

«Na, er wird schon nicht fortgelaufen sein. Wahrscheinlich hat er sich irgendwo versteckt. Wo wir Sie gerade antreffen: Ihre Fingerabdrücke befinden sich auf der Hacke, mit der Herr Diekhaus erschlagen wurde. Können Sie uns das erklären?»

«Ich hab jetzt wirklich keine Zeit. Ich muss Holger finden.»

«Das muss leider warten, Herr Conradi», beharrt Hans. «Also, wie kommen Ihre Abdrücke dorthin?»

«Das erklärt sich ja wohl von selbst», schimpft der junge Arzt. «Natürlich habe ich die Hacke in die Hand genommen und beiseitegelegt, als ich Diekhaus gefunden habe. Was hätten Sie denn getan?» Conradis Blick eilt suchend umher, er dreht sogar den Kopf, um auch den Flur hinter sich zu kontrollieren.

«Sie haben das Gartengerät nicht nur einmal in der Hand gehabt. Und auch nicht nur in einer Hand. Es sind Abdrücke beider Hände darauf.»

«Meine Güte, ich stand unter Schock. Keine Ahnung, wie ich das Ding angefasst hab.» Plötzlich erhellt sich sein Blick. «Ah, Holger! Da bist du ja.»

Hans und Brettschneider drehen sich um. Hinter ihnen kommt Henriette mit dem Jungen die Treppe hinab. Holger hält Henriettes Hand ganz fest.

«Er wollte sich im Schlafsaal unter dem Bett verstecken», erklärt Henriette. «Aber ich habe ihm versprochen, beim Abhorchen dabei zu sein. Und nun ist alles gut, nicht wahr, Holger?» Sie schaut das Kind liebevoll an.

Hans lächelt. Bestimmt wird sie mal eine gute Mutter. Bei dem Gedanken muss er innerlich über sich selbst schmunzeln. Auf was für Sachen er kommt … Er konzentriert sich wieder. «Schwester Henriette, Ihre Fingerabdrücke sind auf der Hacke.» Er wirft einen schnellen Blick zu Holger. «Sie wissen schon, welche Hacke», fügt er hinzu.

«Natürlich.» Offensichtlich dankbar dafür, dass er sich so dezent ausgedrückt hat, blickt Henriette ihn mit einem angedeuteten Lächeln an. «Wir haben dieser Tage einige Gartengeräte ausgeliehen und im Nutzgarten damit gearbeitet», erklärt sie. «Für etliche der Stadtkinder war es das erste Mal, dass sie Gemüse wachsen sehen. Es gehört zur Philosophie der Erholungsheime, die Kinder miteinzubeziehen. Einige von ihnen kennen das gar nicht.» Sie beugt sich zu Holger hinab. «Nicht wahr, du warst auch überrascht, wie hoch die vielen kleinen Röschen des Rosenkohls an Strunken wachsen, während der Kohlrabi am Boden bleibt und nur seine kräftigen Blätter nach oben schickt.»

«Ja, Tante Henriette», sagt Holger. «Das muss ich zu Hause unbedingt der Mutti erzählen.» Er hustet, und tatsächlich pfeift sein Atem ein wenig.

«Danke, das erklärt natürlich die Abdrücke», sagt Hans und ist etwas verwundert über die Erleichterung, die diese logische Erklärung in ihm auslöst. Er hockt sich vor Holger hin. «Hast du denn auch mit der Hacke im Beet gearbeitet?»

Der Junge nickt stolz. «Ja, Herr Polizist. Das Unkraut musste weg und der Boden aufgelockert werden, damit der Regen versickern kann. Hat Tante Henriette gesagt. Die Pflanzen brauchen ja viel Wasser, um zu wachsen.»

«Stimmt.» Hans streicht dem Knaben über den Kopf und erhebt sich. «Dann drücken wir jetzt mal die Daumen, dass beim Abhorchen alles im grünen Bereich ist. Vielen Dank für Ihre Auskünfte.»

«Bitte.» Conradi greift nach Holgers freier Hand, die der Junge ihm jedoch entzieht.

Nun ja, das ist nicht Hans' Sache. «Gehen wir», sagt er zu Brettschneider, und gemeinsam machen sie sich auf die Suche nach dem Gärtner.

«Ist eigentlich überflüssig», meint Brettschneider, als sie über das Gelände gehen. «Ist doch einleuchtend, dass der Gärtner die Hacke in der Hand hatte.»

«Da hast du recht, aber er muss uns schon erklären, wo er zum Zeitpunkt des Mordes gewesen ist.»

***

Henriettes eigenartiges Verhalten geht Annemieke nicht aus dem Kopf. Warum ist sie so überstürzt aus der Milchbar geeilt? Sie war doch noch gar nicht auf der Evenburg beschäftigt, als der Junge starb. Hat sie vielleicht etwas darüber gehört, was sie nicht preisgeben möchte? Welcher Arzt hat eigentlich die Diagnose Lungenentzündung bei Peter gestellt? Hartnagel oder Conradi? Möchte Henriette Conradi schützen, jetzt wo Hartnagel und Düster tot sind? Es nützt nichts. Wenn Annemieke Antworten finden möchte, muss sie zur Evenburg und dort ein wenig schnüffeln.

Nach dem Mittagessen schnappt sie sich ihr Fahrrad und fährt hin, ohne es ihren Eltern zu sagen.

Heute ist es deutlich ruhiger als letzte Woche, denkt Annemieke, als sie die Eingangspforte öffnet. Ach ja, die Kinder halten bestimmt Mittagsruhe. Wahrscheinlich führt Henriette dort Aufsicht. Dann könnte sie einstweilen in der Küche Frau Hagedorn zur Hand gehen.

«Annemieke, wie schön, dass du da bist», freut sich die Köchin. «Ich hab mir einen Muckefuck aufgegossen. Der echte Kaffee von Schwester Düster ist alle. Möchtest du auch einen?»

«Gerne.» Eigentlich mag Annemieke keinen Kaffee-Ersatz, zumal ihr Vater im Laden echten Kaffee verkauft, aber vielleicht ist das eine gute Gelegenheit, um mit Frau Hagedorn ins Gespräch zu kommen. Könnte ja sein, dass sie Henriette näher kennt und weiß, was sie belastet.

Tatsächlich schmeckt der Muckefuck besser als gedacht. Frau Hagedorn zwinkert Annemieke zu. «Schwester Düster hatte noch Schokolade in ihrem Schrank. Da hab ich einfach was von in den Kaffee reingerieben», gesteht sie grienend. «Kannse jetzt ja nix mehr mit anfangen. Und bevor die alt und schlecht wird, isses besser, wenn wir sie verputzen.»

«Stimmt», sagt Annemieke und trinkt noch einen Schluck. «Frau Hagedorn, darf ich Sie mal was fragen?» Treuherzig schaut sie die Köchin an.

«Aber sicher doch, Kind. Nur zu. Was willste denn wissen?»

«Ich mache mir ein wenig Sorgen um Henriette. Sie wirkt so bedrückt. Gestern Abend saßen wir in der Milchbar zusammen und sprachen über die furchtbaren Ereignisse hier. Als ich sie fragte, ob sie weiß, dass hier damals ein Junge gestorben ist, wurde sie ganz komisch.» Betrübt sieht Annemieke die Köchin an.

«Ach ja, die Henriette.» Frau Hagedorn seufzt. «Die kommt mit den Gepflogenheiten hier nich so gut klar. Dabei is das wohl überall so. Steht in den Regeln des Trägers, wie die Kinder zu behandeln sind. Geschieht alles zu ihrem Besten. Die dürfen ja nich verweichlicht werden. Hart wie Kruppstahl, zäh wie Leder, das ist die Devise. Aber Henriette meint, das schadet den kleinen Kinderseelen. Als wenn's danach geht. Vonner Freiheit is noch keiner satt geworden. Man muss arbeiten und sich anpassen. Und jeder muss was für das Wohl des Landes tun. Wo soll das denn hinführen, wenn man sich um jedes kleine Wehwehchen kümmert. Nee, die Henriette ist wohl zu gut für diese Welt. Aber die arme Deern steht ja auch ganz allein da. Der Vater is anner Lungenembolie gestorben. Als wär das nich genug, is vor gar nich allzu langer Zeit auch noch Henriettes Bruder gestorben – an was, hatse nich erzählt –, und das war alles zu viel für die Mutter, die starb vor einem Jahr an gebrochenem Herzen.» Frau Hagedorn seufzt. «Aber jetzt, wo du's sagst, fällt mir ein: Sie hat mich auch nach dem kleinen Jungen gefragt, der hier gestorben is. Keine Ahnung, woher sie das wusste.»

«Hat sie vielleicht mit Schwester Düster über den Vorfall gesprochen?»

Frau Hagedorn lacht auf. «Nee. Das hatse garantiert nich. Aber sie weiß natürlich, dass die Düster das Buch führte, in dem die Unfälle vermerkt werden. Vielleicht hatse da nachgeguckt.» Frau Hagedorn wirft einen Blick in Annemiekes Tasse. «Willste noch einen?»

Annemieke schüttelt den Kopf. «Danke nein. Es war sehr lecker, besonders mit der geheimen Zutat.» Zwinkernd steht sie auf. «Ich denke, ich gehe so langsam mal rüber zur Liegehalle.»

«Mach das. Bist ein feines Mädchen.» Auch die Köchin steht auf. «Um vier gibt's Tee und 'n paar Kekse. Falls du Zeit hast.»

«Danke.» Schon schlüpft Annemieke aus dem Raum und gleich darauf in das unverschlossene Büro von Schwester Düster. Unschlüssig schaut sie sich um und tritt dann an den Aktenschrank. In der obersten Reihe stehen die Haushaltsbücher. Direkt darunter findet sie den schmalen Ordner mit der Aufschrift «Unfälle ab 1954».

Volltreffer. Neugierig schlägt sie ihn auf.

* * *

Hans haut alles in die Tasten, was er heute Morgen erfahren hat. Brettschneider sitzt ihm gegenüber und arbeitet weiter den Stapel ab, der sich in seiner Abwesenheit aufgetürmt hat. Hans ist ja nicht dazu gekommen. Eine Zeit lang sind nur die Anschläge auf der Schreibmaschine und das helle *Pling* beim Zeilenwechsel des Schlittens zu hören. Und das leise Kratzen des Stifts, mit dem Brettschneider schreibt.

«Befriedigend ist das Ergebnis der Befragungen heute ja nun nicht», sagt Brettschneider irgendwann, nachdem er wieder ein Blatt auf den Ablagestapel gelegt hat.

«Tja. Was soll man machen», antwortet Hans und hält ebenfalls im Tippen inne. «Dreh- und Angelpunkt ist das Motiv. Wer hätte eines?»

«Conradi?» Brettschneider blickt Hans fragend an.

«Bei Doktor Hartnagel und Alma Düster könnte es sein, beziehungsweise hätte es sein können, aber was hatte Conradi mit dem Hausmeister zu tun?»

«Vielleicht hat der etwas gesehen und Conradi erpresst. Und der musste in aller Eile zu der Hacke greifen, um den Mitwisser auszuschalten. Das wiederum könnte der Junge gesehen haben. Denk nur an heute Morgen», gibt Brettschneider zu bedenken. «Da kam uns Conradi doch ganz aufgelöst entgegen, weil er diesen Jungen suchte.»

«Das glaube ich nicht.» Hans überlegt. «Allerdings taucht Holger in den Ermittlungen immer wieder auf. Erst hat er den toten Hartnagel gefunden. Als ich Conradi kurz darauf befragen wollte, war der auf der Krankenstation und stand am Bett des Buben. Und der wirkte, als wollte er sich unter Conradis Berührungen wegducken. Heute ist er sogar fortgelaufen. Es muss etwas geben, das Holger verängstigt. Hat er etwa schon bei Hartnagels Tod was mitgekriegt, das Conradi gefährlich werden könnte?»

«Das wäre zumindest eine Möglichkeit.»

«Dann wäre der Junge in ernster Gefahr.» Hans wird ganz übel bei diesem Gedanken.

«Was ist denn mit Schwester Henriette?»

«Was soll mit der sein? Nee, die ist doch keine Mörderin. Da bist du auf dem völlig falschen Dampfer.» Alles in Hans sträubt sich gegen diese Überlegung.

«Wieso? Immerhin sind auch ihre Fingerabdrücke auf der Hacke», gibt Brettschneider zu bedenken.

«Sie ist erst seit ein paar Monaten im Heim», widerspricht Hans. «Warum sollte sie in dieser kurzen Zeit einen solchen Hass auf Diekhaus entwickeln, um ihn so brutal zu töten?

Außerdem ist ihre Erklärung schlüssig. Sie hat mit einer Gruppe von Kindern im Nutzgarten gearbeitet. Die Kinderspuren auf dem Stiel der Hacke könnten von Holger sein.» Hans schaut Brettschneider an. «Schon wieder er. Eigenartig. Aber wie Onnen schon sagte: Ein Kind als Täter scheidet aus.»

«Das denke ich auch», stimmt Brettschneider ihm zu. «Am wahrscheinlichsten ist wohl, dass der Gärtner als Täter infrage kommt.»

«Dann aber wohl nur im Fall des toten Hausmeisters. Er hat ja zugegeben, dass Diekhaus ihn in letzter Zeit ziemlich oft getriezt hat. Immer, wenn der mehr als nur ein Bierchen intus hatte. Aber bringt man deshalb einen Menschen um?»

«Nein. Andererseits: Vielleicht kam es zwischen den beiden Männern zum Streit, und der ist außer Kontrolle geraten. Das Alibi des Gärtners, dass er draußen gearbeitet hat, konnte niemand bestätigen.»

Hans rauft sich die Haare. Plötzlich kommt ihm ein Gedanke: «Sag mal, könnte es sein, dass der Kommissar komplett falschliegt? Wir haben doch schon vermutet, dass es sich bei Düster und Hartnagel nicht um erweiterten Suizid handelt, sondern dass wir es bei allen drei Morden mit nur einem einzigen Täter zu tun haben.»

«Aber warum wurde Diekhaus dann erschlagen und nicht auch vergiftet?», fragt Brettschneider.

«Weil der letzte Mord nicht geplant war», sagt Hans nun im Brustton der Überzeugung. «Der Mord an Diekhaus geschah im Affekt.»

«Na, wenn du meinst», grummelt Brettschneider unbeeindruckt und widmet sich wieder seinen Papieren.

***

Heute war es wieder voll in der Heißmangelstube. Noch immer bewegt der Mord an Diekhaus die Gemüter, und die ein oder andere Kundin kam aus purer Neugierde in den Laden. Als Martha endlich abgesperrt hat, radelt sie noch kurz in den Schrebergarten, um ein paar frische Kartoffeln zu holen. Pellkartoffeln mit Quark, Petersilie und Schnittlauch sind zwar ein einfaches, aber überaus leckeres Essen.

Der Quark ist fertig, die Kartoffeln kochen im Topf, als es an der Tür läutet. Martha zieht die Stirn kraus. Karl hat einen Schlüssel und ist heute Abend in der Redaktion, Traudel ist zur Chorprobe des neuen gemischten Chors der Kirche gegangen. Sie wollte Martha überreden mitzukommen, aber da soll sie mal erst allein hingehen. Martha kann ja immer noch dazustoßen, diese Woche hat sie genug um die Ohren.

Sie öffnet die Tür. Annemieke steht davor.

«Nanu, Kindchen, was führt dich denn her?», fragt Martha etwas besorgt, denn ihre Enkelin macht keinen fröhlichen Eindruck.

«Omili, ich brauche deinen Rat. Ich weiß nicht, was ich tun soll.» Annemieke schält sich aus ihrem Übergangsmantel und hängt ihn an die Garderobe.

«Nun komm man erst mal mit in die Küche. Ich hab Pellkartoffeln auf dem Herd.»

«Danke, Omi, aber ich hab keinen Appetit. Ich hab gerade schon im Heim gegessen.»

«Na, dann setz dich, ich schenk dir ein Glas Apfelsaft ein.» Martha nimmt die Flasche selbst gemachten Saft aus dem Kühlschrank, schenkt zwei Gläser ein, gießt das Kartoffelwasser ab und setzt sich zu Annemieke an den Tisch. «Schieß los.»

Ihre Enkelin holt tief Luft. «Also: Henriette war gestern in der Milchbar so eigenartig. Ich hatte sie gefragt, ob sie auch was von dem toten Jungen gehört hat, da wurde sie plötzlich ganz still und ist abrupt aufgestanden und gegangen. Als ich heute Nachmittag im Heim war, hab ich mit der Köchin geklönt. Die hat mir erzählt, dass Henriette sie auch nach dem verstorbenen Jungen gefragt hat. Das hat mich stutzig gemacht. Und weil grad Mittagsruhe war, hab ich im Büro von der Düster nach dem Ordner gesucht, in dem die Unfälle aufgelistet sind. Und was soll ich dir sagen: Der Junge, der gestorben ist, hieß auch Janssen mit Nachnamen, so wie Henriette. Das kommt mir seltsam vor. Immerhin hat sie Frau Hagedorn erzählt, dass ihr kleiner Bruder tot ist. Genau wie ihre Eltern.» Ausführlich berichtet Annemieke, was sie von der Köchin gehört hat. «Vielleicht ist sie gestern deshalb so komisch gewesen, weil der tote Peter ihr Bruder war? Meinst du, ich soll sie darauf ansprechen?» Mit großen Augen schaut Annemieke Martha an.

Die trinkt erst einmal einen Schluck Saft und denkt nach. «Nein», sagt sie schließlich. «Und am besten gehst du morgen Nachmittag nicht ins Heim. Lass mich zunächst mit Hans darüber reden.» Sie greift nach Annemiekes Händen, sieht sie eindringlich an und versucht sich ihr Unbehagen nicht anmerken zu lassen. «Halte dich bitte erst einmal fern von der Evenburg. Versprich mir das.»

Denn wenn es stimmt, dass der verstorbene Peter Henriettes Bruder war, könnte es sein, dass sie Doktor Hartnagel und Alma Düster dafür verantwortlich gemacht und sie deshalb getötet hat. Aus Rache. Aber weshalb hätte sie den Hausmeister töten sollen? Eine Antwort auf diese Frage fällt Martha nicht ein. Aber vielleicht kann Hans die finden.

—— DIENSTAG ——

Vor dem Dienst führt kein Weg an Tante Marthas Heißmangelstube vorbei. Noch gestern Abend hat Hans den Entschluss gefasst, ihr zu erzählen, dass es wahrscheinlich die Baronin gewesen ist, die Onkel Hermann überfahren hat. Geahnt haben sie es ja schon, sonst hätte die Kaltwasser-Akte nicht in Onnens Schreibtisch gelegen, aber Cord hat den letzten Zweifel beseitigt. Ob es für Tante Martha allerdings einfacher ist, nun zu wissen, wer schuld am Tod ihres Mannes ist, wagt Hans zu bezweifeln.

Die Glöckchen über der Tür bimmeln, als er eintritt, wie üblich hat seine Tante den Besen in der Hand und fegt den Boden, die Heißmangel läuft schon warm.

«Moin, Tante Martha.» Er reicht ihr die Zeitung und will schon ansetzen zu sprechen, als sie ihm zuvorkommt.

«Hans, hör mir zu. Annemieke war gestern Abend bei mir. Sie hat herausgefunden, dass die nette Kinderschwester Henriette nicht nur denselben Nachnamen trägt wie der im Heim verstorbene Junge, sondern auch, dass ihre Mutter vor einem Jahr gestorben ist. Der Vater ist wohl schon länger tot. Wenn du mich fragst, dann ist da was faul. Vielleicht hat Henriette die Anstellung angenommen, um den Tod ihres Bruders und ihrer Mutter zu rächen.» Sie stützt sich auf dem Besenstiel ab und schaut ihn herausfordernd an.

Hans ist perplex. «Das glaube ich nie und nimmer», wehrt

er diesen Gedanken ab. Andererseits passt das zu seiner neuesten Theorie, dass der dritte Mord am Hausmeister eine Affekttat gewesen sein könnte und es dem Täter eigentlich nur um Doktor Hartnagel und Schwester Düster ging.

Tante Martha reißt ihn aus seinen Gedanken. «Ich denke, ihr solltet Henriette mal ordentlich auf den Zahn fühlen.»

«Ich bin zwar sicher, dass du völlig falschliegst, Tante Martha, aber wir werden dem natürlich nachgehen. Darauf kannst du dich verlassen.» Nur einen Moment zögert Hans, dann gibt er sich einen Ruck. «Übrigens, ich habe mit einem Angestellten der Borgward-Vertretung gesprochen und ihn gefragt, ob ein heller Borgward Hansa vor vier Jahren zur Reparatur nach einem Unfall in der Werkstatt war. Er konnte sich noch gut daran erinnern: Es war der von Baronin Osternburg.»

* * *

Martha muss sich erst einmal setzen, nachdem Hans gegangen ist. Ihre Hände zittern, und ihr Herz rast. Die Baronin war's. Sie ist schuld, dass Hermann tot ist. Sie hat sich nicht um Hilfe gekümmert. Es ging ihr nur um sich. Und Martha kann wohl nicht einmal mehr Anzeige erstatten, hat Hans gesagt. Die Baronin hat das Auto verkauft, die Sache ist vier Jahre her und der Zeuge tot. Die Polizei, und vor allem ihr verstorbener Schwager, hat das Ganze gedeckelt. Siegfried Kaltwasser, was bist du doch für ein Schwein gewesen. Zu Lebzeiten habe ich dich schon nicht gemocht, doch nun kommt noch tiefe Abscheu hinzu.

* * *

Hans nimmt die Treppe in eiligen Schritten. Er muss mit Onnen reden. Im Vorzimmer des Kommissars schaut Fräulein Schneider überrascht auf, als er ohne anzuklopfen herein-stürmt.

«Herr Frisch, ist etwas passiert?»

«Es gibt neue Erkenntnisse im Fall Hartnagel», sagt er ein wenig außer Atem. «Ich muss dringend Kommissar Onnen sprechen.»

«Gehen Sie ruhig rein. Er hat gerade ein Telefonat beendet.»

Nach nur einmaligem Klopfen betritt Hans das Büro seines Vorgesetzten, ohne auf das übliche «Herein» zu warten.

«Frisch! Was sind das denn für neue Moden?» Pikiert zündet Onnen sich eine Zigarette an.

Schnell fasst Hans zusammen, was er von seiner Tante erfahren hat. Onnen staunt von Satz zu Satz mehr.

«Das ist ja unglaublich!» Er steht auf und läuft hinter sei-nem Schreibtisch hin und her. «Warum haben Sie nicht selbst daran gedacht, die Liste der Unfälle mit den Namen des Perso-nals abzugleichen? Da hätten Sie doch drauf kommen müssen, Mann!» Mit wütend funkelnden Augen sieht er ihn an.

Hans ist baff. Mit welcher Berechtigung schustert Onnen ihm jetzt den schwarzen Peter zu?

«Aber ... wie ...? Sie selbst meinten doch, es sei im Fall Hart-nagel und Düster ein erweiterter Suizid gewesen. Und ob sich diese Verdachtsmomente überhaupt erhärten, ist doch noch gar nicht klar. Bislang ist es lediglich eine Vermutung meiner Tante. Außerdem ist der Hausmeister ja nicht durch Zyankali ums Leben gekommen, sondern brutal erschlagen worden.» Nein, so einfach lässt Hans sich nicht zum Sündenbock ma-chen.

«Vielleicht hat der Hausmeister rausgefunden, dass die

Kinderschwester hinter den Morden an Hartnagel und Düster steckt, und musste deshalb sterben. Denken Sie doch nach, Frisch! Die ersten beiden Taten waren gezielt vorbereitet, im Fall des Hausmeisters scheint es eine Affekttat gewesen zu sein.»

«Das haben Brettschneider und ich auch schon überlegt», wirft Hans ein. «Aber ich konnte mir das bei Schwester Henriette einfach nicht vorstellen.»

«Das sind menschliche Abgründe, Frisch. Man kann den Leuten eben nicht hinter die Stirn gucken. Diekhaus wird sie mit ihren Verbrechen konfrontiert haben, vielleicht hat er sie sogar erpresst. Und da hat sie zugeschlagen.» Onnen wirft die Zigarette in den Aschenbecher. «Wir werden uns die Dame jetzt einmal vornehmen.» Schon schnappt er sich Hut und Mantel.

* * *

Martha hängt das Schild «Bin nebenan» in die Tür und geht hinüber zu Traudel. Sie muss jetzt unbedingt mit jemandem sprechen.

Auch ihre Freundin ist sprachlos und legt den Perlonstrumpf beiseite, den sie gerade repariert.

«Das musst du Karl sagen. Der wird das ganz groß in der Zeitung rausbringen», schlägt Traudel vor. «Das ist Machtmissbrauch im Amt.»

«Ach Traudel», sagt Martha traurig und lehnt sich an den schmalen Kassentresen. «Es ist ja nichts bewiesen. Nur ein Verdacht. Außerdem wird der Chefredakteur das garantiert nicht zulassen. Eine Krähe hackt der anderen doch kein Auge aus.»

«Wirst du die Baronin darauf ansprechen?»

«Ich weiß nicht. Was soll das bringen? Sie wird es sowieso abstreiten.»

* * *

«Na, da bin ich ja gespannt, was uns die Kinderschwester erzählen wird», sagt Onnen auf dem Weg zur Evenburg. Es hat ein wenig gedauert, bis sie losgefahren sind, weil Staatsanwalt Sonnenberg hereinschneite und die beiden noch eine Zigarre geraucht, einen Kaffee und einen Weinbrand getrunken haben. «Schließlich muss man die Kontakte zur Staatsanwaltschaft pflegen», sagt er zu Hans. «Ich hab Sonnenberg gegenüber noch nichts davon erwähnt, dass der Tod des Hausmeisters vielleicht mit den beiden anderen Toten zusammenhängen könnte. Er hat der Version des erweiterten Suizids zugestimmt, und solange wir nichts anderes beweisen können, bleibt es dabei. Sollte sich nun doch jemand anders als Täter in allen drei Fällen herausstellen, können wir den Erfolg immer noch an ihn durchgeben.»

Im Garten der Evenburg spielen keine Kinder, auch im Haus ist es ruhig. «Schauen Sie nach, wo die Janssen ist», trägt Onnen Hans auf. «Ich werde im Büro von Hartnagel auf Sie warten.»

In der Küche erfährt Hans, dass Schwester Henriette mit den Kindern im Gemeinschaftsraum bastelt.

Sie ist überhaupt nicht begeistert, als Hans die Tür öffnet und sie für ein Gespräch herausbittet. Nicht einmal sein freundliches Lächeln kann ihre Miene aufhellen, als sie nebeneinander zu Hartnagels Büro gehen.

«Fräulein Janssen», sagt Onnen in rügendem Tonfall, als

Henriette ihm gegenübersitzt. «Warum haben Sie uns verschwiegen, dass Ihr Bruder vor anderthalb Jahren in dieser Einrichtung gestorben ist?» Der Kommissar sitzt auf Hartnagels Stuhl, Hans steht daneben, beide sehen Henriette an.

«Wie kommen Sie darauf, dass der Junge mein Bruder war? Janssens gibt es wie Sand am Meer in Ostfriesland», sagt sie kiebig.

Einerseits kann Hans ihr diesen Tonfall nicht verdenken, andererseits hätte er sie kooperativer eingeschätzt.

«Fräulein Janssen, erzählen Sie uns einfach die Wahrheit. Es ist für uns kein Problem, herauszufinden, ob es sich bei dem Jungen um Ihren Bruder handelt. Schließlich gibt es Standesämter, in denen Geburts- und Todesurkunden archiviert sind. Sie zögern das Unvermeidliche nur hinaus.»

Hans sieht, wie sehr es in Henriette arbeitet. Sie beißt sich auf die Unterlippe. Zu gern würde er ihr helfen. Onnen wartet gelassen und bläst den Rauch in blauen Ringen quer über den Schreibtisch in die Luft.

***

Annemieke hört nicht auf den Rat ihrer Oma und fährt doch zur Evenburg. Zu sehr juckt es sie in den Fingern, herauszubekommen, ob es tatsächlich eine Verbindung zwischen Henriette und dem toten Jungen gibt.

Im Raum für die Mitarbeiter zieht sie sich um. Dabei bemerkt sie einen Spind, der nur angelehnt ist. Neugierig öffnet sie ihn und entdeckt im oberen Fach ein Foto. Darauf ist Henriette neben einer älteren Frau und einem kleinen Jungen zu sehen. Die Fotografie ist abgegriffen, als sei sie oft in die

Hand genommen worden. Das werden Mutter und Bruder von Henriette sein. Aus einem Impuls heraus steckt sie das Foto ein.

* * *

Henriette schweigt weiterhin, als es an der Tür klopft und Annemieke hereinschaut.

«Annemieke, das geht nicht. Du siehst doch, dass wir mit Schwester Henriette reden», ärgert sich Hans.

«Deswegen komme ich ja.» Schon steht sie im Raum, greift in die Tasche ihrer Schwesternschürze, zieht eine Fotografie heraus und reicht sie Hans. Um Entschuldigung bittend, blickt sie Henriette an. «Du warst vorgestern in der Milchbar so seltsam, und als ich eben im Umkleideraum war, stand dein Spind offen, und da hab ich das Foto entdeckt.»

Hans schaut das Bild an und gibt es Onnen, gleichzeitig springt Henriette auf.

«Was fällt dir ein, einfach an meine Sachen zu gehen!», giftet sie und baut sich bedrohlich vor Annemieke auf. Schnell tritt Hans zwischen die beiden und bedeutet Henriette, sich wieder zu setzen.

Die atmet hektisch ein und aus.

Onnen legt das Foto auf den Schreibtisch. Ein süffisantes Lächeln umspielt seine Mundwinkel. «Fein. Da brauchen wir nur das Personal fragen, ob ihnen der Junge bekannt vorkommt.»

Henriettes Brust hebt und senkt sich. Die Zunge fährt über ihre Lippen. Endlich gibt sie sich einen Ruck und beginnt zu reden.

«Sie brauchen niemanden zu fragen. Ja, das sind meine

Mutter und mein Bruder. Und ja, er ist hier gestorben. Mit den Todesfällen habe ich aber nichts zu tun. Warum hätte ich den Hausmeister töten sollen?»

In diesem Moment klopft es an der Tür, und Conradi kommt herein. «Entschuldigung, dass ich störe, aber ich brauche Schwester Henriette dringend auf der Krankenstation. Holger geht es nicht gut, und er will sich von keinem außer ihr anfassen lassen.»

«Das geht jetzt nicht», braust Onnen erbost auf. Er schaut Henriette direkt in die Augen und nimmt den Faden wieder auf. «Ich hätte durchaus eine Idee, warum Sie den Hausmeister getötet haben. Vielleicht ist er Ihnen auf die Schliche gekommen und wusste, dass Sie Ihren Bruder gerächt haben.»

Henriette lehnt sich zurück. «So ein Unsinn, ich habe seit dem Tod von Schwester Düster kein Wort mit Diekhaus gewechselt.»

Verwundert sieht Conradi sie an.

«Nicht? Aber ich hab Sie doch dieser Tage miteinander reden sehen. Ich hatte den Eindruck, Sie haben gestritten. Ich hab das nicht weiter ernst genommen, weil der ja in der letzten Zeit viel getrunken hat. Ich habe gedacht, Sie haben ihn deswegen zurechtgewiesen.»

Aufbracht dreht sich Henriette zu ihm um. «Halten Sie doch den Mund! Wissen Sie überhaupt, worum es hier geht?»

«Natürlich.» Conradis Gesicht läuft rot an. «Es geht um die drei Todesfälle. Diekhaus hat mir nach dem Tod von Schwester Düster die ganze tragische Geschichte von damals erzählt. Schwester Düster wollte Peter in den Keller verbannen, weil er ins Bett gemacht hat. So ist sie mit jedem Kind verfahren. Eingenässt mussten sie die Nacht im kalten und dunklen Keller verbringen. Zur Strafe. Dass Peter dabei unglücklich die Treppe hinabgestürzt ist und sich das Genick gebrochen hat, hat sie nicht gewollt. Sie hat Diekhaus geholt, damit der den Jungen auf die Krankenstation trägt. Doktor Hartnagel hat dann Lungenentzündung als Todesursache auf dem Totenschein notiert und Diekhaus gedroht, er würde ihn entlassen, sollte er ein Wort darüber verlieren. Diekhaus hat das alles sehr belastet. Er sagte mir, er könne verstehen, warum die beiden sich umgebracht haben. Er selbst könne auch kaum mit der Schuld leben. Er hätte damals den Mund aufmachen müssen.»

«Ach, so ist es gewesen», sagt Onnen schließlich. Zufrieden sieht er Schwester Henriette an. «Sie haben das irgendwie spitzgekriegt und Diekhaus getötet, weil er Schwester Düster und auch Doktor Hartnagel damals nicht dafür angezeigt hat, dass sie den Tod Ihres Bruders unter den Teppich gekehrt haben. Allerdings würde ich sogar noch weitergehen. Sie haben nicht nur Herrn Diekhaus getötet, sondern auch Schwester Düster und Doktor Hartnagel. Sie sind eiskalt vorgegangen.»

Es ist totenstill im Raum.

Henriette beginnt am ganzen Leib zu zittern. «Eiskalt? Sie unterstellen mir, eiskalt zu sein? Von wegen. Sie wissen nicht, wie ich gelitten habe. Mein kleiner Bruder wurde gegen den Willen meiner Mutter zur *Kindererholung* geschickt. Es hieß, vor seiner Einschulung müsse er aufgepäppelt werden. Ich weiß noch, wie Peter geweint hat, als er mit dem Schild um den Hals am Bahnhof stand. Und zehn Tage später wurde uns mitgeteilt, er sei an einer Lungenentzündung gestorben. Dabei war er nicht mal erkältet, als er losfuhr. Mein kleiner, wunderbarer Bruder starb in diesem verfluchten Heim, in das er nicht gewollt hatte. Meine Mutter hat seinen Tod nicht verkraftet. Sie ist ein halbes Jahr später gestorben. Wissen Sie, wie es ist, wenn ein Mensch, den man liebt, von Tag zu Tag weniger wird und Sie ihm beim langsamen Sterben ohnmächtig zuschauen müssen? Hartnagel und Düster haben mir meine Familie genommen. Meine Mutter, meinen Bruder. Ich bin jetzt ganz allein auf der Welt. Ich musste erst hierherkommen, um herauszufinden, was wirklich passiert ist. Und schnell wurde mir klar, dass es in diesem Heim nicht um die Gesundung und Förderung der Kinder geht. Es geht darum, Kinderseelen zu brechen, damit sie abhärten, nicht verweichlichen und keinen Eigensinn entwickeln. Es ging mir nicht darum, meinen Bruder und meine Mutter zu rächen, sondern zu verhindern, dass Hartnagel und Düster weiteres Unheil bei den ihnen anvertrauten Kindern anrichten.»

«Aber warum musste dann der Hausmeister sterben?», will Onnen wissen.

«Weil er das grausame Spiel mitgespielt hat. Diekhaus hätte die beiden anzeigen müssen.» Sie starrt aus dem Fenster, scheint zu überlegen, schließlich redet sie stockend weiter. «Er hat gesehen, dass ich am Hals das gleiche Muttermal wie mein Bruder habe und zu seinem Pech die richtigen Schlüsse gezogen. Zuerst konnte ich ihn mit einer Flasche Schnaps beruhigen. Aber er ließ nicht locker. Als ich die Gartengeräte nach der Arbeit im Nutzgarten zurückgeben wollte, hat er mir gedroht, mich wegen Mordes an Doktor Hartnagel und Schwester Düster anzuzeigen. Da bin ich ausgerastet und habe zugeschlagen. Ich hatte die Hacke ja noch in der Hand. Er hätte mir nicht drohen dürfen. Ich hätte ihm nichts getan. Er war ja eigentlich immer nett zu den Kindern. Nur die beiden anderen waren böse.» Henriette presst die Lippen zusammen.

«Woher hatten Sie die Zyankalikapseln?» Onnen lässt nicht locker.

«Aus Hartnagels Tresor. Den Schlüssel dafür habe ich aus

Schwester Düsters Büro genommen. Es war ein Kinderspiel, das Gift in den Marzipankugeln unterzubringen. Sie haben ihre Strafe erhalten. Unter Schmerzen sind sie krepiert.»

Schweigen legt sich über den Raum.

Onnen schiebt den Stuhl zurück. «Fräulein Henriette Janssen, ich verhafte Sie wegen des Mordes an Frau Alma Düster, Doktor Rudolf Hartnagel und Herrn Walter Diekhaus.»

—— EPILOG ——

Was für ein Tag. Ein wenig hat sie das Elvis-Fieber der drei jungen Leute doch angesteckt. Dennoch ist Martha froh, als sie den Käfer ohne jeden Kratzer wieder vor der Haustür ihres Schwiegersohns abstellt. Mit der Schaltung ist sie zu ihrer eigenen Überraschung gut klargekommen, ist ja etwas ganz anderes als die der Lastwagen vom Roten Kreuz. Außerdem gab es damals im Krieg kaum Verkehr, während heute rund um Bremerhaven die Straßen regelrecht verstopft waren.

Jetzt freut Martha sich auf eine schöne Tasse Tee. Ein paar Schritte vorm Haus entdeckt sie Traudel, die den Kopf aus dem kleinen Badezimmerfenster steckt und ihr aufgeregt zuwinkt. Als Martha das Haus betritt, steht Traudel bereits in der Tür ihrer Wohnung. Sie trägt ihr neues Kleid mit ausgestelltem Rock. «Wo sind denn Herr von Mühlbach und sein Sohn abgeblieben?»

«Die habe ich am Bahnhof abgesetzt. Maximilian fährt noch zurück nach Hannover.»

Traudels Mundwinkel sacken ein wenig herab. «Schade. Ich hab Tee und Schnittchen fertig. Komm rein. Du musst mir berichten, wie es war.» Im Wohnzimmer ist der Tisch für vier Personen gedeckt. Martha muss schmunzeln, als sie sich setzt.

«Schönes Wetter hattet ihr ja nicht gerade.» Traudel gibt Kluntjes in die beiden Tassen und gießt den Tee darüber. Der Kandis knackt. «Aber nun erzähl! Wie war's?»

«Die Fahrt war anstrengend, aber die drei jungen Leute haben sich köstlich auf der Rückbank amüsiert. Max saß in der Mitte, und die beiden Mädels haben geredet und gekichert, es war herrlich. Auch Hugo von Mühlbach hat das gefallen. So entspannt habe ich ihn noch nie gesehen. Ich glaube, das Eis zwischen Vater und Sohn ist gebrochen. In vier Wochen will Max wieder übers Wochenende kommen. Er möchte mit Annemieke und Lieselotte in den Tanzschuppen zum Rock 'n' Roll-Wettbewerb.»

«Habt ihr denn diesen Elvis nun aus der Nähe sehen können?»

«Nein. Es war brechend voll. Die Leute haben gesungen und rumgetanzt, was sag ich: Die haben regelrecht verrückt gespielt.»

«Hätte ich nicht gedacht, dass da so viel los ist», sagt Traudel und schüttelt verwundert den Kopf. «Bloß weil da ein singender Soldat aus Amerika ankommt.»

Martha grinst. «Das war vielleicht ein Gekreische und Gejohle. Dabei hat man im Hafenbecken nur den Truppentransporter gesehen und nix von Elvis. Dafür aber jede Menge Polizisten.»

«Dann hab ich ja nix verpasst.» Traudel klingt ein wenig schadenfroh.

«Das kann man so sagen», lenkt Martha ein. «Schalt doch mal den Fernseher an. Bestimmt zeigen die gleich was in den Nachrichten.»

Traudel steht auf und drückt die Einschalttaste. Augenblicke später ertönt die Erkennungsmelodie der Tagesschau. Es dauert nicht lange, und der Bericht aus Bremerhaven wird eingeblendet.

«Eintausenddreihundert amerikanische Soldaten kamen

heute mit dem Truppentransporter in Bremerhaven an. Dreitausend junge Leute, vor allem weiblichen Geschlechts, warteten am Hafenkai, um einen der Soldaten aus Memphis zu begrüßen. Elvis Presley.» Die Kamera zeigt erst das Schiff in Großaufnahme und dann Mädchen, die ausgelassen tanzen. «Schließlich kam Elvis von Bord. Er gab kein Autogramm, lächelte nur in die Menge und ging mit seinem Seesack zum Zug, die Fans rannten hinterher, doch sie kamen nicht an ihn heran», sagt die weibliche Fernsehstimme. «Elvis ist zusammen mit seinen Kameraden in den Zug gestiegen.»

Als der Beitrag vorbei ist, schaltet Traudel den Fernseher aus. «Und hat sich dieser ganze Aufwand für Annemieke gelohnt?», fragt sie.

Martha zuckt mit den Schultern. «Ich glaube schon. Auf jeden Fall hat es sie abgelenkt von dem, was sie hier erleben musste.» Auch ihr selbst ist den ganzen Tag immer wieder durch den Kopf gegangen, was Hans ihr noch am Abend zuvor über die Verhaftung der jungen Kinderschwester erzählt hat. «So etwas kann man ja nicht einfach wegstecken. Außerdem hatte sich Annemieke mit Henriette angefreundet.»

Traudel seufzt. «Ja, das ist alles tragisch. Natürlich tut mir diese junge Kinderschwester leid. Aber eine Entschuldigung für die Morde ist das natürlich nicht.»

«Wohl wahr.»

«Das war übrigens heute *das* Gesprächsthema im Laden. Stand ja morgens groß und breit in der Zeitung.»

«Das kann ich mir vorstellen», murmelt Martha.

«Und dann schneite noch die Haushälterin der Baronin herein. Sie erzählte, dass die Osternburg tatsächlich bei der nächsten Wahl für die Deutsche Partei kandidieren wird.»

Martha zuckt zusammen. Die Baronin auf dem Weg in den

Landtag. Sofort brodelt es in ihr. Nein, das darf sie nicht zulassen. Das ist sie Hermann schuldig. Sie lächelt in sich hinein. Ihr wird schon was einfallen, um der feigen Dame die Suppe zu versalzen.

Ende

—— PERSONENVERZEICHNIS ——

Martha Frisch
und ihre Angehörigen

Martha Frisch, Jahrgang 1902, hat zwei Weltkriege und einige Schicksalsschläge hinter sich. Ihr im Krieg erblindeter Ehemann Hermann, einst ein stolzer Polizist, kam 1954 bei einem Verkehrsunfall ums Leben. Die gemeinsame Heißmangelstube in der Leeraner Altstadt führt Martha seitdem alleine weiter. Sie wohnt in einer Zwei-Zimmer-Küche-Bad-Wohnung, von der sie ein Zimmer untervermietet hat, um finanziell über die Runden zu kommen.

Ihre Tochter **Edda**, Jahrgang 1920, ist mit **Peter Behrens**, dem Sohn des alteingesessenen Kolonialwarenhändlers, verheiratet.

Deren Tochter **Annemieke**, Jahrgang 1940, geht in die Abschlussklasse des Mädchengymnasiums und hilft ab und zu in der Heißmangelstube.

Marthas Großneffe **Hans Frisch**, Jahrgang 1934, Polizeiwachtmeister in Leer, wohnt bei seinen Eltern, **Josefine** und **Ernst**, und hilft ihnen beim Hausbau. Ernst ist der jüngere Bruder von Marthas verstorbenem Mann Hermann.

Marthas Schwester **Ilse**, Jahrgang 1911, war mit dem Richter Siegfried Kaltwasser verheiratet, sie hat 1939 die Zwillinge

Joachim und Heinz bekommen, die gerade ihren Wehrdienst ableisten.

Weitere Personen

Traudel Maier, Jahrgang 1911, Kriegswitwe, arbeitet in einer Änderungsschneiderei mit Reparaturbetrieb für Perlonstrümpfe. Sie wohnt in demselben Haus wie Martha.

Hugo von Mühlbach, Jahrgang 1915, hat Jura studiert. 1943 geriet er in russische Kriegsgefangenschaft. Er glaubt, dass seine Frau und die beiden Kinder beim letzten Bombenangriff auf Leer ums Leben gekommen sind.

Kürzlich hat er erfahren, dass sein jüngerer Sohn Maximilian überlebt hat.

Der Heimatvertriebene aus Schlesien hatte bis vor Kurzem seine Kanzlei als Untermieter in der Wohnung von Martha. Vor ein paar Wochen ist er in die Wohnung gegenüber von Traudel Maier gezogen.

Karl Frerichs, Jahrgang 1936, Volontär bei der *Ostfriesischen Rundschau*, ist Marthas neuer Untermieter. Er ist der Sohn von Marthas Cousine.

Lieselotte Pickering ist Annemiekes beste Freundin und Spross einer Textilfabrikantenfamilie. Ihre verwitwete Mutter **Ida** ist in zweiter Ehe mit **Adalbert Pickering** verheiratet, dem es nicht gefällt, dass seine Frau mit ihrer Freundin **Sybille Kesselbrink** eine eigene Modelinie in ihrer Fabrik entwickelt und dort produzieren lässt, die im neu eröffneten Salon Kesselbrink verkauft wird. Die beiden Frauen haben größere Pläne.

Dora Lürssen, ist die langjährige Haushälterin der Pickerings.

Baronin von Osternburg ist Mitgründerin des Vereins zur Erhaltung der Sitten und Gebräuche. Sie ist auch die Patentante von Ilses Söhnen.

Kriminalkommissar **Ludger Onnen**, Jahrgang 1905, mit Nazi-Vergangenheit, will keinem der Oberen auf die Füße treten, schließlich hat er von ihnen seinen «Persilschein» bekommen. Skatspieler, verheiratet.

Friedrich Wollenweber, Jahrgang 1905, Arzt, unterstützt die Polizeiarbeit. Ist mit Onnen die ersten Jahre zur Schule gegangen.

Wachtmeister **Alfred Brettschneider**, Jahrgang 1925, verheiratet, muss gemeinsam mit Hans die meiste Arbeit machen, während Kommissar Onnen eine Zigarette nach der anderen raucht.

—— NACHWORT & DANKSAGUNG ——

Drei Jahre begleiten Martha Frisch, ihre Nachbarn und Freunde uns mittlerweile, und wir sind zusammen mit ihnen tief in die Fünfzigerjahre eingetaucht. Unter anderem durch alte Fotos und Erinnerungen der Facebookgruppe «Du wohnst schon lange in Leer, wenn ...» haben wir das Leer jener Tage entdecken dürfen. Wie die Glaswäscherei im Wilhelminengang, die es schon lange nicht mehr gibt – dafür stinkt es dort auch nicht mehr. Es waren eben nicht nur die «guten alten Zeiten» mit neu zu erobernden Rechten für die Frauen und einer Jugend, die in der Milchbar gerne Rock-'n'-Roll-Schlager auf der Jukebox drückte.

Es war auch die Zeit, in der gerne verdrängt wurde.

Besonders bedanken möchten wir uns bei der Gedenkstätte Wehnen, die die Geschichte der Heil- und Pflegeanstalt aufgearbeitet hat, und insbesondere bei Herrn Uwe Höpken für die Zeit, die er sich für uns genommen hat. Wertvolle Hinweise haben wir auch auf der Internetseite der Zeitung *Gegenwind* gefunden (www.gegenwind-whv.de/euthanasie-in-wehnen). Der Kontakt zu dem Historiker Ingo Harms und die intensive Lektüre seiner Bücher «Der Verband» und «Forschungen zur Medizin im Nationalsozialismus» sind fachliche Grundlagen dieses Romans zu den Ereignissen in Wehnen. Wir danken an dieser Stelle noch einmal ausdrücklich für seine Unterstützung.

Persönlich berührt hat uns auch das Thema Verschickungskinder und die sogenannten Kindererholungskuren. Auch Conny musste mit fünf Jahren eine solche Kur sechs Wochen lang erleben und hat die Zeit größtenteils auf der Krankenstation verbracht. Das Buch «Verschickungskinder» lieferte uns zu diesem Thema hilfreiche Informationen, die wir im persönlichen Gespräch mit der Autorin noch vertiefen konnten. Auch bei Lena Gilhaus möchten wir uns an dieser Stelle ganz herzlich bedanken.

Die Schriftstellerin Wilhelmine Siefkes hat tatsächlich in Leer gelebt und war prägend für die Literatur in niederdeutscher Sprache. Dass sie 1958 eine politische Versammlung geleitet hat, entspringt jedoch unserer Fantasie.

Die Evenburg samt Park ist mittlerweile ein regelrechtes Schmuckstück und hat nach dem Krieg tatsächlich verschiedenste Institutionen beherbergt, allerdings nie ein Kindererholungsheim. Auch hier haben wir unserer Fantasie freien Lauf gelassen, genau wie beim Verein zur Erhaltung der Sitten und Gebräuche, den es so nie gegeben hat. Und auch die Milchbar stand nicht beim Kriegerdenkmal. Dafür gab es eine in Loga. Es wurde nie eine Stahlnetz-Folge in Leer gedreht, und ob Jürgen Roland jemals dort zu Besuch war, wissen wir auch nicht. Fakt ist allerdings, dass Elvis Presley am 1. Oktober 1958 in Bremerhaven angekommen ist.

Ansonsten sind alle Personen im Roman frei erfunden, und jede Ähnlichkeit wäre zufällig und nicht beabsichtigt.

Bedanken möchten wir uns auch bei unserer Lektorin Nina Grabe, die Martha und Co. von Anfang an in ihr Herz geschlossen hat, sowie bei unseren Eltern, Familien und Freunden, die uns mit ihren Erinnerungen und alten Fotoalben zusätzlich dabei unterstützt haben, uns in der damaligen Welt zu Hause zu fühlen.

Und nun tauchen wir wieder in die Jetztzeit ein – mit dem Wissen, dass früher auch nicht alles besser und einfacher war.

Herzlich
Conny Kuhnert und Christiane Franke

September 2024

www.kuestenkrimi.de